ユーク
ルーセント
ザッカルト
睨み合うルーセントとザッカルト。そんな二人の間に、ころころとした女性の声が挟まれた。
「もう。そのへんでよしなはれ。あてらは一緒に封印要件を満たしに行く仲間《アライアンス》やろ？」
マローナ

「〈氷吹雪《ブリザード》〉……！
第五階梯魔法！」
ネネ
レイン

マリナ
「いくよー!」
マリナが放った【ぶち貫く殺し屋《スティンガー・ジョー》】の太矢《クォレル》が
蛹をやすやすと貫く。
シルク

「なあ、二人とも。状況を整理させてくれ」
「はい、何ですか？　ユークさん」
「どうして俺は、二人と温泉に入っている？」

Aランクパーティを離脱した俺は、
元教え子たちと迷宮深部を目指す。
2
右薙光介
Illust
すーぱーぞんび

CONTENTS

A rank party wo ridatsushita orewa moto oshiego tachito meikyu shinbu wo mezasu

イラスト / すーぱーぞんび

デザイン / 百足屋ユウコ + モンマ蚕（ムシカゴグラフィクス）

プロローグ

意識と無意識の狭間《はざま》。自覚と他覚の果て。
もはや曖昧となってしまった過去の夢を見る。
果たして、夢に見ているのが自分の記憶なのかどうかすらも、わかりはしないが。
それでも、それに縋《すが》る。ここは暗く、寒く、広く……そして孤独だ。
触れるものはもうなく、随分と前に音も光も失《う》せてしまった。
「……」
夢に身を任せていると、ふと体に触れる感覚があった。
こんな何もない場所で？　……とは思ったが、その感覚を頼りに流れていく。
これは、声だ。自分を、誰かが呼んでいる。
——嗚呼《ああ》、嗚呼。
望まれている。ならば応えよう。
誰とも知らないが、その期待に。願いに。

◇

「――……」

「おい、ユーク？　大丈夫か？」

声をかけられて、意識をはっきりさせる。

「悪い、聞いていなかった」

俺の返答に、正面に座った強面《こわもて》の男が口角をくいっと上げて笑う。

「ギルドマスターの前で居眠りとは、お前もなかなか肝が据わってきたと見える。さすがAランク冒険者様だ」

「そう茶化すなよ、ベンウッド。ここのところ、少し夢見が悪くてよく眠れていないんだ」

軽く頭を掻《か》きながら苦笑して、俺は姿勢を正す。

「……それで？　初見攻略レースだったか？」

「ああ。まさか、こんな話になるとはな」

「いよいよ冒険者も芸人じみてきたってわけだ」

秘密の話にはもってこいの冒険者ギルドの応接室で、俺は苦笑する。

俺の元所属パーティ『サンダーパイク』の一連の事件が終わり、約一ヵ月……俺達《おれたち》『クローバー』の謹慎明けのその翌日。

メンバーと協議の結果、受けることにした国選依頼《ミッション》の説明を聞くために、俺はベンウッドの元を訪れていた。

「すまないが、もう一度この国選依頼《ミッション》に関して説明をしてくれないか」

「おう」

ベンウッドが資料らしきものをテーブルに広げる。

「場所は『交易都市ドゥナ』の近郊。ライン湖のほとりだ。そこに、新しいダンジョンが発見された」

「経緯は？」

「地元の住民が釣りに行った際に見つけたらしい。ギルドに報告があって、簡易調査をかけたら……ダンジョンだったってわけだ」

確かにあの辺に迷宮《ダンジョン》があるという話は聞いたことがないな。

それもあって俺自身、ドゥナには行ったことがないし。

「それで、現状は？　ダンジョンって判明してるってことは事前調査には入ったのか？」

「一応、ギルドと王立学術院で入り口と内部の環境チェックだけはしてある。本格的な進入と調査はまだだ」

事前調査なしの完全初見か。

まだ情報のうすっぺらい資料を見ながら少しばかりため息をつく。

このような危険を伴う調査依頼を、エンターテインメントとしてお茶の間に提供しようだなんて、なかなかどうしてイカれた企画だ。

俺の様子を見て、ベンウッドがにやりと笑う。

「気が進まないか？」

「いや、俺だって迷宮《ダンジョン》の攻略配信をする冒険者の一人だ。この企画が有意義なのは理解しているよ。ただ、少しばかり緊張はする」

新規発見された迷宮《ダンジョン》に対して、国が推す三つのパーティによる同時調査攻略レース。

今回俺達『クローバー』に国選依頼《ミッション》として提示されたのはその参加だ。

「『無色の闇』に入って生還してるんだ。そう緊張することもないだろ？」

「確かにあの迷宮《ダンジョン》は全フロア初見みたいなものだけどな……」

苦笑を返して、資料の情報を頭に入れる。

場所は湖畔からほんの少し離れた丘の上。

入り口は下り階段で、内部は地下水路のように見えた、か。

湖のそばにあるってことは、都市部に水を引き込むための水路が迷宮化したってことか？

それとも、地下水路を備えた古代都市でもあったのか？

いずれにしても、現地に踏み込んでみないことにはわからないことばかりだ。

「金と寝床については安心しろ。王立学術院と現地ギルドがバックアップに入る。滞在費や準備費用も経費で落とせるし、レースの結果いかんにかかわらず報酬も出る。冒険者信用度《スコア》もな」

「〝生配信〟だよな？」

「そうだ。攻略中はフルで配信される。レースの評価についてはそっちの別紙を確認してくれ」

「了解した」

国選依頼《ミッション》の依頼票にサインを入れながら頷《うなず》く。

「コイツで実績を積めば、また『無色の闇』へのきっかけになるかもしれんしな」

「そうかもな……」

ベンウッドは気を遣ってそう言ってくれたのであろうが、どうにも今はそんな気持ちになれなかかった。

俺の目標であり、夢であり、『クローバー』の目指す場所であった『無色の闇』はいまや『サンダーパイク』の墓標でもある。

そして、今も幼馴染《おさななじみ》の怨嗟《えんさ》の声が響いているであろう場所だ。

……今でも、あの時のことを夢に見る。

それなりのストレスがかかっているのだろう。

おかげで、寝不足になる日も多い。今日のように。

「どうした、ユーク？」

「いいや、問題ない。他のパーティと話はついてるのか？」

「ああ。各地から話題の若手パーティが選出されたらしいぞ。それと、これはオフレコなんだが……お前たちについては中央からの要請でもあるんだ」

「中央からの？」

俺達『クローバー』を中央——王都の冒険者ギルドが把握してるとは驚きだ。

何せ、今の俺達はCランクパーティに逆戻りしているし、話題性のあるパーティは中央の方がずっと多い。

何故《なぜ》なら、王都にはこの国における最難関最重要迷宮の『王墓迷宮』があるからな。

「逆にキナ臭い気がしてきた……」

「そう言うな。名前を明かすことはできないが、お前たちのファンだっておいてな。是非にと推されたんだ。断られなくてほっとしたぜ」

それが誰かは知らないが、ベンウッドをこうも緊張させるなんて、よほどえらい誰かなのだろう。

ベンウッドには、いろいろと借りもある。これで一つ返せたと思えば、多少肩も軽くなるというものだ。

「明日、朝イチでドゥナに向かうとするよ」

「お、そうだ、ユーク。ついでに、もう一つ依頼を受けてくれんか？　ドゥナ行きのギルド御用馬車の護衛依頼なんだが」

依頼票をひらひらとさせてベンウッドが口角を上げる。

ベンウッドめ、職権乱用だぞ……依頼にかこつけて俺達に馬車を用立てるなんて。

相変わらず過保護なことだと思うが、知らない場所へ行くのだ。

その厚意はありがたく頂戴しよう。

「承った。ありがとう」

「よせよせ。儂《わし》は依頼を一つ増やしただけだぜ」

「仕事をくれたんだ。礼くらい言わせろ」

二枚目の依頼票にサインを入れて、席を立つ。

「じゃあ、戻って準備をする。見送りはいらないぞ」

「かわいくねぇ奴《やつ》。まぁ、気を付けて行ってこい」

「ああ、朗報を期待していてくれ」

軽く手を上げて俺を見送るベンウッドに頷いて、応接室を後にする。

これで依頼の受託は完了だ。

階段を二つ下りて、冒険者ギルド併設の酒場に向かう。

依頼受諾自体は俺一人でよかったのだが、久しぶりの冒険者ギルドということで、メンバー全員がついてきてしまった。ネネまでついてきたのは少し驚きだったが。

「受領はオーケーだ。ついでにドゥナまでの馬車護衛依頼も回してもらった」

「さっすが、ユーク！」

マリナがテンション高めに大仰に喜ぶ。

「交易都市、でしたっけ。冒険者通りなどはあるのでしょうか？」

シルクは早速実務的なところに気を回しているようだ。

この慎重さは重要だが、知らない街の事だ……出たとこ勝負というのもまた仕方ないことである。

「それも行ってみないとわからないな。迷宮都市ではないけど、冒険者はそれなりの数いるみたいだし、物自体は交易都市だから揃《そろ》っているだろうと思う」

「迷宮《ダンジョン》がないなら、魔法道具露店市《アーティファクトバザール》は、なさそう、だね……」

レインが少ししゅんとした様子で俺を見る。

ここのところ、ほぼ毎日のように魔法道具露店市《アーティファクトバザール》に通ってたもんな……。

「国境が近い都市だし、国外からの持ち込みがあるかもしれないぞ。何も魔法道具《アーティファクト》は迷宮産ばかりじゃないしな」

「そっか……！」

隣国サルムタリアは錬金術のかなり盛んな国だ。

最新の魔法道具《アーティファクト》装備などが店に並んでるかもしれない。

「ちょっと、楽しみになって、きた」

わくわくとした様子のレインの横で、ネネが少し緊張した様子で耳をぴくぴくさせている。

「どうした、ネネ?」

「いいんすかね? 私みたいなぽっと出が『クローバー』として国選依頼《ミッション》だなんて」

「そんなこと、気にすることないさ」

軽く肩を叩《たた》いて、思わず笑う。

「ネネなしで初見迷宮に挑むなんてぞっとするよ。今回も頼らせてもらうよ」

「は、はいっす! 頑張るっす!」

ふわふわの尻尾をピンとたてて震わせて、ネネが笑みをこぼす。

あの尻尾、触らせてくれないだろうか……。

「さぁ、それじゃあ準備を始めようか。今回も、慎重に楽しもう!」

俺の言葉に全員が笑顔で頷いた。

第一章　交易都市と攻略レース

――フィニスを発《た》って二週間。

悪天候に見舞われることも、魔物との遭遇もない順調な道行きは、予定よりもかなり早く俺達《おれたち》を『ドゥナ』へと到着させていた。

初めて訪れる南の交易都市は、もう冬だというのにかなりの賑《にぎ》わいで、さすが商人の街だなという感想を俺に抱かせた。

「にぎやかだね！　あれは何だろう？」

はしゃいだ様子のマリナが周囲をきょろきょろと見回して、珍しいものを見つけては落ち着きなく指さしている。

「あれはサルムタリア風カフェじゃないかな。……宿も飯屋も多そうだ。交易の中心っていうくらいだし、珍しい料理が食べられるかもしれないぞ」

俺の言葉に、隣のシルクが吹き出す。

「ユークさんって、意外に食道楽ですものね」

「そうかな？　食事が美味《うま》いに越したことはないだろう？」

「それもそうですね。わたくし達の苦手な食べ物が多くないといいんですけれど……」

冒険者というのは基本的に体が資本だ。

食事と水があわなければ、十全にポテンシャルを発揮できず、リスクにつながる。

幸い俺の作る料理は好評なので、もしこの地の食事が口に合わないようなら腕を揮《ふる》う機会は増えるかもしれない。

「冒険者、多い。ね？」

馬車から大通りを見ていたレインがポツリと漏らす。

「新しい迷宮《ダンジョン》の情報が広がっているんだろう。格好からして隣国の冒険者も来てるみたいだな」

「わかるの？」

「ああ、少し服装が違うのがいるだろう。ほら、例えば彼らはサルムタリアの冒険者だと思う」

大通りを数人で歩く男たち。

腰に大振りな曲刀を提《さ》げ、革鎧《かわよろい》の上から色鮮やかなキルト生地の短いフード付き外套《マント》を羽織っている。

「あのマントはサルムタリア人の装いなんだ。俺にはわからないけど、柄や色に意味があって、出身地や家柄を表しているらしい」

「そう、なんだ……」

レインが興味深げにサルムタリアの冒険者一行を見やる。

あまり人を凝視するのは良くないことなのだが、興味を惹《ひ》かれるとそこにフォーカスしてしまうのがレインの特徴だ。

まあ、馬車の中からなら、そうそう気付かれることもあるまい。

「サルムタリアは封建的な風潮がかなり強い国でね、上下関係や家柄をかなり重んじるそうだ。そもそも彼らにしても『冒険者』とは少し性質が違っているって聞いたことがある」

「冒険者じゃないの？　冒険者にしか見えないけど」

マリナが首をかしげて、不思議そうな顔をする。

「俺達のように自由になれるものではないらしい。一応、こっちで仕事をするために冒険者ギルドに登録はするらしいけど、サルムタリアでは社会階級によって就ける仕事が決まっていて、それは一族単位で管理されているって話だ。だから彼らは一族の家業として冒険者をしていることになる」

「じゃあ、さっきの人たちは家族ってこと？」

「同じキルトを纏《まと》っていたし、そうじゃないかな」

俺の返答にマリナが目を輝かせる。

「ユークってやっぱり物知り！　それにすごくわかりやすい！」

「そうか？　ま、サポーターとしてうまくやるためには、そういう知識も多少なりとも必要だしな」

対人折衝の場合、依頼主や依頼地域の風土に合わせる必要があることが多い。

そういう事もあって、王国と周辺各国のある程度の知識は勉強して頭に入れてある。

「ね、あたし達は、ああいうの作らないの？」

「ああいうの？」

「お揃《そろ》いのマントとか。冒険者でもたまにいるじゃない？　えーっと『グリフォーン旅団』とか」

ああ、なるほど。

確かに、『グリフォーン旅団』は全員でお揃いの腕章を巻いていたな。

他にもいくつかのパーティが色を合わせたり、お揃いの紋様を鎧にいれたりしているのを見たことがある。

「ふむ……」

確かに、そういうのがあってもいいかもしれない。

特に俺達は配信でそこそこ有名になってきているし、そういう一体感を出す遊びがあっても悪くない。

「何か考えておくよ」

「やった！　楽しみ！」

せっかくだから、錬金術で何か魔法の効果を付与して魔法道具装備《アーティファクト》にしよう。

ただのお揃いってだけじゃなくて、もっと実用的な効力を持ったものにしたい。

きっとみんな、驚くぞ。

「ユークが、またなにか、良からぬことを……考えてる」

「なッ……そんなわけないだろ？」

創作意欲がわいてきたところで、レインに看破されてしまった。

最近ますます鋭くなってきたな。それで、救われることもままあるのだが。

和やかな空気のまま、ドゥナの街を馬車で進む。

国選依頼《ミッション》で来たのだから、もう少ししゃんとした方がいいのかもしれないが、この街はサルムタリアの文化も入っていて、ちょっとした観光気分になってしまう。

それに、しばしはここが俺達のホームタウンとなるのだ。

街の雰囲気は早めに摑《つか》んでおきたい。

「あ、冒険者ギルドが見えてきたっすよ」

手綱を握るネネがこちらを振り向く。

その声に前方を見やると、いかにも冒険者ギルドといった雰囲気の建物が目に入った。

ドゥナは迷宮都市ではないが、交易都市としてそれなりに歴史の旧い都市《ふるまち》だ。

冒険者は主に周辺の安全維持や道中の護衛として重宝されており、冒険者ギルドも整備されたのが早かったように思う。

「フィニスよりも少し大きいですね」

「同じくらいじゃない？」

「見てくれはこっちの方がいかついっすね」

マリナ達が、興味深げに初めて見るドゥナ冒険者ギルドの感想を口にする。

その中で、レインだけが首をひねっている。

「どうした？　レイン」

「ここ、大暴走《スタンピード》に、あった事がある、の？」

「……資料にはなかったが。ああ、でも確かに」

レインの言わんとすることが判《わか》った。

目の前の冒険者ギルドはとても堅牢《けんろう》なつくりに見える。

一階部分は石造りになっており、開かれている扉も鋼鉄製……迷宮都市でもあるまいに、まるで籠城戦を想定したような作りだ。

「さて、何でだろうな？」

レインと一緒に首をひねっている間に、俺達は冒険者ギルドへと到着した。

◇

「ようこそ、ドゥナ冒険者ギルドへ」

受付でギルドマスター宛の書簡を見せて待つこと数分。

しばしして現れたのは、やけに眼光の鋭い、痩せた年配の女性職員だった。

「ギルドマスターのマニエラだ。よろしく頼むよ」

年老いてなお矍鑠《かくしゃく》としたその立ち姿から醸し出される雰囲気。

この人は、きっと強い。ベンウッドやママルさんと似た圧を感じる。

あんまり、逆らわない方がよさそうな御仁だな。

「Cランクパーティ『クローバー』のリーダー、ユーク・フェルディオです。こっちがサブリーダーのシルク・アンバーウッド」

「シルク・アンバーウッドです。よろしくお願いいたします」

シルクと二人、深々と頭を下げる。

ギルドマスターとの接見の間、マリナ達には酒場で待ってもらうことにした。

酒場での聞き耳というのは、意外とバカにならない情報収集の方法だ。

特に、ネネは耳聡《みみざと》いのできっと、待ち時間の間に街の雰囲気や迷宮《ダンジョン》に関しての噂話《うわさばなし》を掴んでくれるだろう。

「礼儀のなった子は嫌いじゃないよ。じゃ、早速仕事の話に移ろうかね。こっちへ来な」

表情一つ変えずに、マニエラが奥の階段にすたすたと向かって歩き出す。

なかなかせっかちなことだが、その気持ちはわからないでもない。

突如として担当区域に新迷宮が出現したのだ。

国への申請や周囲の調査を含めた対応もしなくてはならないし、町には噂を聞きつけた冒険者が次々とやってくる。

それなのに『攻略レース』などといった浮ついたイベントの管理までせねばならないのだ。

心中では早いところこの国選依頼《ミッション》となっているイベントを終わらせて、ダンジョンを一般開放してしまいたいと考えるのは当然だろう。

「依頼の概要は頭に入っているかい？」

通された応接室で、マニエラが資料類を机に広げる。

ベンウッドのところで見たものと同じものだ。

「ベンウッド氏から一通りは」

「仕事熱心で助かるね。調査基準は国からお達しがあったんで、今から伝えるよ。期間は二週間。配信は視聴制限なしでいく。目標は可能な限りの階層踏破。内部の各種情報についてはギルドと王立学術院の連中でそれをチェックして、迷宮《ダンジョン》の危険度と規模を推定することになる。とりあえずは五階層まで潜ってくれれば、一般開放の目途が立つ……まずはそこを目指しとくれ」

一息に言い切った後、言葉をいったん止めるマニエラ。

その視線は、メモを取るシルクの指先へと注がれていた。

ぱっと見、きつめの印象だが気遣いの細やかな人だ。

シルクの手が止まったのを見計らって、こちらも質問を投げかける。

「マッピングはどうしますか？」

「やってもいいが、仕事としては不要さね。イベントのあと、それを生業にする者もいるだろうしね」

「拾得物や魔物《モンスター》素材については？」

「基本的には冒険者の総取りになる。ただ、持ち帰ったものをチェックしてリスト化させておくれ。危ないものが無いとも限らないからね」

質問にすぐに返答があるあたり、かなり仕事ができる人のようだ。

ベンウッドとは大違いだ。

「これ。あんまり年寄りを値踏みするんじゃないよ」

「……！」

気付かれていた。おかしいな、こんなことは初めてだ。

「年の功ってやつさ。ま、初めて会う人間を警戒するのは正しいことだ。特に……こう、別嬪《べっぴん》さんばっかりを連れていればね」

そこで初めてマニエラが小さく笑顔を見せた。

「すみません。無礼をお詫《わ》びします」

「いいさ。今日からしばらくはビジネスパートナーだ。仲良くやろうじゃないか」

差し出された手を握ると、にこりとマニエラが笑った。

あちらも、俺を試していたか。お眼鏡に適《かな》ったならいいのだが。

「それで、いつからになりますか？」

「あんた達が、要請された最後の参加者だからね。あんた達次第さ」

少し考えて、シルクと頷《うなず》き合う。

「そうですね……では、明日と明後日《あさって》は休息と準備に使って、三日後に突入とします」

「急ぎすぎず遅すぎない、いい判断だ。さすがベンウッドのお気に入りってわけだね」

愉快そうに、にやりと口角を上げるマニエラ。

「ベンウッドを知っているんですか？」

「なんだ、アタシを知らないのかい？　アタシとアイツは元パーティメンバーさ。『無色の闇』の最奥に最初に踏み込んだのは、何を隠そうアタシなんだよ？」

「あなたも……⁉」

「そう、つまりあんたの叔父殿の仲間ってワケさ、ユーク」

ということは、最初から俺の素性を知っていたのか。

なんだか騙《だま》された気分だ。

「お手並み拝見と行こうじゃないか」

「お手柔らかにお願いします」

苦笑を返して、深くお辞儀をする。

叔父の仲間であれば、敬意を以《もっ》て接しなくてはなるまい。

……ベンウッド以外は。

「ああ、そうだ。忘れるところだったよ」

ソファから立ち上がったところで、マニエラが何かを投げてよこす。

確認すると、それは街の地図のようだった。一ヵ所に、赤いインクで丸がつけられている。

「ギルドであんたたちの拠点となる宿を用意させてもらったよ。その地図の場所に行きな」

「何から何まで……ありがとうございます」

シルクと二人、再度頭を下げてから、応接室を後にする。

扉を閉めてから、横を見るとシルクが大きく息を吐きだしていた。

「緊張した？」

「はい。とても。あんな風に落ち着いてやり取りできるなんて……さすがユークさんですね」

「いや、俺も緊張していたよ」

嘘《うそ》でも冗談でもなく、本心だ。

あのマニエラという老婦人は放つ気配が鋭すぎた。すくんでしまうのも仕方あるまい。

「しかし、宿まで準備していただけるなんて……」

「せっかくの気遣いだし、今回は有難《ありがた》くお世話になろう」

「はい。知らない町ですので、助かりますね」

「もし探す必要があっても、そこはサポーターの俺の仕事だ。心配することないさ」

俺の言葉にシルクが小さく笑って頷く。

「みんな、待ちくたびれていないといいですが……大丈夫でしょうか？」

「馬車の旅とはいえ、長時間の移動だったからな。疲れがあるかもしれないな」

マニエラにせっかく気を遣ってもらったのだ。

明日、明後日で旅の疲れをしっかり抜かなくては。

今後の予定についてシルクと話しながら、階段を下りる。

階段を一歩下りるごとに喧騒《けんそう》が大きくなって「冒険者ギルドはどこも一緒なんだな」などと思ったが……どうも、騒ぎが大きすぎやしないだろうか？

「んん？」

階段から階下を覗《のぞ》き込《こ》めば、それが喧騒ではなく喧嘩《けんか》騒ぎであることに気が付くのは容易だった。

しかし、その中心にいるのが……マリナ達だったのは、予想外だったが。

「おいおい、どうした⁉」

シルクには階段に残るよう指示して、俺は人垣をかき分けてマリナ達の元へ向かう。

「もう一度言うよ！　ここから出てって！」

マリナの良く通る声が、殺気を帯びて響く。

これはいけない。うっかりすると殺し合いになりかねないぞ。

「通してもらうよ、っと」

ようやく中心部に到達した俺は、騒ぎの中心となっているテーブルの前を移動して、マリナの前に立つ。

良かった。まだ得物は抜いていないな。

「どうした、マリナ」

「ユーク！　こいつらが――……」

マリナが説明するより先に、三人いる男の内の一人がテーブルに木製ジョッキを叩《たた》きつけた。

身体《からだ》から漂う酒の匂い。相当酔っているようだな。

「アンノォ、カ・バ！」

「ウム・アリス、カ！」

近づく俺を制止するような動きで怒鳴り散らす男たち。

（サルムタリア語……！）

ああ、よく見れば腰に巻きつけてあるキルトはサルムタリア人を示すものだ。

「こいつら、急にきて私らにお酌をさせようとしたっす」

瞳孔を縦に細めてネネが髪の毛と尻尾を逆立てている。

なるほど、だいたいの事情は推測できたぞ。

えーっと、どうだったか。待てよ……。

「……パアグ・アーリ、コ・シラ。エイ・サーワ・アコ。ラ・ハト」

王国共通語が通じない可能性もあると考えて、俺は思い出しながら片言のサルムタリア語で声をかける。

そうすると、男たちが驚いたように顔を見合わせた。

「ユーク、なんて言ったの？」

「『全員、俺の大切な家族で仲間だ』と伝えてみた。多分あってると思う」

しばしすると男たちは、俺をチラチラと見ながら渋々といった様子で冒険者ギルドを去っていった。

それに伴い、野次馬たちも徐々に散っていく。

助けるでもなく、ただ邪魔な壁になるくらいなら、いっそ座って飲んでてほしい。

とにかく、大事なくてよかった。

小さく息を吐きだして、マリナ達に向き直る。

「みんな、大丈夫ですか？」

騒ぎが収まったとみて、シルクが駆け寄ってくる。

「うん。ちょっと肩に触れられたりしたけど……。レインが〈衝電《ショック》〉で助けてくれたから」

「あんにゃろう共……もうちょっとで首ちょんぱするところだったっすよ」

剣呑《けんのん》な気配のまま、ネネが呟《つぶや》く。

あの程度の手合い、ネネならば簡単にそうできてしまうだろうな。

彼らは俺に感謝してくれていいと思う。

しかし、サルムタリア人がギルドに入ってきているなら、注意するべきだった。

「すまない、俺の想定不足だった」

「なにが？　あたし、何かミスった？」

不安げにするマリナの頭をぽんと撫《な》でて、首を振る。

「いいや、俺のミスだ。サルムタリア人の冒険者が来てる時点で、君達《きみたち》を三人だけにするべきじゃなかった」

サルムタリアは男尊女卑の極めて強固な国でもある。

それが伝統であり、信仰であり、生き方なのだ。

かの国の女性というのは、家の保有財産とみなされる。子を産み、家事と家業の手伝いをすることだけが許される、人間の形をした財産なのだ。

俺達の住むウェルメリア王国とは、価値観が全く違う。

おそらく、個人として独立した女性がいるという事が、彼等《かれら》には理解できなかったのだ。

マリナ達のような年若い女性が、男性や家の保護もなしに放置されているのは、彼等にとって迷宮《ダンジョン》で宝箱《チェスト》を見つけたようなものなのだろう。

羽目を外しすぎて酔っぱらった彼らは、ここがサルムタリアでないということをすっかり忘れ、早速手に入れたつもりの財産にお酌を要求し……抵抗にあったというわけだ。

「そんなのって変だよ！」

俺の説明を聞いたマリナが、柳眉を逆立てる。

「俺達からすれば変だと思うが、そういう国なんだよ……サルムタリアってのは」

怒っていたマリナが、ふっと真顔に戻って首をひねる。

「それなら、あいつらはなんで去っていったのかな？」

「確かにそうですね。財産だというならもう少し強硬な態度をとってもよさそうですが……」

姉妹のように揃《そろ》って首をかしげるマリナとシルクに俺は苦笑する。

「それは、俺が男だからさ。サルムタリアは神の信仰と法が強く結びついてる国でな、犯罪についてはかなり厳しい罰があるんだ」

「例えば？」

「犯した罪と同じ罰を与えられる。もし、さっきの連中が俺から——言い方は悪いけど、君たちという財産を略奪したとしたら、神の名のもとに彼らは略奪されても文句が言えない立場になる。彼らは他の誰からも常に略奪される身となるんだ」

俺の説明に、マリナが「なるほど」と頷く。

「ってことは、ユーク。さっきのは、あたしたちの所有権を、主張したの？」

「ニュアンスは違うけどな……。去ったところ見るとちゃんと通じたんだろう」

数年前に一度勉強しただけのサルムタリア語だったが、何とか通じてよかった。

何でもやっておくものだな。

「うーん……」

「どうした？　マリナ」

「ねぇ、ユーク。やっぱりお揃いの、作ろうよ。そうすればあたし達がユ、、ー、、クのってあの人たちにわかるってことでしょ？」

「俺のってなんだ……」

言わんとするところはわかるが、周囲に誤解を与えかねない発言はやめてほしい。

「まぁ、確かにサルムタリアの人間にはその方がわかりやすいか。よし、考えてみるよ」

仲間の安全に関わることだ、急ぐべきだろう。

しかし、迷宮《ダンジョン》でもなんでもないところでトラブルに見舞われるなんてなんだか出鼻をくじかれた気分だ。

「はいはい。では、とりあえずここまでにして……宿に向かいましょう」

「え、もう宿を見つけたの？」

切り替えの早いマリナが身を乗り出す。

「ギルドマスターのご厚意で紹介していただいたんです。国選依頼《ミッション》に備えてまずは疲れを取りましょう」

「なんだかもうくたくただよ……。早く行って、休んで、美味《おい》しいご飯が食べたい！」

「同感っす」

シルクの後をついて、マリナとネネが冒険者ギルドを出ていく。

最後まで黙って事の成り行きを見守っていたレインが、俺の裾をついついと引っ張る。

「ね、ユーク。一つだけ、いい？」

「なんだ？」

「サルムタリア語、間違って、たよ？」

少し顔を赤くしたレインが、小走りでシルクを追いかける。

置き去りにされた俺は頭を抱えてしまった。


……俺は、一体何を言ってしまったんだろう？

◇

気を取り直して、地図に示された宿へと向かう。

このドゥナという町は、あらかじめ区画整理がしっかりとされているらしく、大通りをはじめとしたおおよその道はどれもまっすぐで、どの道もほぼ直角に交わっている。

おかげで、道に迷うことなく俺達は目的の宿まで歩いていくことができた。

『歌う小鹿』亭……ここだな」

たどり着いた宿は、大きめの民家を彷彿《ほうふつ》とさせる、宿としては小規模な木造二階建ての建物だった。

ただ、どこか安心感を与える佇《たたず》まいをしている。

「ここ、すごいですね……」

宿を見ていたシルクが、驚いたようなそして嬉《うれ》しそうな顔を見せた。

「すごい？」

「精霊が、すごく安定しているんです。まるで森の中にある神域みたいな……。どうしてこんな街中で……？」

「そりゃあ、すごいな」

とはいえ、見上げていても仕方がないので俺は扉に進む。

扉に手を触れようとすると、小さなそよ風が吹いて扉が自動的に開いた。

「いらっしゃいませ。『歌う小鹿』亭へようこそ」

エプロン姿の若い女性が、俺達にペコリと頭を下げる。

俺たちよりも少し年上だろうか。どこか優しげな目をした人で、亜麻色の髪をひとまとめにしている。

「ギルドから紹介を受けた『クローバー』です」

「ええ、伺っております。長旅でお疲れでしょう？　さぁ、どうぞこちらに」

宿の中はやはりこぢんまりとしていて、宿というよりも少し大きな家といった様子だった。

「何か、落ち着く」

「そうだね！　なんだか、親戚のお家《うち》にお邪魔してるみたい！」

レインが漏らした感想に、マリナが頷く。

俺も同じ印象だ。通されたリビングエリアには、火のついた暖炉があり、座り心地のよさそうな数脚のソファが並べられており、どこか落ち着く雰囲気がある。

そして、その中央にあるテーブルには、すでに人数分のお茶がセットされていた。

「よくお越しくださいました。わたしはオーナーのフィナと申します。滞在中はわたしが皆様のお世話をさせていただきます」

「よろしくお願いします。俺はユーク・フェルディオ。『クローバー』のリーダーをしています」

「ええ、存じております。わたし、実は『クローバー』のファンなんですよ」

そう笑うフィナが、宿帳らしきものを俺に差し出す。

「こちらに全員のお名前をいただけますか」

「はい」

宿帳を回しながら、全員サインを入れる。

「滞在中のお代は結構です。食事は必要な時に声をかけていただきましたらご用意しますのでお気軽にお声かけください」

「食費もただなの？」

「はい。左様でございます。たくさん召し上がっていただいても大丈夫ですよ、マリナさん」

「ええっ」

驚くマリナに、クスクスとフィナが笑みをこぼす。

「『無色の闇』でのお食事風景を配信で拝見しました。たくさん召し上がられるなって、見ていたんです」

「は、恥ずかしい！」

顔を赤くして両手で覆うマリナ。

ま、あれだけの料理を迷宮内で平らげれば話題にもなるだろう。

俺も意地になって料理を出してしまったのは、少し悪かったと反省しているが。

「依頼期間中、当宿は皆さまの貸し切りになっておりますのでごゆるりとお寛《くつろ》ぎくださいませ。しばしの間ですが、ここが皆さまの家《ホーム》となりますよう、努力いたしますね」

「貸し切りなんですか？」

「はい。失礼かとは思ったのですが、シルク様が人目を気にされるかもしれないと思い、勝手ながらそうさせていただきました」

「あの……ありがとうございます。わたくしも初めての土地で、少し気にはなっていたんです」

「俺からもお礼を言わせてください」

「いえいえ、お気になさらず」

あまりにもサービスが行き届きすぎていることに驚きつつも、この気遣いには感謝せねばなるまい。

見知らぬ土地で安心できる拠点を確保するのは、それなりに骨が折れるものなのだ。

「お部屋は二階の好きなところをお使いくださいませ。それと、少し休まれたら当宿の目玉にご案内いたします」

「目玉？」

「あら、マニエラ様から聞いておられないんですか？」

フィナと二人で首を傾《かし》げ合う。

確かに、いい宿だと思うが、何か特別なことでもあるんだろうか？

安心して休めさえすればいいと思っていたし、現状で充分にサービス過多な気もするのだが。

「気に、なる」

「あたしも！」

マリナとレインが顔を見合わせて立ち上がる。

確かに、そんな風に言われてしまえば、気になるのが人情というものだ。

俺だって気になる。

「うふふ。では、先にご案内いたしますね。こちらへ」

フィナに案内されて、宿の奥へと進む。

見た目と違って奥行きがあり、一番奥まったところにある扉を開けると、さらに奥へと延びる細い通路。

その通路を一列になって進むと……そこは、外に繋《つな》がっていた。

「庭、かな？」

「庭っすね」

観葉植物が多く植えられた、庭。

特筆すべき点として、その中央には直径20フィートほどの楕円《だえん》形をした泉があった。

そして、泉からはふわふわと湯気が漂っている。

「これ、もしかして……温泉っすか？」

鼻をくんくんと動かしていたネネが目を輝かせた。

「はい、左様でございます。疲労回復と美肌の効果がありますよ」

どこか誇らしげにうなずくフィナ。

「なあ、ネネ。温泉ってなんだ？」

「えーっと、基本的には泉と一緒っす。でも、水の代わりに地下からお湯が湧いてるんすよ」

「飲むのか？　魔法薬《ポーション》的な？」

「浸《つ》かるんすよ」

地下から湧き上がる湯になど浸かったら、煮えてしまわないだろうか？

不審な顔をした俺の様子にネネが吹き出す。

「ユークさんでも知らないことってあるんすね」

「ああ。これは、初めてだな……」

「お湯の温度は家のシャワーと変わらないっすよ、たぶん」

「本当に？　安全なのか？」

余りに警戒する俺に、ネネとフィナが顔を見合わせて苦笑する。

「皆さんはどうっすか？」

「ボクは、経験、ない」

「あたしも！」

「わたくしも、これは……」

少し考えたネネが、耳をぴんと立てる。

「それじゃ、みんなで入ればいいっす。そしたら怖くないっすよ！」

◇

ドゥナに到着して四日目。

二日間の休息と温泉でしっかりと疲労を回復させた俺達は、新迷宮が発見されたライン湖のほとりへと到着していた。

現地は森だと聞いていたが、周囲はすっかり開墾されて広場のようになっており、簡易だが頑丈な柵で覆われている。

いくつかの移動式家屋《コテージ》が建てられた広場を、マニエラに案内されて歩く。

「あっちの大きいコテージが指令所だよ。王立学術院の連中もあそこに詰めている。あんた達が潜ってる間は、アタシもあそこで見てるからね」

「じゃあ、この一帯はタブレットが使えるんですか？」

「ああ。学者連中が使えるように魔法道具《アーティファクト》を持ってきたらしいね。アタシゃ、ああいうのよくわからないんだけど……随分と便利になったもんだねぇ」

小さくため息をつくマニエラ。

確かに、ここのところの魔法道具《アーティファクト》による技術革新は目覚ましいものがある。

それというのも、魔法道具《アーティファクト》を生活の役に立てようという動きが出たのは、今代の王になってからなのだ。

元冒険者という肩書の、これまでとは少しばかり異質な王は迷宮《ダンジョン》の事を迷宮資源と呼んだ。

危険な場所であることは大前提として、研究し、運用し、流用して……このウェルメリア王国は今日《こんにち》の発展を遂げたのである。

それに旧態依然とした人間が付いていけないのも、仕方ないことかもしれない。

目の前の御仁は、ぶつくさ言いながら小型のタブレットをすでに使いこなしている風ではあるが。

「ね、そういえばここの迷宮《ダンジョン》は何て名前なの？」

「まだ全容がわからないからね、名前がないんだよ」

「そうなんだ……。ちょっと不便だね」

少し残念そうにするマリナの肩をマニエラがポンと叩いて口角を上げる。

「うまくすればあんた達が〝名付けの冒険者〟になるかもしれないんだ。しっかりやんな」

そう告げられて、心が高揚するのを感じた。

発見された迷宮《ダンジョン》は、歴史的な成り立ちや内部の様相などで名をつけられる。

そして、名付けるのはおよそ最初に踏み込んだ冒険者か、踏破した冒険者のどちらかだ。

もし、俺達が〝名付けの冒険者〟となれば、正式な記録として冒険者ギルドの年表に記載されることになる。それはなかなか冒険者冥利に尽きるというものだ。

「明日の朝一でパーティを集めてミーティングを行う。他の連中と諍《いさか》いごとを起こすんじゃないよ」

「肝に銘じます」

どうやら冒険者ギルドでの一件はすでに耳に入っているようだ。

俺達を割り当ての移動式家屋《コテージ》まで案内したマニエラが、軽く手を振ってさっきの大型コテージに向かって踵《きびす》を返す。

それに軽く頭を下げて、仲間たちと共に移動式家屋《コテージ》へと入った俺は、早速テーブルに計画書を広げる。

「よし……それじゃあ、明日の確認も兼ねてミーティングをしておこう。シルク、プランを頼む」

「はい」

メモを取り出したシルクが俺の隣に立つ。

「基本的には『無色の闇』と同じように進行する予定です。依頼内容は〝生配信〟を使用しての迷宮攻略。事前情報は一階層が地下水路タイプであるというだけで、他は不明。ロケーションから推測して、水棲《すいせい》生物やネズミ系、虫系、あるいは粘性生物系《スライム》の魔物《モンスター》の出現が予想されます。また、今回は他パーティと攻略に同時参加し、評価を競ってのレース形式となります」

事前情報が少ないのでプランというには簡素だが、よくまとまっている。

あとは進行とレースのことくらいだな。

「まず、進行について。おそらくだけど【風の呼び水】は使えないと思う。水の流れがあると精度が悪くなるからな。なので、先行警戒に関してはネネに頼ることになると思う」

あれは密閉空間の風の微細な流れを読む魔法道具《アーティファクト》だ。

水路があるという特性上、水路用の穴もそこら中にあることだろうし、頼りにするわけにはいかない。

「了解っす。任せてほしいっす」

力強くうなずくネネ。実に頼もしい。

「それと、レースに関してだけど……俺達はこれを意識しないでいこうと思う」

「積極参加はしないということですか？」

「ああ。国として娯楽性を求める気持ちはわからないでもないが、俺達まで浮かれることはない。どんな危険があるかわからないしな。手堅くいこう」

俺の言葉に全員が神妙にうなずく。

何せ、俺達はウェルメリア最難関迷宮である『無色の闇』に潜り、迷宮《ダンジョン》というものの恐ろしさと深淵《しんえん》を味わった身だ。

あれを経験すれば、浮かれる気持ちにはならないだろう。

「突入に関して、ここまでで何か質問は？」

「はい！」

勢いよくマリナが手を上げる。

「はい、マリナ君」

「初回攻略目標はどこまでの予定？　ペース配分ってどうしたらいいかな」

「ああ、それをこれから説明しようと思っていた。今日、明日はまず地下二階層への階段確認を最優先としつつ、地下一階層の広範囲な調査をしたいと思う」

「そうなの?」

不思議そうにするマリナにうなずく。

「迷宮《ダンジョン》の一般開放のためにまずは五階層までの調査って話だけど、一階層の広さと魔物《モンスター》の情報だけでも、ある程度の規模と危険度を知ることはできる。次の階層への階段が一つとは限らないし、まず第一階層は情報に確実性を持たせておきたい」

なにせ、新規迷宮の初回調査など、俺も初めての経験だ。

安全対策も兼ねて、まずは手堅くいきたい。

「じゃ、長期戦を見越してのペース配分だね!」

「そうだな。階段エリアを確保できればそこで次の行動を考える余裕もできる。階段の発見を最優先で行こう」

「うん。いつも通りだね!」

「ところで、他の参加パーティはどんな人たちなんすか?」

「ええと、参加するのは俺達を含めて全部で三つ……『フルバウンド』と『ミスティ』、それから俺達『クローバー』だ」

『フルバウンド』はドゥナ出身者で構成される現地のパーティで、ドゥナ代表と言えば彼ら、というほど有名なBランクパーティだ。

これまでドゥナ周辺には迷宮《ダンジョン》がなかったので迷宮経験は浅いようだが、かなりの実績があるパーティで、今回の起用でAランクへの昇格も狙っているらしい。

もう一つの『ミスティ』は中央——つまり、王都出身の新進気鋭のBランクパーティだ。

人気Aランクパーティ『カーマイン』が熱心に指導教育を行っている、女性ばかりで構成されたパーティで、最近は華やかさも相まって配信人気がうなぎ登りしてるパーティである。

……さて、そんな彼らに混ざって少しばかり異質なのが俺たち『クローバー』だ。

何せ結成から一年足らずのCランクパーティである。

おそらくは、話題作りのための賑《にぎ》やかしとしての配置だろう。

『無色の闇』に伴う『サンダーパイク事件』でそれなりに巷《ちまた》を騒がせたので、今回の復帰初依頼はそれなりに話題性があるに違いない。

「他の参加パーティは経験豊富な先輩方だ。俺達が無理して追いかければ事故りかねない。俺達は俺達らしく、慎重に楽しもう」

そう、いつも通りに手堅く仕事をすればいい。

迷宮攻略《ダンジョンワーク》のセオリーをしっかり守って、予定されたプラン通りに進むのが冒険者というものだ。

競い合うのが悪いとは言わないが、迷宮《ダンジョン》はそういう遊びを許容できる場所ではない。

こと、新迷宮というものは何が起こるかわかったものではない。

「そうですね。では、まずは荷ほどきをして明日の準備をしてしまいましょう」

「っすね」

「了解！　新迷宮、ちょっと楽しみ！」

各々が準備に取り掛かる。

俺にしても、新迷宮ということで少しばかり緊張する部分がある。

サポーターとして、しっかりとイメージトレーニングをしておきたいところだ。

そんな俺の袖をレインが引いて、手招きする。

「ユーク。魔法の巻物《スクロール》と魔法薬類《ポーション》の配分、どう、する？」

「そうだな……できるだけ二人で被《かぶ》らないように持とうか」

荷物を広げ始めたレインに頷いて、俺もまだ見ぬ新迷宮に思いを馳《は》せた。

◇

翌日、しっかりと準備を整えた俺達は新迷宮の入り口に立っていた。

他の参加パーティはすでに出発しており、俺達は最後の出発パーティとなる。

挨拶を兼ねた顔合わせは昨日のうちにしていたのだが、どうにも他のパーティは〝レース〟になり乗り気なようで、早朝のうちに先を争うようにして進入して行ってしまった。

Aランクに昇格するために充分な成果を上げるためには、他のパーティに先んじて成果を出さねばならないと考えているのだろう。

「ユークさん。準備完了です」

突入前のチェックを入念にしたシルクが、俺に頷く。

「それじゃあ、『ゴプロ君』を起動するぞ。――慎重に楽しもう」

配信用魔法道具《アーティファクト》を起動してから、迷宮内に足を踏み入れる。

「みんな！　今日は国選依頼《ミッション》でドゥナの新迷宮に潜るよ！　応援よろしくね！」

『ゴプロ君』の前に回り込んだマリナが快活に笑う。

俺の事務的な開始宣言よりはずっとウケがいいだろう。

それよりも、この環境について俺は留意せねばならない。

「かなり暗いな……」

地下水路タイプである以上、予想はしていたものの全く光源がないとは。

さすがに発見したての迷宮《ダンジョン》というだけのことはある。

同じ事を考えていたらしいレインが、すぐさま〈灯り《ライト》〉の魔法を杖《つえ》の先に灯《とも》して、周囲を照らした。

青白い光に照らし出されたのは、アーチ状をしたレンガ造りの旧い地下水路……といった風情の景色。

通路の幅は15フィートほど。高さも10フィートはあって武器を振るのには問題なさそうだ。

通路の隣を流れる水路の幅は3メートルほどで臭いはなく、深度は不明だが流れてはいる。

光に照らされて見える範囲では、所々に橋のようなものがかかっていて水路の反対側に渡れるようにもなっているようだ。

「苔《こけ》、ないね」

周囲を見回して小さく呟くレインに、頷いて俺はカンテラを引っ張り出す。

およそ、ほとんどの迷宮《ダンジョン》には『光苔』という植物型の魔法生物が要所に繁茂していて、内部の光源としているが……そもそも、それを設置するのも冒険者の仕事だったりする。

迷宮《ダンジョン》を問題なく進める冒険者を雑用に使うわけだが、依頼のランクはいかほどになるのだろうか。

「私は夜目が利くので光源はいらないっす」

猫人族《チェルシー》であるネネは暗闇でも問題なく視界を確保できる。

この暗闇で光源をぶら提げるのは、先行警戒を行う上で逆にリスクになってしまうかもしれない。

「念《ねん》の為《ため》、松明《たいまつ》にも火を灯しておくか。マリナ、頼む」

「うん！　おっけー！」

魔法の鞄《マジックバッグ》から取り出した松明に火をともし、先頭を歩くマリナに渡す。

魔法の灯りだけでも十分ではあるのだが、罠《わな》や魔物《モンスター》の力で魔法の力が揺らいだ時のための備えはしておきたい。

複数の光源を用意しておくのは、暗闇を行くときの基本だ。


「では、先行警戒にいってくるっす」

「ああ、頼んだ」

するりと暗闇に溶けるように駆けていくネネを見送って、俺は新たな迷宮《ダンジョン》の空気に気を引き締めた。

それにつられたのか、シルクが闇の向こうを見やって体を少し強張《こわば》らせる。

「なんだか、緊張しますね」

「ああ。でも……少し浮ついてもいるよ、俺は」

「あたしも！　この迷宮《ダンジョン》、何て名前にしようかな？」

こうも他のパーティよりも出遅れているというのに、マリナはまだこの迷宮《ダンジョン》の名前を付けるつもりでいるらしい。

こういう場面でも無邪気で自然体でいられるのは少しばかり羨ましく思う。

そんなマリナの隣で、レインも少しばかり気を散らしていた。

「珍しい、魔法道具《アーティファクト》は、あるかな？」

「どうだろう。さすがに良《い》いものは奥まで潜っていかないと見つからないかもしれないな」

「未発見のがあると、嬉しい、です」

それは確かに。

これまで知られていなかった新迷宮ともなれば、未発見の財宝や魔法道具《アーティファクト》が見つかってもおかしくはない。

それが、世紀の大発見につながる可能性もあるのだ。

例えば、いま俺達が使っている配信用魔法道具《アーティファクト》の原型もそうして見つかったものなのだから。

「何か面白いものが見つかるといいな」

「うん。ロマンは、大切……！」

いつになくうきうきとした様子のレインが、ご機嫌に笑う。

「……戻ったっす」

そうこうするうちにネネが戻って来た。

こちらも返り血がついてるわけでもなく、足取りも軽い。

「どうだった？」

「魔物《モンスター》も罠も今のところは見つからなかったっす。逆にちょっとヘンっすね」

「ああ。もしかしたら一階層自体がエントランスだったりするのかもしれないな」

ネネの先導で暗闇の中を進みながら、いくつかの可能性を思案していく。

エントランスである可能性はあるだろう。

『無色の闇』も進入してから階段を下りるまではエントランスエリアとなっていて危険がない場所になっているし、他の迷宮《ダンジョン》にもあるにはある。

ただ、地下水路のようなダンジョンに適したロケーションで、最初のエリアがエントランスエリアになっているのは聞いたことがない。

「……！　待ってくださいっす」

ネネの鋭い囁《ささや》き声《ごえ》が、俺の思考を中断させる。

その理由はすぐにわかった。

何か金属を引きずるような音と大きめの足音……それが、曲がり角の向こうから聞こえてきている。

しかも、それはかなりゆっくりとした歩調ながら、徐々にこちらへと近づいてきているのだ。

「……得体のしれない奴《やつ》っす」

曲がり角に身を潜めて、手鏡で先を確認したネネが緊張した顔でこちらを振り向く。

「どんな奴だ？」

「鎖を体に巻き付けた人型っす。大きさはオルクスと同じくらいっすね」

「鎖……？」

必死にこれまで培った経験と知識を総動員させるが、残念ながら該当するような魔物《モンスター》は思い浮かばなかった。

「こっちに向かってきているっす。どうするっすか?」

「話は通じそうか?」

「私見すけど、無理そうっす」

迷宮内で友好的な魔物に出会うという事は、まれではあるが皆無というわけではない。

人間相手に商売を覚え、地上の食糧と引き換えに迷宮《ダンジョン》での拾得品を物々交換する人狼《ワーウルフ》や、気にいられれば古代の魔法を教えてくれる亡霊《ゴースト》がいるダンジョンもある。

しかし、それは例外中の例外だ。

ダンジョンを徘徊《はいかい》している以上、遭遇する人外は全て敵と考えたほうがいい。

……人間だって信じられたもんじゃないが。

「仕掛けよう」

「了解っす」

強化魔法を付与しつつ、無詠唱《クイックキャスト》用の魔法をいくつか準備しておく。

様式美として、赤魔道士の初手は弱体魔法と決まっているしな。

いきなり〈歪光彩の矢《プリズミック・ミサイル》〉といきたいところではあるが、あれは負担の大きい魔法だし、生息する魔物《モンスター》にどの魔法が有効かも調べておきたい。

「アッ!　アアア!」

飛び出そうというその瞬間、ゆっくりと迫っていたそいつが驚きの俊敏性で曲がり角から姿を現した。

一体、何を感知したのかは不明だが、奇襲のタイミングを逸したのは確かだ。

「アッ！　アッ！」

興奮した様子のそいつは、地団太を踏むようにして体を震わせる。

しかし、本当に奇妙な奴だ。ずんぐりとした人型をしているが、その体は隙間なく鎖が巻かれており、中身が人間かどうか、まるでわからない。

体に巻かれた鎖の内いくつかは、床に垂れており、動くたびにそれがじゃらじゃらと音をたてている。

それでもって、それは武器でもあるらしい。

「アッー！」

ずんぐりした体からは想像もつかない俊敏な動きでそいつが腕を振り下ろすと、垂れた数条の鎖がフレイルか鞭《むち》のように床に叩きつけられる。

正面に立っていたネネはそれをするりと躱《かわ》したが、あれの直撃をもらえばただでは済まないだろう。

「〈麻痺《パラライズ》〉、〈鈍遅《スロウ》〉、〈目眩まし《ブラインドネス》〉」

入りが浅い！

少しばかり抵抗《レジスト》が強い。この手応え、中身はアンデッドか魔法生物の類いだろうか？

作用自体はするが、さほど大きな弱体化とはなっていないようだ。

「出るよッ！」

次の弱体魔法を準備する俺の隣を、黒刀を抜いたマリナが飛び出していく。

振るわれる鎖を避《よ》け、時に斬り落としながら鎖男に向かって距離を詰めるマリナ。

「〈猛毒《ベノム》〉、〈綻び《コラプス》〉、〈重力《グラビティ》〉」

「アッー!?」

〈綻び《コラプス》〉の魔法が入った瞬間、鎖男が大きく身をよじった。

そのタイミングで、レインの放った〈衝電《ショック》〉が鎖男を捉える。

小さな電撃で以《もっ》て相手を怯《ひる》ませる魔法ではあるが、これによって作られた隙は、マリナにとって完璧なタイミングだった。

「――殺《と》るッ！」

〝魔剣化〟を乗せたマリナの黒刀が一息で三度振るわれ、断たれた鎖が空を舞った。

「ア……アア……――」

鎖の音が止《や》んだその場所には、もはや鎖男の姿はなく……ただ、一塊になった大量の鎖だけが残された。

◇

「なんだったんだ、こいつは……？　レイン、シルク、どうだった？」

レインは魔術的、神学的に、そしてシルクは精霊の性質的にこの魔物《モンスター》を観察していたはずだ。

「わから、ない」

レインが眉根を寄せて首をひねる。

「わからない？」

「強いて言うと、魔法生物に近いけど……穢《けが》れも感じる。人間を、マナの澱《よど》みに、頭から投げ込んだら……こうなりそう？　みたいな、感じ」

「同感です。精霊が乱れるというよりも、反転に近い状態でした。生命力あるアンデッド、というか……」

二人にしてもその気配を掴み切れないということか。

とはいえ、俺も魔法の通り方から同様の違和感を感じてはいるのだ。

普通、俺の使う魔法は『生命体』に対して正常に作用するように魔法式が調整されている。

今回、弱体魔法をいくつか放ってみたが、そのどれもが若干の抵抗《レジスト》を感じた。

相手が魔法能力、あるいは精神的に魔法の力を跳ねのけることはある。

しかし、今しがた遭遇した鎖男は存在そのものに魔法の抵抗力があるように思えた。

かと言って、アンデッドのように全く通らないというわけでもなく……どちらかというと、魔法生物や悪魔のような感触だったように思う。

「悪魔の類いだろうか？」

「精霊の乱れ的にはそれが一番近いんですが……。以前見た百目汚泥《ヘクトアイズ》ともまた違った感じでした」

結局のところ、正体は不明だな。

「この鎖、どうする？」

マリナが床に散らばる鎖を指して、俺に問う。

これが悪魔の残滓《ざんし》とすれば、呪いの類いがかかっているかもしれない。注意する必要がある。

「〈魔力感知《センスマジック》〉、〈呪力感知《センスカース》〉」

レインが小さく杖を振って魔法を唱える。

初めてのダンジョンで出会った、得体のしれない敵だ……こういった警戒は必要だろう。

「えっと、鎖は、大丈夫。でも鎖の中に、ヘンな、の……あるね」

「どれどれ……？」

大小さまざまな鎖を魔法の鞄《マジックバッグ》に収めながら、その『ヘンなの』を探す。そして、それはすぐに見つかった。

「指輪？」

直接触れないように、慎重にそれをピンセットでつまみ上げて確認する。

あのずんぐりとした鎖男がつけるにはいささか小さいサイズの、金の指輪だ。

「……ダメだ。『鑑定』しても詳細がわからないな。何らかの魔法が付与されていることしかわからない」

「あんまり、いい気配じゃ、ない」

「そうだな。持ち帰って精査してみよう」

仮とはいえ、悪魔の遺骸の中から獲得した指輪なんて得体のしれないものを身につける気にはなれない。

それに鑑定結果が不明とはいえ、どうにもこれからは奇妙な気配がある。

こんなに小さいのに、存在感がありすぎるのだ。

「どうするっすか？　鎖の跡を追跡することはできそうっす」

「……特にあてがあるわけじゃない。まず、こいつがどこから来たのかを確認するか」

もしこの魔物《モンスター》が悪魔の類いであれば、水路のどこかに召喚跡があるかもしれないし、召喚者その人がいるかもしれない。

あるいは迷宮《ダンジョン》の特性的に呼び寄せている可能性もある。

発生源を突きとめることも、調査としては重要だろう。

……何せ、あれはかなり強かった。

魔物《モンスター》ランクとしては間違いなくCランク以上はある。

それが一階層目の入り口からそう遠くない場所をうろついているとなると、この迷宮《ダンジョン》のランクはかなり上がることになるだろう。

「先行警戒で鎖の引《ひ》き摺《ず》り跡を追ってみるっす。皆さんは、しばし待機を」

「ああ、頼むよ」

マリナとレインに〈魔力継続回復《リフレッシュ・マナ》〉を付与しつつ、指輪を小袋に入れてから魔法の鞄《マジックバッグ》に収納する。

うっかり素手で触ってしまうのは避けたい。

「ねえ、ユーク。あたしからもいいかな？」

「どうした、マリナ」

「えっと、伝えにくいんだけど……アレの中身って人だったと思う」

「見えたのか？」

全て鎖に覆われていて中身は全く見えなかったのだが、肉薄したマリナには見えていたのだろうか？

「ううん。斬った感触がね、人っぽかった。『侍』の能力だと思うんだけど、斬った相手が何か、だいたいわかるっていうか……。難しいね、説明。あたし、バカだから上手《うま》く伝えられない」

しゅんと落ち込むマリナの頭を軽く撫でる。

「いや、参考になるよ」

『侍』という職能《ジョブ》の能力を把握しきれていないのは、リーダーである俺のミスだ。

そもそも『侍』という職能《ジョブ》を持つ者の数が少なすぎて、これまで関わる機会もなかったしな……。

ただ、小耳にはさんだ話では、『侍』は斬るものに対してこだわりを持つことがあると聞いた事がある。

『侍』というのは〝生命を断つ〟ことに特化した戦闘職で、その技をそれ以外で使うことに——生命以外の『つまらないもの』を斬ることに抵抗感があるらしい。

それ故、斬ったものに対して、それが何であったかを感じるセンスが備わっているのだろう。

マリナが人だというのであれば、先ほどの鎖男はきっと人に類する何者かである可能性が高い。

「ボクもマリナが、正しいと、思う。魔石が、ない」

言われてみれば確かに。

アレが純然たる魔物であれば、魔石があってもいいはずだが、鎖の中からは見つけられなかった。

「もしかすると悪魔憑《つ》きって奴かもしれないな。そうなると、あの指輪が原因か……？」

「帰ってから考えましょう、ユークさん。ネネが戻ってまいりました」

夜目の利くシルクが、通路の先を指さす。

視線を向けると、暗闇の中からこちらに駆けてくるネネが灯りに照らし出された。

「戻ったっす。報告は二点……まず、階段を見つけたっす」

これはいい報告だ。

とりあえずの第一目標を達成したと言える。

「ただ、上り階段なんすよ……」

「上り？　地下水路なのに下りないの？」

マリナが驚きの声を上げる。

俺も同感だ。てっきり、水の流れに沿って地下へ下りていくタイプだと思っていたが、上り階段？　……それじゃあ、地上に出てしまうんじゃないだろうか。

「まだ階上の確認はしてないっす。二点目、鎖男のねぐらを見つけたっす」

「どうだった？」

「無人だったっす。こっちは確認してもらった方が早いと思うっす」

「わかった。じゃあ、まずは全員で鎖男のねぐらに向かおう」

ネネにうなずいて、闇の奥を見やる。

消える死体に金の指輪。その上、中身は人かもしれない。この状況に何とも言えない薄気味の悪さを感じてしまうのは、俺の勇気が足りないせいだろうか？

「気を付けて行こう。どうにも雲行きが怪しい」

自分に言い聞かせるようにそう告げて、頷くマリナ達と共に俺は地下水路の闇の中を慎重に進んでいった。

◇

ネネの後について、注意深く地下水路を進んでいく。

流れる水の音に何か聞き漏らしてはいないだろうか、と緊張しつつも歩くこと数分……俺達は例の鎖男のねぐらと思《おぼ》しき小部屋に到着した。

地下水路の一角にポツンとあるそれは、設計上最初から設置されたもののようで地下水路の風景に溶け込むようにして、木製の扉が据え付けられていた。

中に踏み入ると、そこは思ったよりも広めな空間で、角に寄せられた机と椅子、それに簡素なベッド、そしていくつかの雑多な道具類があった。

魔物のねぐらというよりも、水路管理者の休憩室兼物置、といった風情だ。

「これ……」

部屋を明かりで照らしていたレインが、俺の袖を小さく引く。

照らし出された部屋の隅には、大小さまざまな人骨が小山となっていた。

「あの魔物が食べたのでしょうか？」

「わからんな。そもそも、この人骨は誰のものだ……？」

墳墓の性質を持った迷宮《ダンジョン》であれば人骨があってもおかしくはないが、地下水路の一角に人骨があるというのはいかにもおかしい。

捕食されたのか、単に殺されたのか……いずれにせよ、ここかあるいは付近に『人間』がいたということになる。

「俺達が調査に来る前に誰かがダンジョンに踏み込んだのか？」

「かもしれませんね」

一番高い可能性はそれだ。

冒険者ギルドとて、報告をうけた直後に封鎖できたわけではあるまい。

噂を聞いた血気盛んな、もしくは欲に目がくらんだ者が内部に踏み入って、鎖男に殺されたというのが一番あり得る。

ただ、これがどこか希望的観測である気がするのは何故《なぜ》だろうか。

どうにも不安が拭えない。

「ユークさん、変なものを見つけたっす」

別の場所を探っていたネネが、引き抜かれて机上に放り出された引き出しを示す。

机についていた引き出しだ。

中身には雑多な筆記具に混じって、一冊の書物が収まっていた。

「レイン、頼む」

「うん。えっと、大丈夫そう」

〈魔力感知《センスマジック》〉と〈呪力感知《センスカース》〉を発動させたレインが、俺にうなずく。

こういう場所で手に入るものに迂闊《うかつ》に触ると呪われたりするからな。

俺の場合、もっと強力な呪いがかかっているけど。

「装丁的に本じゃない……。日記帳かメモ帳の類いだな」

手に取ったそれをパラパラとめくる。

残念ながら、中身は不明な文字で綴《つづ》られており、さっぱり内容はわからない。

規則性があるので、何らかの言語ではあると思うのだが。

念の為、開いたページの一つを『ゴプロ君』に近づけて配信に映しておく。

王立学術院の識者が何か摑んでくれるかもしれないしな。

「こんなもんっすかね。他に目ぼしいものはなかったっす」

「結局、アレに関する手掛かりはなしか。この日記が手掛かりになるといいんだが」

この魔物どころか動物の気配が一切しない地下水路で、唯一の『動く者』。

あれが複数いるとなると相当危険と思ったが、あれを倒して以来、影も形もない。

アレ一体だけなのか、極端に数が少ないのか……よくわからないな。

そもそも、この地下水路が迷宮《ダンジョン》かどうかすら怪しくなってきた。

「どうするの、ユーク？　階段、もう行っちゃう？」

「うーむ」

マリナの問いに少し考える。

当初のプランではじっくりと一階層をチェックする予定だった。

広さ的にもそう規模の大きいものではなく、魔物も鎖男だけとなれば、プランを変更して階段とその先を確認するのもありかも知れない。

むしろ、このモヤモヤとした気持ちを晴らしたい気分だ。

下り階段で地下水路に誘っておきながら、今度は上り階段を設置する意味が分からないというか、このはっきりしないチグハグとした不定形な不安感は『無色の闇』に感じたものと似ている。

「よし、その階段に向かおう。そこで、一旦落ち着いてから、ミーティングをしよう」

「そうだね！」

興味が抑えきれないといった様子のマリナが頷く。

（これはきっと、そのまま押し切られて次フロアを見に行くことになるパターンだな……）

そう苦笑する俺に気付いたシルクが、同じく苦笑を漏らす。

サブリーダーとしてよく働いてくれているシルクであれば、俺の考えも少しばかりは共感できるのだろう。

いや、それ以前にシルクはマリナとの付き合いが長い。

きっと、俺よりもこの先の展開が見えているんじゃないだろうか。

「それじゃ、案内するっす。ここからそんな遠くないっすよ」

「ああ。頼むよ、ネネ」

再びネネの先導で地下水路の中を進む。

同じ景色が続く上に妙に入り組んでいるので、はぐれたら迷子になってしまいそうだ。

「……ついたっす」

バカなことを考えていると、すぐに階段へと到着した。

確かに上り階段だ。しかも、階段の先はうっすらと明るくなっている気がする。

……やっぱり外に繋がっているんじゃないだろうか？

「明るい、ね？」

「そうですね。上ると、やはり外なのでしょうか？」

首をかしげながら、階段を上がっていく。

階段エリアの形状は、他のダンジョンとそう変わらないようで、踊り場で折り返す『コの字』型のようになっている。

上るにつれて、差し込んでいる光が何かはっきりしてくる。

それは、赤い夕陽《ゆうひ》の光だった。翳《かげ》る世界に長い影を落とす、黄昏《たそがれ》時の陽光。

「……」

それを見た瞬間、俺の魔法に苦しむ幼馴染《サイモン》の姿がフラッシュバックした。

強烈な不安感と拒否感がこみ上げてきて、思わず膝をつく。

「ユークさん⁉」

「大丈夫、ユーク？」

シルクとレインが体勢を崩す俺を振り返る。

俺がこのロケーションにトラウマを持っていることは、実は黙っていた。

そのせいで、余計な心配をかけてしまったらしい。

「ああ、問題ない。とりあえず、損耗チェックと休憩を入れよう。〝配信〟カット」

背中にかいた冷や汗を感じながら、大きく息を吐きだす。

まったくもって俺って奴は……！

ダンジョンのど真ん中で、リーダーである俺がこんなことで揺らぐわけにはいかないのに。

「ユーク、こっち。はい、座って」

レインがまごつく俺の手を引いて、壁際に促す。

座り込んだ俺の頭に、ふわりとレインのマントが被せられた。

黄昏の光が遮られて、動悸《どうき》が落ち着いてくる。

「落ち着くまで、座ってて？　辛《つら》いのは、隠さないで、ね？」

「ああ。悪い。少し休むよ」

レインの優しい匂いは、俺の脳裏をちらつくサイモンの影を意識の外に追いやってくれた。

……今度、眠る時はこれを貸してもらえないか聞いてみよう。

◇

「すまない。もう大丈夫だ」

しばしの休憩を経て、俺はすっきりとした頭で皆に謝る。

「ちょっとびっくりしちゃった」

「無理しちゃダメっすよ？」

心配げにこちらを見るマリナとネネに、軽く苦笑して、階段の上に顔を向ける。

「あー……実は、ちょっとこの光がさ、サイモンをやったときの色合いに似てるだろ？　それで、軽いトラウマになっていたんだ」

差し込む光を見やって、小さくため息をつく。

ずっと思い悩んでいたが、思いのほか簡単に口から出てくれた。

裏腹に、それを聞いた四人は黙り込んでしまったが。

「一旦落ち着けば問題ないし、最近は少し慣れてもきた。迷宮《ダンジョン》の中ってロケーションで少し強めに揺さぶられてこのざまだが……もう、問題ない。状況チェックを開始しよう」

半ば誤魔化すように口を動かしたが、次の瞬間……マリナとシルクに両側から抱擁された。

「お、おいおい……」

配信を切っておいて助かった。

こんなのを全国のお茶の間に届けたら、あとで大問題になりそうだ。

ただでさえ、やっかみも多いというのに。

「ユークが、そんなにつらかったなんて、知らなかった」

「どうして話してくださらなかったんですか？」

軽く抱擁を返して、「すまない」と謝る。

「信用してなかったわけじゃないんだ。ただ、俺は俺のやったことの心の始末を、自分でつけなきゃならないと思っていた」

でも、そうすることで俺はトラウマを抱え込み、こうして話してしまうことで楽になった。

つまり、俺は間違っていたのだろう。

「もう、次からはちゃんと相談してよ？　ユーク」

「わたくしにも、きちんと言ってくださいね？　約束ですよ？」

「次からはそうさせてもらうよ」

苦笑まじりにそう頷いてみせると、二人は満足げな顔で抱擁を解いた。

温《ぬく》もりに少しばかりの名残惜しさを感じつつ、頭の中を切り替える。

ここはまだ、ダンジョンの只中《ただなか》なのだから。

「さて、落ち着いたところでミーティングといこう。このまま、一階を探索するか、次の階に上がるか」

「私は、上を調査するべきだと思うっす」

「あたしも！」

ネネとマリナが手を上げる。

マリナは興味本位だろうが、ネネはどうだろうか？

「レインとシルクは？」

「ボクも、上、かな。他のダンジョンと、ちょっと、違う気がする」

「ユークさんは、どうお考えですか？」

俺は最後に意見を言おうと思っていたが、ほぼ全会一致なら問題ないか。

「俺も上階が気になる。正直言うと、地下水路エリアはあまり収穫がなさそうだし、この階段の先を確認してから二回目の迷宮攻略《ダンジョンアタック》に備えたほうがいい気がする」

「はい。わたくしも同じ意見です。この階段を境にして環境魔力《マナ》と精霊力の乱れを感じますし、この先に何があるのかを確認したいですね」

全員を見回して、頷く。

最悪、地下水路は帰還の際に時間をとって鎖男の再出現の確認がてら、マッピングを行ってもいい。

それよりも、上り階段の先から感じるこの異様な空気を確認してしまいたい。

「ま、その前に飯にしよう」

魔法の鞄《マジックバッグ》の中から、調理器具と机を取り出しながら、緊張した面持ちの面々に笑って見せる。

突入からすでに五時間。そろそろ腹に何か入れないと、緊急時に踏ん張りが利かないだろう。

「あ、配信は？　〝ダンジョン飯配信〟はしないの？」

「してもかまわないけど……」

「やった！」

マリナが荷物の中から、小型の『ゴプロ君』を取り出して空に浮かべる。

意外に器用なマリナは魔法道具《アーティファクト》の使い方もいくつか心得ていて、特に興味のある配信用魔法道具《アーティファクト》に関しては、こうして自分専用のものを持っているくらいだ。

「そっちで撮影するんすか？」

「うん。国選依頼《ミッション》の〝配信〟と分けとかないと困るでしょ？」

それでもって、意外とＴＰＯもわきまえている。

「じゃ、いくよー！　〝配信〟開始！」

「はいよ」

軽く笑いつつ、いつも通り——一ヵ月ぶりだが——に、食事の準備を始める。

まず、魔法石で加熱するコンロにフライパンをおいて、バターを溶かしていく。

「今日の、スープは、何かな？」

レインが期待した目で見るので、苦笑しつつ【常備鍋《スープストック》】の端を軽くお玉で叩いてやる。

見る見るうちに満たされたのは、芳醇《ほうじゅん》な香り漂うビーフシチューだ。

うん、今回はなかなかのあたりだな。

「お肉のシチューだ！」

「これ好きな奴っす！」

マリナとネネが手を叩き合って喜ぶ。

レインも結果にご満悦のようだ。……ああ見えて、結構大食いなんだよな。

そうこうするうちにフライパンがいい感じになってきたので、香草と鶏肉《とりにく》を放り込んで軽く火を通し……白ワインを一掛けして蓋をする。

今日は鶏肉の香草蒸しだ。

「見るたびに料理の腕が上がっていきますね」

「君らに旨《うま》い飯を食わせるのもサポーターの役目だからな」

コンロの余熱でバゲットを軽く温めながら、チーズとトマト、オレンジを切り分けていく。

チーズは栄養価が高いし、野菜と果物も食わないと体に悪いからな。

「……よし、完成だ」

湯気を立てる鶏肉の香草蒸しに諸々を添えると、なかなか見栄えのいい一皿に仕上がった。

隣では、シルクがシチューをよそってくれている。

「さあ、召し上がれ。シチューとパンはおかわりがあるぞ」

「見て見て！　すっごくおいしそう！」

マリナが皿を『ゴプロ君』に近づけて笑う。

喜んでもらえるならひと手間かけた甲斐《かい》があるってもんだ。

「それじゃ、いただきまーす！　うーん……すっごく美味しい！」

ひとしきり『ゴプロ君』に自慢し終えたマリナが肉にかぶりつくと同時に、和やかなダンジョン・ランチの時間が始まった。

◇

十分な休息で気力と腹を充実させた俺達は、黄昏の光が漏れる階段を上っていく。

見上げればもうすぐそこに出口があり、忌まわしい記憶にこびりついた夕焼け色の空がどんどん近づいていることに少し落ち着かなさを感じたが、フラッシュバックが起きるほどではない。

階段半ばで、ネネが一足飛びに階段を駆け上がっていく。

ギリギリのところで身をかがめて周囲を見回したネネが、こちらを振り返りコクリと頷いた。

階段の出口に危険はないようだ。

「これは……」

階段を上りきったところで、その光景に俺達は息をのむ。

おそらく、配信を通してこの光景を見ている視聴者たちも同じだろう。

攻略開始当初、地下水路がメインと考えていただけに、これは少しばかり予想外が過ぎた。

「街、だね。建築様式は王国と、あんまり変わらないか、少し西より、かな」

レインの言葉にうなずいて、周囲の景色を見る。

俺達が出てきたのは、小さな広場のようになっている場所で、背後には城壁、眼前には住宅街らしき家々が連なっている。

俺達が出てきた階段はアーチ状の小さな建物に備えられており、文字通り、地下水路管理用の入り口になっているようだ。

「えっと……ドゥナ、じゃないよね？」

「違うっすね。念のためにドゥナの街並みは一通り見て回ったっすけど、あんな場所はなかったはずっす」

マリナに首を振って答えるネネの視線が注がれる先、そこには街並みに遮られながらも、遠方にひっそりと城が姿を見せていた。

「迷宮《ダンジョン》なのでしょうか？　ここも」

「どうだろうか……」

周囲を警戒するシルクが少し不安げに問う声に、俺は明確な答えを提示できない。

廃墟《はいきょ》ではない。

建物に大きな損傷や傷みはないし、石畳も整備されている。

だが、人の気配は全くと言っていいほどない。

そもそも生き物の気配を感じない。

「都市型迷宮、かな……？」

「そうかもしれないが、通常のフィールド型迷宮ってわけでもなさそうだ。時間的に、夕暮れ時って時間でもないな」

レインに応えながらも考えを整理していく。

都市型の迷宮《ダンジョン》というのもあるにはある。

例えば、『オーリアス王城跡迷宮』は本迷宮《メインダンジョン》に入る前に、小迷宮《レッサーダンジョン》に分類される城下町の踏破が必須で、当時の面影を残す廃墟の城下町は地上にありながら夜になればアンデッドたちが徘徊する危険な場所となっている。

「ユークさん、どうするっすか?」

「……一時撤退だな」

ネネの言葉に応えるようにして、俺は判断を下した。

これは、ギルドマスターや国選依頼《ミッション》の発注元である王立学術院とも協議が必要だろう。

依頼内容としては『地下五階層までの踏破』となっていたが、これではあまりに変則的過ぎるし、正直言って、この場所は奇妙すぎる。

これは感覚的なものだが……ここには、『無色の闇』と同じ空気を感じてしまう。

つまり、異世界の気配を感じるのだ。

地下水路の中でもうっすらとは感じていたが、特にこの黄昏に染まる都市を目にした瞬間、その気配が強くなった気がする。

ベンウッドは先だって起きた迷宮各所の異常が、この迷宮出現によるものではないかと推測していた。

今、ここに立ってみて、俺はそれを強く意識している。

推測を思考しすぎれば視野が狭くなるのは重々承知だが、この場所の空気や気配はあまりにも似すぎているのだ。『無色の闇』で感じたものに。

「ユーク、顔色、悪い」

「どうにも嫌な予感がするんだよ」

「――それは、実に正しい認識ですな」

妙に甲高い声が、急に響いた。

「警戒ッ！」

俺の発した指示に全員が得物を抜いて、背中合わせに円となる。

どこから発せられたかわからない以上、死角を作るわけにはいかない。

「誰だ……ッ？」

俺の問いかけに応えるように、石畳の隙間から何かがにじみ出てきて一つの姿を取る。

「これは失礼を。吾輩《わがはい》はロゥゲ。旅の人よ、あなたのお名前をお聞かせ願えますかな？」

それは奇妙な姿だった。

おそらく、声の質からして老人だとは思う。薄いベールのようなものが何重にもなった黒い外套に身をすっぽり隠し、長い鼻と皺《しわ》の深い口元だけが覗《のぞ》き見える。

なりは小さく、曲がった背中を杖で補っているようだ。

「俺はユーク。あなたは何者だろうか？」

ベルセポネの件もある。

この奇妙な老人が一体何者なのかわかるまでは、油断できない。

「吾輩は哀れな老人に過ぎませせぬよ。この壊れた世界に取り残された……哀れなる、ね」

言葉とは裏腹に、その口は弧を描いていた。

この異様な状況下で、油断できるほど俺は能天気ではない。

しかし、言葉によるやり取りができるのであれば、情報を得るまたとない機会ではある。

「なぜ迷宮《ダンジョン》の中に？」

「『迷宮《ダンジョン》』……。ほほ、左様でございますか。ここは、迷宮《ダンジョン》の中というわけですな。実に歪《ゆが》んだ結果でございますな。結構、結構」


どこか納得するように、老人がうんうんと頷く。

まるで正気のようには思えないが、逆に理知的にも思えた。

「あなたは『この世界』と言った。ここは、迷宮《ダンジョン》ではないのか？」

「どうでございましょう？　さりとて、旅人の皆様方……我が麗しの王都をご紹介することはできますとも」

くるりと振り返り、杖で指すロゥゲ。

「この黄昏に満ちたまま歪む王都の名を『グラッド・シィ＝イム』と申します」

「『グラッド・シィ＝イム』……？」

「かつては〝喜びの都〟などと呼ばれておりましたが、今やご覧の通りの有り様《あ　さま》。実に滑稽でございましょう？」

背を揺らして含み笑いを漏らすロゥゲ。

「ねぇ、おじいちゃん。あなた以外に人はいないの？」

「いますとも。皆おりますとも。王と臣民たちは今もここにありますとも」

「どういうことだ？」

「それは吾輩の口からはとてもとても……」

一層、愉快気に背を揺らすロゥゲ。

その姿が徐々に黄昏に溶け始める。

「そろそろ時間でございますな。さようなら、フェ、ェ、ルディ、ィ、オ様。いずれまた」

「……ッ⁉　お、おい！」

俺の声が届いたのか届かなかったのか。

老人は小さく会釈すると、その姿をすっかりと消してしまった。

「報告に戻ろう。どうにも嫌な予感が止まらない、ネネ、先導を頼む」

「最短距離を行くっす」

頷いて地下水路に続く階段に振り返った瞬間、殿《しんがり》にいたマリナが声を上げた。

「待って、ユーク！　あそこに誰か倒れてる！」

閑話　闇の底と意識の底

——この違和感は何か。

いいや、これを知っている。違和感などではない。

長らくの間に、すっかりと記憶の底に仕舞い込んでいたものが、ゆっくりと浮上してくるのを感じる。

懐かしさと、嬉《うれ》しさと、憎しみと、悲しみ。

感情と呼ばれているものだ。かつて自分が持っていたもの。いつか自分が失ってしまったもの。

この再会に選択されるべきものは、どういった感情だったか。

思い出せない。思い出せないが、この煮え切らない感覚すら懐かしい。


どうしてくれようか。

どうしてくれるのか。


もはや願いもなく祈りもなく、ただただ広がり行く自分を感じる。

そして、その延びた自分の先端が懐かしき場所に触れている。


嗚呼《ああ》。嗚呼。

帰ってきた。この場所に。この懐かしき場所に。
長い長い放浪の末、ついに願いはかなったのだ。

第二章　黄昏《たそがれ》に歪《ゆが》む王都と蠢《うごめ》く魔物

初回迷宮攻略から帰って翌日。

俺は、マニエラが詰める指令所の一角に呼ばれていた。

「それにしても、妙なことになったねぇ……」

煙管《キセル》を燻《くゆ》らせながら、マニエラがため息と一緒に煙を吐き出す。

その煙を思いっきり浴びながら、俺もどうしたものかと考えた。

あの後、すぐさま引き返した俺達《おれたち》は、指令所に詰めていたマニエラと王立学術院の現地統括責任者であるボードマン子爵にすぐさま報告を行った。

ただ、配信を見ていたはずの彼等《かれら》と俺達の報告がいくつか噛《か》み合《あ》わなかったのだ。

まず、共通の認識として地下水路から階段を上りきった先は謎の都市になっているという部分は一致した。

地下水路で行われた鎖男との戦闘も配信で記録されていたし、その後のねぐらに向かうところも、マリナのダンジョン飯配信もちゃんと映っていた。

だが、あの怪しい老人……ロゥゲの姿と声は、配信に映っていなかった。

俺も記録映像を見たが、一連のやりとりもまるで一人芝居のようになっていて、記録には残っていない。

学術院の見解としては、階段を上った瞬間に何らかの幻惑状態に陥ったのではないかとのことだ。

確かにその可能性は否定できない。

あのロゥゲという老人が実在するかどうかは、実際に関わった俺ですらいささか疑問な部分がある。

「他のパーティからも、あの都市の情報はあがってる。とりあえず、依頼に関してどうするかはこっちで協議しておくよ」

新進気鋭の若手パーティによる新迷宮攻略レースというには、状況があまりにも異質になりすぎている。

この先どうするかは、今回の依頼を主導している王立学術院と冒険者ギルドに任せるしかないだろう。

「はい、よろしくお願いします。それで……彼女はどうしましょうか？」

「あの子については、迷い込んだ人間として、いまドゥナや近隣の村に照会をかけているところさ。もう少し、待っとくれ」

黄昏の王都『グラッド・シィ＝イム』を後にする直前、マリナが見つけた小さな少女。

意識を取り戻した後も、いまいち彼女については不明点が多い。

一言もしゃべらないので、どういう状況であの『グラッド・シィ＝イム』にいたのか……それすらもわからないのだ。

ただ、迷宮《ダンジョン》の生物というのは生け捕りできないというのが基本的なルールである。

生きたまま迷宮《ダンジョン》を出入りできたという事は、少なくとも魔物《モンスター》ではない。

おそらく、何らかの理由で迷宮《ダンジョン》に迷い込んだ一般人だろうというのが、俺達の共通見解だった。

「わかりました。では、しばらく俺達で預からせてもらいますね」

「ああ、悪いけど頼んだよ。できるだけ早くに街に移送する手はずを整えるからさ」

一応、このキャンプ地には救護所もあるのだが、彼女がマリナにくっついて離れなかったのだ。

そこで無理に引き離すのもどうかと思った俺が、しばし『クローバー』に用意されたコテージで彼女の面倒を見ると申し出ることにした。

マリナに懐いているし、迷宮《ダンジョン》で怖い思いをして言葉を失ったらしい少女に、これ以上のストレスをかけたくはない。

「では、一旦コテージに戻ります」

「なあ、坊や」

「はい？」

席を立って、コテージを出ようとした俺をマニエラが呼び止める。

「あんた、あそこはなんだと思う？」

「まだわかりません。推測も記録《ログ》に取りまとめているはずですが……」

「アタシはお堅い一般論が聞きたいんじゃないんだよ。あんたは、どう思ったんだい？」

まったく、こういうところだけベンウッドに似ている。

一冒険者である俺の主観なんてものを、どうして求めるんだろうか。

「それは、あんたがサーガの身内だからさ」

俺の表情から心の中を読んだのか、マニエラがにやりと笑う。

訂正しよう、彼女はベンウッドよりも性質《たち》が悪い。

「これは、戯言《たわごと》の類いだと思ってください」

「いいともさ。冒険者は直感が大事だよ」

「……。あそこは、異界じゃないかと思います」

言葉を探し、もっとも適していそうな単語を口にする。

「異界？」

「はい。『無色の闇』の中と同じか、もっと濃い違和感を感じるんです。どうにもあそこは、世界の端を越えた感触があるんですよ」

「その口ぶりだと、『無色の闇』が何だったか、もう気が付いてるんだね？」

「まだ、推測の域を出ませんけどね」

マニエラが煙を静かに吐き出して、俺を見る。

「その推測はおそらく正解さ。ほんと、サーガに似てるね……。あんた、隠し子とかじゃないだろうね？」

「そうだったらいいと思ったこともあります」

冗談めかして笑ったマニエラが、俺の言葉にすっと真顔になる。

「実際、今でもそうじゃないかと思ってるくらいさ。だからこそ、あんたの直感とセンスをあてにさせてもらうよ。各地の異常直後に現れたこの迷宮《ダンジョン》……『黄昏の王都グラッド・シィ＝イム』は、きっとでかいヤマになる」

経験と直感が入り混じった、熟練冒険者の眼差《まなざ》しとなったマニエラが俺を見据える。

「何にせよ、あたしはあんた達『クローバー』に仕事を投げるつもりさ。期待させてもらうよ、坊や」

「他にも優秀なパーティが参加しているんです、あまり過度な期待はしないでくださいよ」

「それなんだがね、『ミスティ』が降りた」

「え？」

攻略が始まったばかりだというのにどういうことだろう。

「理由は？」

「メンバーの半数が迷宮《ダンジョン》に踏み込んでから体調を崩したと聞いている。この件、どうにもくさい。あんた達も気をつけるんだよ」

目つきを鋭くするマニエラに頭を下げ、今度こそ指令所コテージを後にする。

内部は魔法道具《アーティファクト》で暖房が効いていたが、外に出ればそれなりに冷える。かなり南に近いので、フィニスよりはましだが。

そういえば、『グラッド・シィ＝イム』も寒くはなかったな。

やはり、この世界とは隔絶した場所なのだろう。

それにしても、『ミスティ』の突然の不調は、あの迷宮《ダンジョン》と何か関連があるのだろうか？

不気味な気配を放つ、あの黄昏の光に満ちた無人の都。

嫌悪感は俺のトラウマからくるものだと思い込んでいたが、もしかすると何かしらの魔法的作用があるのかもしれない。

気に留《と》めておく必要がありそうだ。

そんなことを考えながら歩く俺の頭上を、何か白い物がするりと追い越していった。

方向は同じ。調査キャンプに設置された『クローバー』のコテージに向かっている。

「あれは……」

青空に映えるそれは真っ白で、鳥の形をした折り紙に見える。

手紙を配達するための簡易魔法道具《アーティファクト》──【手紙鳥《メールバード》】だ。

ドゥナ冒険者ギルドの長はさっきまで一緒だったので、ベンウッドからだろうか？

いや、それもおかしいな。

あれは個人あてに飛ばすものなので、『クローバー』宛ならばパーティリーダーである俺に向かって飛んでくるはずだ。

さて、それでは誰に宛てたものなのだろうか？

首をひねりながらコテージへと急ぐと、扉からレインが出てくるのが見えた。

コテージの上を旋回していた【手紙鳥《メールバード》】はふわりと降りて、レインの前で手紙へと変じる。

レイン宛の手紙とは、少し珍しいかもしれない。

「あ、ユーク」

「【手紙鳥《メールバード》】で手紙なんて珍しいな」

「うん。誰から、かな？」

封筒を裏返して差出人を確認したレインの顔が、見る見るうちに青ざめていった。

◇

「クラウダ伯爵？」

「うん。ボクの、血縁上の祖父。で、実質的な、他人」

「レインさん、貴族だったんすか？」

ネネの驚いた声に、首を振るレイン。

「ボクは、庶子《しょし》で、追放された、身だから」

一息置いてからとつとつと語り始めるレイン。

それは、酒場などで風の噂《うわさ》によく聞く話でもあった。


貴族の屋敷《やしき》に下働きとして雇われていたレインの母が、クラウダ伯爵家長男のお手付きとなった。

よくある話ではあるが、醜聞ではある。伯爵家としては頭の痛い話だろう。

さらに困ったことに、幾度かの逢引《あいびき》の間にその下働きはレインを身籠ってしまっており、若く将来のある嫡男に対する風聞を恐れたクラウダ伯爵は、身重となったレインの母を即座に解雇、いくばくかの金を握らせて故郷に追い返してしまったらしい。


「ママは、小さい頃に、流行病《はやりやまい》で……空に、上った。ボクは、知り合いの伝手《つて》で魔法学院に入学して、その後、冒険者に、なった。どうして、今頃になって……？」

何とも言えない表情で、手紙を見るレイン。

「レイン。とりあえず、中を確認してはいかがですか？」

「うん。そだね」

小さく頷《うなず》き、レインが折りたたまれた手紙を開く。

「……」

手紙に目を走らせていたレインの顔が徐々に険しくなっていき、最後には呆然《ぼうぜん》とした顔で手紙をテーブルに置いた。

「なに、これ」

俯《うつむ》いて、小さく震えるレイン。様子がおかしい。

「大丈夫か？」

「大丈夫く、ない。あの、タヌキ、ボクを何だと、思って……！」

ぽろぽろと涙を流しながら、珍しく感情的になって机を叩《たた》くレインの背中をさする。

「手紙、見てもいいか？」

「嫌、だけど……見て」

押し出された手紙を全員で覗《のぞ》き込《こ》む。


『──お前の処遇が決まった。』

いきなりこんな出だしで始まった手紙は、その後も一切の愛情が感じられない言葉が続く。

『誉《ほまれ》高いことにサルムタリアの第二王子であるマストマ様がお前をご所望だ。』

『今まで役に立たなかったお前が、ようやく我がクラウダ家の役に立つ時が来た。』

『クラウダ家の血を持つ者として、当家の繁栄に関われる光栄を喜ぶといい。』

『当家の娘として、最低限の教育を施す必要がある。粗暴で浅慮な冒険者など即刻辞め、至急戻るように。』


……なんだ？　これは。

これが縁を切って無視を決め込んでいたレインに対する言葉だなんて信じられない。

貴族という人種は、幾分俺達と血の色が違うと聞いたが、ここまで非人間的とは思いもよらなかった。

「どうしよう、こんなの……」

「え、無視したらいいんじゃない？」

「え？」

俯くレインに、マリナがあっけらかんと告げる。

「相手にすることないよ。だって、これ……どこにもレインの名前が書いてないもん。人違いだよ」

そう悪戯《いたずら》っぽく笑って俺を見るマリナ。

普段はちょっぴり考えが足りない風のマリナだが、時々こうして妙に頭の回転がいいときがある。

「よし、その線で行こう。手紙にクラウダ家の封蝋《ふうろう》がされていたわけでもなし、受け取ったところを誰が確認したわけでもない。パーティで行動中に【手紙鳥《メールバード》】が飛んできたことにして、俺が開けたことにしよう」

よくよく見れば、本当にどこにも『レインへ』などという宛名はない。

つまり、勘違いした俺がパーティ宛と思って開けてしまってもおかしくないし、その内容が意味不明だからと捨ててしまっても仕方があるまい。

……何せ、俺たち冒険者というのは、粗暴で浅慮なのだ。

「俺達は、イタズラかあるいは人違いの手紙を受け取り……粗忽者《そこつもの》の俺は、うっかり手紙を……失《な》くしてしまった。いいね？」

「ユーク？」

コテージに据え付けられた小型の暖炉に手紙を投げ込んで、俺はレインに笑う。

「私は何も見てないっす」

「あら、先生。手紙が暖炉に落ちてしまいましたね」

「あたし、しーらない」

マリナ達も、レインに笑って見せる。

それを見たレインが、大粒の涙を流しながら俺をハグしてきた。

それを軽く抱き返しながら、頭を撫《な》でてやる。

「心配するな。何とかなるさ」

「うん」

さて、そうは言ったものの、今のところはまだノープランだ。

どうしたものか。

何せ相手は貴族とサルムタリアの王族だ。

最初から傾ききっているパワーバランスをどうするか、なかなか悩ましいところだな。

そもそも、こちらからできるアプローチは限られているというか、ほぼない。

ここで手紙を握りつぶしたところで、向こうが動けば後手後手に回りかねない。

こちらで打てる手は先だって打っておく必要があるだろう。

「なあ、ネネ」

「なんすか?」

「ママルさんに頼んでさ、ちょっとクラウダ伯爵とマストマとかってサルムタリア第二王子の情報を集めてもらえないかな?」

俺の頼みに、ネネがぎくりとした顔をする。

そこまで怯《おび》えなくたっていいだろう。気持ちはわかるが。

「な、なんでっすか……? ママルさんは、あれっすよ、ギルドの美人受付嬢っすよ?」

「ネネならわかるだろ。別の窓口って意味でさ」

「……きっと高くつくっすよ?」

「お土産を豪華にするさ」

大きくため息を吐きだして、ネネが頷く。

「わかりましたっす。ちょっと今から違法なことをしてくるっす。ここの中継を使うので、後でギルドマスターの婆《ばあ》さんに謝っておいてくださいっす」

そう告げてネネがコテージから出ていく。

まずは情報だ。それがないと、どう動くかの指針がたてられない。

「さて、次は……と」

「ひゃうっ」

くっついたままのレインをひょいと抱き上げて、俺も扉へと向かう。

「ちょっとマニエラさんのところに行ってくる。シルクとマリナはここで待機して、次回迷宮攻略の準備を頼むよ」

「わかりました」

「了解！　まかせといて！」

二人にうなずいて、レインを抱えたまま扉を出る。

キャンプ地を指令所コテージに向かって歩きながら、腕の中のレインに問いかける。

「なあ、レイン」

「なに？」

「今から、少しばかり無茶をする予定なんだが……もし、ダメなら先に言ってくれ」

そう断っておいてから、レインにこれからしようとしていることのプランの説明をする。

はっきり言って、問題解決のために軽々にとるような手段ではない。

だが、レインの身柄を守るに、かなり効果的ではあるはずだ。

「……ッ!?」

俺に抱きかかえられたままのレインが、少し驚いた顔をする。

「やっぱり、ダメか？」

「いい、よ。うん、それが、いい。そうしよ？」

さっきまで沈んだ表情だった少女が、ふわりと花のように頬を染めて……柔らかに笑った。

◇

「方針が決まった。調査攻略は続行ってことになったよ。パーティは二つに減っちまったけど、がんばっとくれ」

調査攻略に取り掛かってから三日目の朝。

指令所に各パーティのリーダーを呼び出したマニエラが、そう告げた。

若干、顔に疲労がある。そこそこに揉《も》めたのだろう。

「依頼内容は、どないなるんです？」

やる気を漲《みなぎ》らせる『フルバウンド』のリーダー、ザッカルト。

「完全踏破――と、言いたいところだけど、主な依頼内容は『内部ロケーションの調査』ってことになるね。評価についても引き続き行うよ」

マニエラの言葉を聞いたザッカルトはどこかほっとしたような表情を見せる。

せっかく得たAランクへのチャンスを、有耶無耶《うやむや》のうちに失いたくはないというのは当たり前の感情だろう。

「期間も同じさ。いい加減、他の冒険者を止めておくのも面倒だしね」

煙管を燻らせて、マニエラが小さく天井を仰ぎ見る。

今回、大々的に正式発表された新迷宮……『黄昏の王都グラッド・シィ＝イム』は、大きな話題を呼んでいた。

配信の視聴数は、三パーティあわせて二十五万。

単純計算すると、【タブレット】を持つ王国民の約七割が俺達の初回攻略配信を目にしたということになる。

いまだ、財宝の類いがほとんど出土していないにもかかわらず、大きな反響となっているのには理由がある。

謎多き黄昏の都市にロマンを感じている者も多いだろうが、この迷宮《ダンジョン》が都市型と判明したためだ。

『オーリアス王城跡迷宮』をはじめとする都市型迷宮は、財宝が見つかりやすい。

と、いうのも、都市や王城そのものに魔法道具《アーティファクト》や財宝を見つけることができるからだ。

宝箱《チェスト》の中身によらない大量の財宝が、手つかずのまま立ち並ぶ家々や王城に残されている可能性が高い。

そして、それらは……見つけた者勝ちだ。

つまり、このままレースにかこつけて俺達が新迷宮を占有するのは、あまりよくない空気を生み出すだろう。

いくら国選依頼《ミッション》とはいえ、他の冒険者にとって俺達は、新雪を踏み荒らす無法者にしか見えていないに違いない。

当然、羨望じみた反発も多くなる。

「了解しました。再突入の準備をします」

「ワイらもそうさせてもらうで。今回Aランクになるんは、ワイら『フルバウンド』や……！」

睨《にら》むようにしてこちらを見るザッカルトの視線を交わして、俺は考える。

この迷宮《ダンジョン》が何なのか……という部分が、ずっと引っかかっていてすっきりとしないのだ。

結局、『ミスティ』には話を聞けずじまいだったしな。

「じゃ、調査攻略を頼んだよ。充分に気をつけるんだよ」

マニエラに各々うなずいて、俺達は席を立つ。

先を急ぐように出ていく『フルバウンド』の背を見送ってから、俺は小さな居候のことについてマニエラに尋ねてみた。

「あの子の件、どうですか？」

「ん？　ああ、まだ音沙汰ないね。もしかすると、孤児なのかもしれないねぇ」

「そうですか……。引き続きお願いします」

「はいよ。冒険に出てる間はこちらで預かるからね」

結局、あの子に関してもいまだわからずか。

俺達が迷宮《ダンジョン》に入っている間は救護院に預かってもらうしかないが、最近は表情も明るくなってきたし、マリナにべったりというわけでもなくなってきた。

きっと、大丈夫だろう。

「ああ、そうだ。例の件……もう通しておいたよ。意外と思い切ったマネをしたね？」

「貴族やら王族相手に、まごついた真似《まね》できないですからね」

「はン。やっぱ、あんたはサーガの息子に違いないよ」

愉快そうに口角を上げるマニエラへ軽く会釈し、俺は指令所を出る。

慌ただしくなってきたキャンプ地を横切ってコテージへと向かう途中、ふと視線を向けると、キャンプの入り口には別のキャンプ地ができていた。

迷宮《ダンジョン》の一般開放を待つ冒険者たちだ。

中には、歩く俺に恨みがましい視線を投げ掛けるものもいる。

……これは確かに急いだほうがいいかも知れないな。

◇

翌日、日が昇ると同時に準備を始めた俺達は、朝食をしっかりとってから地下水路の前に立っていた。

「よし、第二回の調査攻略を開始するぞ」

一回目の攻略は他のパーティより一日遅れての行動となったが、その間はタブレットで先行しているパーティの攻略配信を視聴していた。

『ミスティ』の件もある。攻略を急ぐよりも、まずはリスク管理を徹底するべきと判断した。

「目的は『グラッド・シィ＝イム』のロケーション調査だ。昨日説明した通り、目標は都市規模の確定、生息魔物《モンスター》の調査、それと可能なら、あの城の先行調査だ」

「魔物《モンスター》、いるのかな……」

鎖男を斬った感触を思い出したのか、マリナが少し緊張した面持ちを見せる。

今のところ、他のパーティから魔物《モンスター》と遭遇した報告は入っていないらしい。

「いないに越したことはないがな……。だが、鎖男のこともある。何がいるかわかったもんじゃない。注意深くいこう」

「あ、ユークさん」

ネネが手を上げる。

「どうした？」

「提案なんすけど、到着したらまずは建物を一つ、拠点用に制圧したいっす」

「……なるほど。そうしよう」

ネネの提案はなかなかいい案かもしれない。

まず、あの並ぶ建物に進入可能かどうかのチェックができる。

実際、迷宮《ダンジョン》によっては建物のように見える岩や壁の場合もあるのだ。

次に、屋根に上れれば都市の規模を測ることもできる。

城の姿を見ることもできるし、レインに頼んで〈望遠の目《テレスコープ・アイ》〉の魔法を使ってもらえれば、都市の広範囲を確認することも可能なはずだ。

「よし、それじゃあ行こうか」

俺の確認に全員が頷く。

準備は十分にした。あとは、いつも通りに粛々と進むのみだ。

そんな俺達の出発を乱す者たちがいた。

「どけぇ、ワイらが先や！」

『フルバウンド』のリーダー、ザッカルトがメンバーを率いて俺達を押しのけた。

「なにすんのよ！」

「うっさいわ！　女ばっかり引き連れておちゃらけで冒険してるようなCランクはすっこんでろや！」

苦言を呈したマリナを、ドゥナ訛《なま》りの強い言葉を口にしながら睨むザッカルト。

それに追従するように、『フルバウンド』のメンバーが笑い声を上げる。

「〝配信〟人気かなんか知らんけど、お前らはCランクやろが。目上のモンに対する敬意が足りてへんぞ。さっさとどけや」

「……どうぞ？」

凄《すご》むザッカルトと『フルバウンド』に入り口を譲って、苦笑する。

こんな所で張り合っても、何の益もない。

「はっ、なんや張り合いもくそもないわ。娑婆僧《しゃばぞう》は帰ってワイらの配信でもみとれや」

捨《す》て台詞《ぜりふ》を吐きながら地下水路に入っていく『フルバウンド』の背が完全に見えなくなるのを確認して、俺はメンバーを振り返る。

「よし、気を取り直して出発しよう」

「いいの？　ユーク」

「俺達はレースに参加しないからな。迷宮行動《ダンジョンワーク》のセオリーを守って手堅くいこう」

「うん。そだね！　それじゃあ、いこう～！」

気を取り直したマリナが元気よく宣言する。

それにうなずいて、俺は『ゴプロ君』を起動した。

「ああ、それじゃあ改めて……行こうか。――〝配信〟開始」

浮き上がる『ゴプロ君』を確認したネネが、俺を振り返る。

「『グラッド・シィ＝イム』まで、最短距離を行くっす」

「ああ、頼むよ」

念《ねん》の為《ため》、ネネに先行警戒に出てもらう。

鎖男が再出現している可能性もあるし、もしかすると水路自体が変化しているかもしれない。

『無色の闇』の気配がする以上、警戒はするべきだ……が、その考えは杞憂《きゆう》だったようだ。

静かな水路は変わらぬ静謐《せいひつ》を保ち、鎖男の姿もない。

俺達はなんの問題もなく、ごく短時間で上り階段の前に辿《たど》り着《つ》くことができた。

途中、『フルバウンド』に出会うこともなかったので、彼等はもう都市部の探索に出ているのだろう。

「いよいよですね」

階段の上を見上げるシルクが、緊張した様子で俺を見る。

また、俺がトラウマに呑《の》まれやしないか、心配をかけてしまっているようだ。

「大丈夫、問題ないよ」

そう答えながら、嫌悪感を刺激する黄昏の赤さに小さくため息をつく。

(ん……？)

差し込む黄昏の光が前回よりもやや大きく差し込んでいる気がする。

もしかすると、ずっと黄昏時ではあるが時間経過はあるのかもしれない。

帰ってから、配信映像を見比べてみよう。

「さ、行こう！」

「あわわ、待ってくださいっす」

マリナが元気よく階段を上っていき、その隣をネネが駆けていく。

「もう、二人とも！　隊列を乱さないでください！」

二人のあとを、シルクが追いかける。

何とも緊張感のないことだ。

いや、あれで緊張を紛らわせているのかもしれない。

「……さて、ここからが本番だ」

「うん。がんばろ」

俺の隣を歩くレインが、俺の手を取る。

黄昏の光に重くなった足取りと気持ちが少しばかり軽くなるのを感じながら、手を引かれるまま階段を一歩一歩上っていく。

「ユークさん！」

階段の上からネネが警戒した様子で俺を呼ぶ。

「どうした？」

「何か、広場にいるっす！　魔物かどうかはわかんないっすけど」

レインと顔を見合わせ、俺達は階段を駆け上がった。

◇

階段を上りきり、地下水路管理用の入り口から小広場を確認した俺の目に入ったのは、奇妙な物体だった。

「なんだ、これ……」

「前に来た時はこんなもの、なかったっす」

高さ6フィートほどの柱状の何かが四つ、小広場に立っていた。

焦げ茶色をしていて、ところどころに突起物がある物体。

妙に生物的で、印象としては昆虫の蛹《さなぎ》のようにも見える。

「どう思う？」

俺に並んで観察している二人に問いかける。

レインは〈魔力感知《センスマジック》〉で、シルクは『精霊使い』の感覚で以《もっ》てあれを見ているはずだ。

「魔力は感じるけど、ヘン。あの、鎖の魔物《モンスター》に、似てる、かも」

「ええ。同じ意見です。精霊の気配はしますが、かなり異質で……わたくしの知る自然界の精霊ではなさそうです」

動きはない。だが、じっとそれを観察しているうちに嫌なことに気が付いてしまった。

よくよく見ると、表面を形作っている部分に、人の腕や耳のような部分がある。

溶かした人を被《かぶ》っているのか、あるいは人がこ、い、い、いのように変異したのか。

「さて、どうするか」

「やっぱり、魔物《モンスター》かな？」

「住民にしては個性的ななりだな」

パーティの安全を預かるサポーターとして、冒険者ギルドに報告された発見済みの魔物はほとんど暗記している。

だが、こいつには見覚えがない。危険かどうかすらもわからないのが、すでに危険だ。

強化魔法を全員に付与しながら、まったく動かない蛹を注意深く観察する。

あれが魔物《モンスター》で、そして好戦的な捕食者だと仮定して、どんな攻撃が予想される？

蛹であるからには、羽化するのか？

中から何か魔物が飛び出してくる？

自然界にだって、捕食の為《ため》にあえて動かない生き物はいる。

もしかすると、毒液やガスの類いを発射するのかもしれない。

「先行するっす。もしかすると非敵性《ノンアクティブ》かもしれないっすし、すり抜けられるかもしれないっす」

直近の蛹からも、それなりに距離がある。

あれが何であれ、戦闘を避けられるのならそれに越したことはない。

戦うにしても、この狭い出口に留《とど》まるのは得策とは思えないしな。

「気を付けてくれ」

「っす」

そう返事したネネが、地下水路管理用の入り口から身を乗り出した瞬間、蛹に切れ目が走り……。

い、いい、目が見開かれた。

「あっ、う……!?」

蛹の体長の半分ほどもある巨大な瞳が四つ、ぎょろりとネネを捉える。

俺達の中で最も俊敏なネネの動きが、硬直したようにぴたりと止まる。

完全に棒立ちだ。

「まずいッ！」

咄嗟《とっさ》に飛び出してネネを抱え、後方に跳ぶ。

「ひぅっ」

その瞬間、伸びあがった蛹の巨大な口がネネの鼻先をかすめて「ガチンッ」と音を鳴らした。

ネネを抱えたまま階段に尻もちをつく。

何とも格好がつかない姿だが、ネネが無事ならそれでいい。

蛹はするすると元の位置に戻って、四体とも再び瞳を閉じた。

「助かったっす……！　死ぬとこだったっす……！」

俺の腕の中、ネネが怯えた様子で猫耳をぺたりと倒す。

「無事でよかったよ。しかし、なんだ、あれは？　大蚯蚓《ワーム》の類いか？」

「あの目玉に見られた瞬間、体が固まったっす」

それも恐ろしい能力だが、内部から伸びた柔軟そうな部位から繰り出される攻撃は意外と素早く、範囲が広い。

それと、あの攻撃に使っていた口。あれは人間の歯並びだったように思う。

蛹の人間に似た組成といい、あの口といい、どうにも嫌な予感しかしない。

「すまない、ネネ。危ない橋を渡らせた」

「助けてもらったんで、大丈夫っす。それで、あの、そろそろ……手をっすね……」

「手？」

言われてからふと見ると、抱きすくめたままのネネの胸には俺の右手が沈み込んでいた。

「す、すまん！」

慌ててネネを解放し、体勢を立て直す。

「悪い」

「にゃはは、いいんすよ。命を助けてもらったんすから安いもんすよ」

そう軽く笑うネネに再度頭を下げて、一緒に広場の様子をうかがう。

初見の場所から動かず、静かなまま襲ってくる気配はない。

しかし、このままではここから出ることもできないのだが。

「近接戦はリスクが大きい。遠隔で叩こう」

俺の提案に全員が頷く。

「久々にこれの出番だね！」

【ぶち貫く殺し屋《スティンガー・ジョー》】を取り出して、軽々と担ぎ上げるマリナ。

「わたくしは二射までは同時に可能です。属性矢はどうしましょうか？」

「使ってくれ。そうだな……炎の矢を頼むよ」

「はい」

矢筒の中から赤い矢尻を備えた矢を二本取り出すシルク。

「ボク、は？」

「氷系の魔法を頼むよ。見た感じ、昆虫の蛹っぽいし、熱変化に弱いかもしれない」

「ん。了解」

二人に指示を出しつつ、俺も魔法の準備を始める。

厄介なのはあの視線だ。しかし、幸いなことにバジリスクのような視線毒ではないらしい。

ネネはすぐに動けるようになっていたし、おそらく視線を媒介にした魔法的な何か。

で、あれば。〈目眩まし〉《ブラインドネス》や〈閃光〉《フラッシュ》で視界を遮ってやれば、あの視線を防げる可能性は高い。

今回は二段構えだ。

「俺が先に出て弱体魔法を使う。ネネ、悪いけど今度は俺の安全を任せた」

「っす」

「三人はそれを合図に攻撃を開始してくれ」

そう振り返ると、三人娘が頷いて返した。

「おっけー！」

「わかりました」

「まかせ、て」

準備万端な彼女たちに、小さくうなずいて機をうかがう。

魔物《モンスター》に動きはない。

「──よし、出る」

階段の陰から飛び出して〈目眩まし〉《ブラインドネス》と〈閃光〉《フラッシュ》を放つ。

蛹の瞼《まぶた》が開くのが見えたが、高速詠唱《クイックキャスト》の赤魔道士が早撃ちで負けるわけにはいかない。

激しい閃光の直撃を大きな瞳に浴びた蛹が奇怪な悲鳴を上げながら蠢く。

直後、俺は背後に引っ張られてたたらを踏む。

「ふぎゅ」

背中に柔らかい感触。

……っと、今は戦闘中だ。役得の反芻《はんすう》はやめておこう。

「いくよー！」

マリナが放った【ぶち貫く殺し屋《スティンガー・ジョー》】の太矢《クォレル》が蛹をやすやすと貫く。

あれは鉄鎧《てつよろい》の胸甲すらもやすやすと貫通する威力がある。蛹もたまったもんじゃないだろう。

それと別の個体二体は、すでに炎に包まれていた。

炎の魔力を宿した魔石を加工した矢尻を備えた【炎の矢】は、着弾点を発火させる性質がある。

戦況を見る感じ、炎の効果は高いようだ。

「いく、よ……！」

丁寧に編まれた魔法式がほのかな光を伴って空に吸い込まれていく。

直後、氷雪を伴った超低温のダウンバーストが強風となって吹き荒れ、小広場全体を包み込む。

「〈氷吹雪《ブリザード》〉……！　第五階梯《かいてい》魔法！」

思わず声が漏れた。

同じ魔法を使う職能《ジョブ》でも、赤魔道士では決して発動できない高度魔法式。

レインの魔法の才能が、少しばかり羨ましくなる光景だ。

「仕留め、そこねた」

全て凍り付いたかと思ったが、一体が小さく体を震わせて氷を引きはがした。

「殺《と》るよッ！」

【ぶち貫く殺し屋《スティンガー・ジョー》】を捨てたマリナが、高速で駆ける。

蛹の目がぎょろりと動いたが、その中央にネネが放った手裏剣がさくりとめり込む。

次の瞬間、最後の蛹はマリナの黒刀に一刀両断に裂かれていた。

◇

「よし、終わったか？」

小広場を注意深く確認し、活動を止めた蛹に近寄る。

「マリナどうだった？」

俺の意図するところを理解したマリナが黒刀をじっと見つめる。

「やっぱり、人間だったかも」

「そうか」

この異形が人間であるとは思えない。

しかし、どこか人であったような気配もあるのだ。

よくよく見てみれば、ところどころにある突起は人の指に見えるし、耳や鼻のような部位も見つけることができた。

気味の悪さを感じながらも、蛹の魔物に解体用ナイフを入れる。

「また、これか……」

内部から出てきたのは、小さな金色の指輪。

鎖男を倒した後に残されたものと同じものだ。

「魔石の代わりなのかな？」

「どうだろうな」

マリナの言葉に、少し思考を巡らせる。

魔石と指輪ではまるで違うと思うが、四体全てから見つかったところを見ると、あながち間違いではないかもしれない。

ともあれ、この迷宮《ダンジョン》における魔物の共通点でもある。指輪の正体も含めて調査が必要だろう。

蛹の死体を魔法の鞄《マジックバッグ》に回収し、周囲の建物を確認する。

「あの建物にしよう」

「っす」

小広場から延びる辻《つじ》の途中、小さな花壇がある背の高い煉瓦《れんが》造りの建物を目指す。

先程のこともあり警戒しながら進んだが、魔物と遭遇することなく到達することができた。

「鍵はかかってないっすね」

鍵と罠《わな》を確認したネネが注意深く扉を開けて、中を覗き込む。

「敵影なしっす」

うなずいて、内部に踏み込む。

一階部分は狭いエントランスになっており、中央に上り階段、両サイドには扉が一つずつ。

「アパートメントでしょうか？」

「かもしれないな」

一般的な住居にしては広いし、造り的には複数の人間が暮らせる仕様だ。

「扉の先は確認するっすか？」

少し考えて、首を横に振る。

「気にはなるが、まずは当初の目的を果たそう」

「了解っす。先行警戒をかけるっす」

俺たちを手で制して、階段を音もなく上っていくネネ。

こうも普通の家のようだと忘れてしまいそうになるが、ここも迷宮《ダンジョン》の中だ。

しばしして、上から聞こえるネネの声。家屋の中に魔物はいなかったらしい。

一歩ごとに小さく軋《きし》む階段を上り、同じ構造の二階、三階を過ぎて一番上まで上がりきると、そこは屋根裏部屋となっていた。

ここだけがワンフロア分の広さをしていて、家具が雑多に配置されている。

管理人の部屋だろうか？

「天窓があるな」

「外に出られるか試してみるっす」

梁《はり》を使って天井に張り付き、器用に天窓を取り外しはじめるネネ。

その間に、俺は部屋の中を確認する。

「ユーク、これ」

「ん？」

一緒に確認していたレインが、一冊の本を指差す。

その本の上には、例の金の指輪が置かれていた。

触るのが憚《はばか》られたので、そのまま『鑑定』を行う。

「魔物から出てきた物と同じものだな」

「ここにも、いた？」

「どうだろう。いたにしても、なんで本の上に……」

気味悪さを感じつつ、指輪を回収しておく。

「本は……やっぱり、何が書いてあるかわからないな。念のため、回収していこう」

「うん。学術院の人は、言語解明の魔法が、使える。きっと、中身が、わかる」

「そうなのか？　俺も覚えられないだろうか……」

「ボクは、覚えられなかった」

レインがダメなら、俺もダメな気がする。

魔法の才能はレインのほうがずっと豊かなのだ。

「よし、これでいけるっすよ」

そうこうする内に、ネネが屋根の上から俺達を呼ぶ。

「うまく外したもんだな」

外れた天窓から顔を覗《のぞ》かせたネネが、自嘲気味に笑う。

「罠やら鍵に比べたら大したことないっす。窓を外すのも初めてじゃないっすしね」

「街の様子はどうだ？」

「見てもらった方がいいと思うっす」

そう言って降ろされたロープを伝い、屋根へと登る。

「広いな……」

眼前に広がる『グラッド・シィ＝イム』。

その景色に思わず息を呑む。

東西南北にはしる大通り。その交差点には円形広場があり、小さな公園……他にも教会らしき建物や露天辻のような通り、同じ色の屋根を連ねる居住区もある。

そして、何より異彩を放つのは、やはり『城』だ。

「城壁の外は靄《もや》で見えないっす」

「城壁を境にしているんだろうな。しかし、この広さは……！」

規模的にはドゥナと同じか、少し広いくらい。

それがまるごと迷宮《ダンジョン》だというのだから、驚くほかない。

「見える範囲は頭に入れたっす」

「よし、それじゃあ予定通りに城へ向かおう」

「了解っす。ルートどりはどうするっすか？」

街の景色を見つめつつ、しばし考える。

ここから大通りに出て、まっすぐ進むのがわかりやすく早そうだとは思うが、魔物に見つかるリスクが高い。

城壁にそって外周を進んでいくルートも考えられるが、こちらはここから見えない部分が多く、道が複雑になるかもしれない。

少し悩んでから、俺は大通りを指さした。

「よし、大通りのルートでいこう。シンプル・イズ・ベストだ」

「ここから見たところ、敵影もないっすしね」

「ああ。城が本迷宮《メインダンジョン》なのか、ただのエリアオブジェクトなのか調べておきたい。今後の調査方針に関わってくるからな」

「おっけーっす」

ネネとうなずきあって、俺は屋根裏部屋へと戻った。

◇

アパートメントを軽く探索してから元の通りへと出た俺達は、注意深く周囲を警戒しながら大通りを目指す。

この一帯は、こういった多人数で住むためのアパートメントが立ち並ぶ一角らしく、妙に圧迫感がある小道が続いた。

「結局、なんにもなかったね」

「居住区だろうしな」

探索で何も見つからなかったことに些《いささ》か不満らしいマリナが、ぼやく。

他の階の部屋も一通り回ったが、本当に大したものは何もなかった。

学者にとっては残された衣服や生活用品も気になるだろうが、冒険者的に気になるもの……つまり、金目の物や貴重な魔法道具《アーティファクト》の類いは特に何も見つからなかったのだ。

ただ、例の金の指輪はいくつか見つけることができたが。

「この指輪、何なの、かな？」

「『鑑定』でも何なのかわからないしな……。いま、学術院の学者さん方が精密な鑑定をしているようだから結果を待とう」

「魔法道具《アーティファクト》だったら、いい」

魔法道具《アーティファクト》フリークのレインは、金の指輪に興味津々だ。

俺も値打ちものであればいいとは思うが、どうにも得体の知れなさがある。

魔法の金属でできていることは確かなのだが、魔法道具《アーティファクト》というには機能がわからないし、貴重品にしては発見頻度が高すぎる。

これについても、現地人――ロゥゲに尋ねてみたいところだ。

「大通りに出るっす」

先導していたネネが、小さく注意を促す。

ここからは、俺たちの姿を遮るものがあまりない大きな通りだ。

ここまでの経緯から、さらなる警戒が必要だろう。

「シルク、ネネと一緒に警戒を頼むよ」

「わかりました」

シルクの目は精霊の存在も魔力も見通すことができるし、何よりかなり視力がいい。

見通しのいい場所での警戒なら、彼女にも手伝ってもらったほうが安全性は上がる。

人気《ひとけ》の全くない大通りというのもなかなか薄気味が悪いものだと思いながら、通りの先に見える城に向かって足を動かす。

『オーリアス王城跡迷宮』の城下町エリアにも大通りらしきものはあった。

しかし、廃墟《はいきょ》であるが故に人の気配がないことに違和感がなかったが……ここは違う。

まるで、先ほどまで誰かがいたと言われても違和感のない街並みがそこにあるのだ。

そんな場所に、人っ子一人いないという状況は、逆に奇妙な不安をかきたてる。

これなら、もっと廃墟っぽい方がマシってものだ。

「気味が悪いですね……」

同じ事を考えていたのか、シルクがそんな風に漏らす。

「本当にな。ロゥゲは住民がまだいるといっていたが……」

「そういえば、あのおじいちゃんも見かけないね。生き残りっぽいのに」

俺の言葉で思い出したのか、マリナがこちらを振り返る。

「ああ。だが、配信にも映っていなかったし、本当に俺達が幻覚を見ていた可能性もある」

「そうなのかなぁ。でも、レインも見えてたでしょ?」

「うん」

それなら、やはり幻覚ではなかったのかもしれない。

『無色の闇』の宝箱《チェスト》から得て、現在レインが付けている魔法の指輪は精神干渉を防ぐ力がある。

そのレインが見えていたというならば、逆に『ゴプロ君』が何らかの影響を受けたと考える方が自然かも知れない。

「……！」

耳をぴんと立てたネネが、足を止める。

それに倣って、俺たちも足を止めて警戒態勢に入る。

「何か聞こえるっす」

「わたくしにも、聞こえます」

大通りを北に半分ほど過ぎた地点。

もうすぐ中央部の公園が見えてこようかという場所で、ネネとシルクが周囲を見回す。

「……これ、泣き声ですね」

「っす。子供……いや、赤ん坊っすかね……？」

俺には聞こえないが、ネネとシルクには聞こえているらしい。

猫人族とエルフは人間に比べてずっと感覚が鋭敏であるため気が付いたのだろう。

「赤ん坊？　迷宮《ダンジョン》のど真ん中に？　まねまね《マン・ミミック》の類いか？」

まねまね《マン・ミミック》は極めて性質の悪い魔法生物だ。

擬態生物《ミミック》の一種で、傷ついた生き物の姿に化ける。

例えば、人間を捕食する際には、怪我《けが》をした人間の姿に化けて「たすけて」と鳴き声をあげ、油断を誘うのだ。

「わからないいっす。方向は……あっちっすね」

「教会か」

屋根の上からも見えた、青い屋根の教会。

いかなる神を信仰しているのかわからないが、文化的に近いのか、教会であるという事は見ればわかった。

……入ってみたら全然違う建物だった、という事はあるかもしれないが。

「どうしますか？」

シルクが、やや緊張した面持ちでこちらを見る。

「人間だと思うか？」

「可能性はなくはないかと。わたくし達が救助したあの子のように誰かが入り込んだのかもしれません」

あり得ない話ではない。保護したあの子のように、何かしらの理由で、どこかから入り込んだなんてことはあり得る話だ。

これほど機能が残された都市であれば、たとえ迷宮内だとしても住み着く人間がいてもおかしくはないし、ロゥゲのような現住の民が残されている場合だってある。

古今東西、教会や冒険者ギルドは災害時の避難場所に指定されていることが多い。

この『グラッド・シィ＝イム』が何かしらの災害で迷宮化したとして、その生き残りが今も教会にいる可能性は否定できない。

もし、あの教会にいるのが避難している現地人だとすれば、あの迂遠《うえん》な言い回しをする奇妙な老人よりも有用な情報を得ることができるかもしれない。

「……まずは、様子を見に行こう」

いくらかの葛藤のあと、俺は方針を示した。

もし、この鳴き声の主がまねまね類《マン・ミミック》だとしても、それはそれで一つの情報にはなるし、見知った魔物がいたと安心できる材料にはなる。

「了解っす。じゃ、先行警戒をかけるっす」

「ああ、頼む。だが、深追いはなしだ。踏み込むなら全員で行こう」

「わかったっす」

大通りを音もなく駆けていくネネの後を、全員で追う。

そして、しばしの後に俺達は教会の前でネネに追いついた。

「どうだ？」

開いたままの教会の扉。

その中をちらりと見やったネネが青い顔で、俺を振り返った。

「……やばいっす」

ネネと入れ替わるようにして教会の中を覗き込むが、先ほどまで聞こえてきていた泣き声は止《や》み、周囲は静寂に包まれている。

「……？」

暗がりの中に揺らめく蠟燭《ろうそく》の灯《あか》りは見えるが、人の気配はない。

いや、いる。教会の一番奥、本来なら祈りのシンボルなどを掲げる場所に、ひどく異質なモノがいた。

「なんだ、あれ……！」

自問するようにそう呟《つぶや》いて、心に広がる不安感を拭い去ろうとする。

それほどまでに、それは不気味で得体が知れなかった。

「赤ん坊、ですか？　あれ……」

シルクの問いに、どう答えたものかと言葉を詰まらせる。

何せ、あまりにも現実離れしているからだ。

確かに、人間の赤子の形をしてはいる。しかし、まるで生気のない青白い肌をしたそれは、大きすぎた。

頭の大きさだけで、俺の背丈と同じくらいはある。

冒険者をやっていれば理解不能なものに出会う機会は多いが、これはいくら何でも異質すぎる。

「巨人族《ジャイアント》の赤ちゃんかな？」

「いいや、巨人族《ジャイアント》は人間サイズで生まれてきてデカくなるんだ。赤ん坊がデカいなんてことはない」

「さすが、ユーク！　物知りだね」

マリナの称賛に心の中で自嘲する。

そんなこと知らなければ「お、そうかもしれないな！」なんてこの事態を軽視できたかもしれなかったのに。

「ここを離れよう」

そう短く告げて立ち去ろうとしたその瞬間、小さく身じろぎした青白い赤子の目が見開かれ、俺を捉えた。

（――気付かれた？）

黒目しかない虚《うつ》ろな瞳で、俺たちを見ていた赤子は一拍おいてから、大声で泣き始めた。

「あぅうううううう！　あああぁぁぁ‼」

空気を震わせるような高く大きな泣き声に、思わず耳を塞ぐ。

泣き声に影響されてか、灯《とも》されていた蠟燭の炎が次々と消え……黄昏の光がステンドグラスを通して教会に降り注いだ。

その光景に違和感が大きく膨れ上がり、俺の体を強張《こわば》らせる。

何故《なぜ》、蠟燭が消えて室内が明るくなる？

いや、最初の段階で、なぜ俺は気が付かなかったんだ！

あの小さな出窓しかないアパートメントですら室内は明るかった。

このようにステンドグラスがある教会の中が、ああも暗いわけなどないはずなのに。

「ユークさん、あれを！」

シルクが弓を構えつつ、俺の視線を誘導する。

その先では、新たな怪異が起きていた。

ステンドグラスから差し込む、どこか神々しさすら感じる黄昏の光の下、ずるりと立ち上がる者たちがいる。

暗がりで気が付かなかったのか、それともロゥゲのように地面からしみ出したのか。

いずれにせよ、あの巨大な赤子の前に十数体の奇怪な女性たちが現れていた。

ねじくれ、節くれだった頭部を持つ修道服の女たち。

趣味の悪いマネキン人形のようにも見えるそれらが、俺達に明確な敵意を向けて迫ってきていた。

「また訳の分からないのが……ッ！」

悪態をつきつつ、強化魔法を振りまく。

とにかく数が多いし、初めて見る魔物《モンスター》だ。

一体何をしてくるかわかったもんじゃない。

「迎撃をかけます！」

「ボク、も！」

シルクとレインが矢と魔法を放つ。

その隙間をぬって修道服の女に肉薄したネネが、素早く小太刀を振るう。

「あああぁ！　ああーうあああー！」

その間も気味の悪い巨大赤子は泣き続け……その周囲に修道服の女を呼び寄せる。

どうやら、あの不気味な何かが元凶らしい。

「〈魔法の矢《エネルギーボルト》〉！」

何とか牽制《けんせい》くらいはできないかと、久方ぶりに使う攻撃魔法で赤子に仕掛ける……が、その射線上に修道服の女が飛び出してきてそれを防ぐ。

「く……！　〈魔法の矢《エネルギーボルト》〉、〈魔法の矢《エネルギーボルト》〉ッ！」

二連射するも結果は同じ。

なるほど。この湧きだす修道女たちは、攻撃手段であると同時に身を守る盾でもあるわけか。

だが、これでいくらか推測はできた。

つまるところこの状況を打開するには、あの巨大な赤子を仕留めねばなるまい。

「マリナ、いけるか？」

「うん。大丈夫、気にしないで」

黒刀を抜き放ったマリナが、正眼に構える。

「強化《バフ》をフルで入れる。サポートもする」

「……あの赤ん坊の首を落とせばいいんだね？」

「ああ、仕留めてくれ」

「わかった」

小さく息を吐きだしながら、マリナが殺気を高める。

化け物とはいえ、女の子に赤ん坊の姿をしているモノを仕留めろ、だなんて自分のクズさ加減に嫌気がさすが、あれを仕留めようと思えば一番突破力の高いマリナに任せるのが最適解だ。

準備していた高位の強化魔法をマリナに付与していく。

俺としても些か消耗の大きなものがあるが、つぎつぎ湧き出る修道服の魔物《モンスター》を相手にしてじり貧になるよりはいいだろう。

「……行くッ！」

〈韋駄天足《グレート・ヘイスト》〉で強化されたマリナが、放たれた矢のような速度で飛び出していく。

狙いを知ってか、マリナに群がる修道服の女達に弱体魔法を浴びせて足止めしつつ、俺も後を追って走る。

「援護するっす」

その俺を追い越したネネが小太刀を振るってマリナの露払いに加わった。

俺一人では少しばかり心もとないと思っていたところだ、助かる。

「殺《と》るよ、ユーク！」

「おう！　――〈必殺剣《クリティカル・ウェポン》〉！」

『魔剣化』で禍々《まがまが》しいオーラを放つマリナの黒刀に、一撃必殺の強化魔法を付与する。

突進の勢いそのままに、大きく一太刀を振るうマリナ。

「とあああッ！」

その一閃《いっせん》が、巨大な赤子を捉えた。

袈裟《けさ》懸《が》けに振り下ろされたマリナの黒刀が、教会の壁と床を諸共にして巨大な赤子を一刀両断にする。

見ていて気分のいいものではないが、あれが好戦的な魔物である以上、応戦は仕方がないことだろう。

「ぅあああああ……っ」

叫び声じみた悲鳴がしりすぼみに小さくなり、巨大な赤子は床に大きな血だまりを作って……そこに溶けるようにして消えた。

それを見た修道女姿の魔物が一斉に膝をつき、顔を覆うような仕草のあと、つぎつぎと灰のように崩れ落ち消えていく。

全ての修道女の魔物が消えた場所には、一つずつ例の指輪が残されていた。

「終わったか……？」

「敵影、なしっす」

再び静寂に包まれた周囲を見渡して、俺は小さく息を吐き出す。

あの耳に残るような赤子の泣き声ももう聞こえない。

「……」

どこか呆然とした様子のマリナが、握った黒刀を見つめたまま立っている。

やはり、酷な指示だったか。

「マリナ、大丈夫か？」

「うん。大丈夫！」

笑ってはいるが、その顔は青い。

カラ元気に無理な笑顔を張り付けているのが丸わかりだ。

「少し休憩しましょう」

マリナの手を引いて、教会の椅子に座らせたシルクが俺を見たので、うなずいて応える。

こんな様子のマリナはあまり見たことがない。少し休ませたほうが良さそうだ。

撤退も視野に入れて、プランを練り直す。

「ネネ、すまないが周辺で休めそうな場所を探してきてくれないか？」

「了解っす」

教会からネネが飛び出していく。

元が市街地であるのだから、そう時間はかからずにいい場所を探してくれるだろう。

「ユーク、少しいい、かな？」

敵素材を回収していたレインが俺の袖を引いて、例の赤子がいた場所を示す。

「どうした？」

「指輪が、ない」

「……妙だな」

あの指輪が結局のところ何なのかはわかっていないが、これまで『グラッド・シィ＝イム』で魔物《モンスター》を倒せば金の指輪を残すという法則があった。

敵の質量や種類にかかわらず、それはここまで同じだったはずだ。

「この迷宮由来の魔物ではなかった？」

「かも、しれない。でも、あれは……異常な、魔力性質を、持っていた」

「悪魔の類いか？」

「ううん。どっちかというと、生霊《レイス》っぽい、かも」

生霊《レイス》はアンデッドの一種とされるが、他のアンデッドとは成り立ちが違う。

それらは、生きた人間の精神が幽体を成したもので、外法《げほう》を使う魔術師などが魔力塊にその精神を写し取って使役する魔物だ。自分と同じ思考を持つ、自律型の使い魔と言えばいいだろうか。

あるいは、強い思考や想《おも》いが魔力のガワを被って這《は》い出《で》るものをそう呼ぶこともある。

しかし、赤ん坊の生霊というのは些か考えにくい。

魔術師でもなく、また精神も未熟な赤子が生霊《レイス》となるとは思えないしな。

「考えるのは後にしよう。情報が少なすぎる」

「うん。報告、だけ」

「ああ、ありがとう。レイン」

レインの頭を軽く撫でやって、座るマリナの元へと向かう。

「ごめんね、ユーク。あたし、大丈夫だよ？」

「無理するな。精神的にもあまりいい相手じゃなかった」

「うん。でも、それだけじゃないの」

黒刀をじっと見やって、目を伏せるマリナ。

そして、何か言いかけようとして口を噤《つぐ》む。マリナにしては珍しい仕草だ。

「何かあるなら遠慮なく言ってくれよ？」

「うん。もうちょっと整理してからにするよ」

そう言って、マリナがちらりと『ゴプロ君』に視線を送る。

なるほど、配信中では口にしがたいことなのか。

……今すぐ配信を切ってもいいが、それでは冒険者ギルドを含め、他に不信感を与えかねない。

ならば、休憩を利用して話を聞かせてもらおう。

ちょうどいいタイミングでネネも戻ってきたことだしな。

◇

ネネが休憩地点として見つけてきたのは、こぢんまりとした佇《たたず》まいの一軒の民家だった。

確実なセーフティエリアが見つからない以上、休息はこうしたある程度の安全確保ができる場所で行うしかない。

「周辺警戒に出るっす」

「いや、ネネも休んでくれ。これを使う」

魔法の鞄《マジックバッグ》から魔法の巻物《スクロール》を一つ取り出して、ネネを座らせる。

【警戒の巻物《スクロールオブアラート》】だ。何か近づけばすぐにわかる」

「初めて聞くアイテムですね？」

覗き込んだシルクに追従するように、全員が興味深げに巻物を見る。

さすがにバレたか。特にシルクは道具類に関する知識も随分つけてきているしな。

「試作品を持ってきたんだ。俺が作った」

俺の言葉にレインが目を輝かせる。

「ユークの、新作……！」

「残念ながら『錬金術師』にしか使えないけどな」

「む、残念」

レインに苦笑して【警戒の巻物《スクロールオブアラート》】を起動する。

ふわりと広がった魔力が周囲に見えざる警戒線を張り巡らせていくのを感じつつ、俺は『ゴプロ君』に顔を向ける。

「ここでいったん休憩とさせてもらいます。〝配信〟カット」

『ゴプロ君』が機能停止するのを確認して、俺は向き直る。

「さて、茶でも飲んで一息つこう。マリナはその間に清拭《さっぱり》してくるといい」

「うん。シルク、手伝って」

「はいはい。それでは行きましょう」

隣の部屋に向かう二人を見送って、俺は茶の準備を始める。

小さなキッチンがあったので、そこに簡易コンロを設置して湯を沸かす。

この煮詰まった気持ちを少しほぐしておきたいので、甘い香りのするイチゴのフレーバーティーを入れるとしよう。

「いい、匂い」

「だろ。ちょっと値は張るんだがな」

「戻ったよ！」

ポットから香る甘い匂いに誘われてか、マリナもさっぱりした顔で戻ってきた。

「腹持ちのいいクッキーも持ってきている。休憩がてらつまもう」

この家の住民はなかなか趣味のいい生活をしていたようだ。

程よい大きさの机を囲むように五人分の一人掛けソファが並んでいて、俺たちにはちょうどいい。ありがたく使わせてもらうとしよう。

「おいしい」

「染みるっす」

ハチミツ味のクッキーに甘い匂いのお茶で少しばかり心がほぐれたのか、雰囲気が少し良くなった。

さっきの敵は、どうにも気分の悪い姿だったからな。

「え、っと。ちょっと聞いてほしいんだけど」

一息ついたらしいマリナが切り出す。

「その、伝えるべきかどうか迷ってたけど、ユークとレインなら、きっと何かわかると思って……」

「うん。教えて、マリナ」

レインが小さくうなずいてマリナを見る。

「さっきの、魔物なんだけどね。あのおっきい赤ん坊……あれ、人間じゃなかった」

「ああ。それはレインも言っていたな。生霊《レイス》か、受肉した思念の類いかもしれない」

「うん。それでね、周りにいた修道女の化け物は、人間の手応えだった」

ますますわからないな。

相変わらず、ここに出現する魔物は人間のようだと、マリナのセンスが告げているのだ。

あんな者達が、人間であるはずなど、ないと思うのだが。

「それと……それと、ね」

思考の渦に巻き込まれようとする俺を、迷ったようなマリナの声が引き戻す。

かなり言い出しにくそうだ。

「どうした？」

ぎゅっと手を握って目を伏せたマリナが、意を決したように告げる。

「壁も床も、人を斬った手応えがあったの。……なんでかな？」

「そんな事ってあるのか……？」

マリナの言葉が完全には理解できずに、俺は自問のような言葉を口にしてしまう。

「あたしにもわかんないよ。でも、あの時……確かにあたしの『侍』の部分が、人を斬ったって手応えを伝えてきたんだもん」

マリナを疑っているわけではないが、壁や床というものは当然、人間ではない。

何らかの要素が、マリナにそう誤認させたという方が、自然だろう。

だが、どうにもよくない推測が次々と頭に浮かんでは、それをなかなか振り払えずにいるのも事実なのだ。

あのロゥゲという老人の言葉を信じるのであれば、この寂寥感《せきりょうかん》漂う『グラッド・シィ＝イム』に、皆いるらしい。


……では、彼の言う『皆』とは？

あの化け物どものことか？

救助した子供のような、住み着いた人々のことか？

それとも……？

考えれば考えるほど、嫌な予感とおぞましい結論が湧き上がってきてしまう。

だが、それを口にすることはできない。

リーダーである俺がそれを口にしてしまえば、みんなに大きな不安とバイアスを与えてしまいかねない。

結局のところ事実と情報を整理して、可能性を一つずつ精査していくしかないのだ。

「この辺りを斬って、もう一度確かめてみるか？」

壁を指さして問うてみたが、マリナは首を振って応える。

「ううん。実は隣の部屋でもう試してみたんだよね……。でも、わかんなかった。あたしの『侍』が未熟なせいだと思うけど、命のやり取りをしている時しか感じられないみたい」

しょんぼりした様子のマリナの頭を軽く撫でて、考える。

確かにマリナの『侍』としての職能は目覚めてからまだ日が浅い。

かといって、この情報を誤りだと看過できるほどマリナのセンスが間違っているとも思えない。

少なくともこれまで遭遇したこの迷宮《ダンジョン》の奇怪な魔物たちから『人を斬った』感覚があったという共通点は、情報としてかなり重要といえる。

なまじ、それが『人』を示すものでなかったとして、あれらが姿かたちこそ違えども『同じモノ』であるという証左に他ならないからだ。

「なんかごめんねー……ヘンなこと言っちゃって」

「いや。話してくれてありがとう、マリナ」

再度、マリナの頭を撫でてやる。

ふわふわとした髪の触り心地は相変わらず上々だ。

「この後はどうしますか？」

「一休みしたら、予定通りに王城へ向かおう。それで、中を少しばかり確認したら引き上げだ」

「そうですね。少しこの迷宮《ダンジョン》はおかしい気がします。精霊も、妙な気配で……」

「妙とは？」

「精霊は存在しています。四大元素の精霊もいますし、魔物以外はバランスも悪くないです。ただ……微妙に意思疎通に齟齬《そご》があるんです。言葉の通じない相手に身振り手振りで会話しているというか、返答の意図が違うというか」

本来、精霊との対話は相当難しいものだ。

エルフのような生来の特別な感覚があれば別だが、人間の精霊使いは非常に少ない。

そもそもに価値観や存在定義、概念からして生物とは異なるのだ。

精霊というのは、世界の一部だ。意志ある自然とでもいうべき存在で、精霊使いは彼等に魔力を添えたお願いをして、魔法的現象を起こす。

魔力と魔法式によって、理詰めで世界の構成と常識を書き換える魔道士とは在り方が真逆とすら言えるだろう。

そんな世界のありようを司《つかさど》る精霊と、精霊使いであるシルクがうまく意思疎通が図れないというのは些かおかしい。

「力は貸してくれるんですよ。でも、まるで慣れない外国語を話しているみたいです」

「迷宮《ダンジョン》だからか？」

「いえ、迷宮《ダンジョン》にしたって精霊の住み分けが強いくらいで、こんなことは──」

と、そこまで言ってシルクがハッとした顔をする。

「どうした？」

「強いて言えば……『灰色の野』に近いかもしれません」

それを聞いて、俺だけでなく全員が身体《からだ》を強張らせる。

あの場所にはいささか強いトラウマめいたものがある。特に、俺は。

「でも、わかる、かも」

レインがうなずいて、考えるように目を閉じる。

「この迷宮《ダンジョン》は、魔力も、異質。空気が、ボクらの普段いる場所と違う」

「それは俺も何となく肌で感じてるよ」

『青白き不死者王《レディ・ベルセポネ》』の祝福《のろい》を受けているせいだろうか、シルクと同じようにこの世界の歪《いびつ》な整合性を肌で感じてはいるのだ。

だが、その中心が見えない。このおぞましい違和感の本質が何なのか。

『進めばわかる』という確信めいたものが心にあるが、深入りしたくないという気持ちも強くある。

いずれにせよ、この『グラッド・シィ＝イム』という迷宮《ダンジョン》が、これまで発見された他の迷宮《ダンジョン》のような冒険心をくすぐる宝の山とは思えない。

ここにあるのは美しくもうすら寂しい街並みと、得体のしれない魔物の姿だけだ。

「私には気味悪いってことしかわかんないっすけど、元盗賊《シーフ》の勘は撤退を要求してるっす！」

「だろうな。だが、仕事は仕事だ。行くとしよう」

◇

民家を後にした俺達は、ネネに先行警戒をかけてもらいながら注意深く大通りを進んでいく。

「大きな城だねー。ウェルメリア王城とどっちが大きいんだろ」

マリナが、近づく城に感嘆の声を上げる。

確かに、正面に迫る王城は、立派で大きかった。

行政府としても戦城としても使用に耐えうる、質実剛健でありながらも均整の取れた美しい造形をした城だ。

「内部は、やはり本迷宮《メインダンジョン》なのでしょうか？」

「これまでのセオリーだとそうなんだがな……」

徐々に近づく城を見上げながら、セオリーが通用しないこの『グラッド・シィ＝イム』で、どれほどそれがあてになるのかと考える。

サポーターとして、それなりの経験を積んできた。

五年という歳月は、冒険者としてはようやく駆け出しを抜けた中堅ってところだろうが、多くを学び、経験してきたという自負はある。

だが、しかし。そんなものがほとんど役に立たない現況に、俺は些か焦りを感じている。

この『グラッド・シィ＝イム』はあまりにも異常だ。

サポーターとして、リーダーとして俺は上手《うま》くパーティを……この娘たちを守れるのだろうかという不安が、胸によぎってしまう。

「ユークさん、あそこ……ッ！」

何かを見つけたらしいネネが、城門付近を指さす。

目を凝らすと、俺にも見えた。黒い何かが、俺達を待ち構えるように佇んでいる。

「ロゥゲ……！」

身を隠す黒いベールのような外套。そこから突き出す鼻。低い背に、体を支える杖《つえ》。

初めてここを訪れた時に出会ったあの老人が、城門の前に立っていた。

「お待ちしておりましたよ、皆さま」

　大仰な仕草でロゥゲが腰を折る。

「待っていた？」

「左様。いずれはここ――『ヴォーダン城』にいらっしゃると思っておりました」

『ヴォーダン城』。それがこの巨大な城の名前か。

「城下町はいかがでしたか？　喜びの都『グラッド・シィ＝イム』は美しい街でございましょう？」

　口を弧に歪めて嗤《わら》うようにするロゥゲ。

　ここまでの道行きを見ていたと言わんばかりの様子だ。

　いや、どこからか見ていたのだろう。

「教えてくれ、ロゥゲ。ここは何だ？」

「ひっひ……それを、知ってどうなさいます？　この黄昏に染まった街並みと民は、もはや救いよう、が、ないほど、に、救われて、おり、ます」

　相変わらず、抽象的な言葉でぼやかして嗤う老人に小さく苛《いら》つきながらも、俺は言葉を続ける。

「あの魔物たちは、元人間なのか？」

「これはこれは。さて、人間とは何でございましょう？　四肢と頭部を有する生命体であることですかな？　それともコミュニケーションができる手合いを指すのですかな？」

「そういうことを、聞いてるわけじゃないというのはわかっているよな？」

　俺の言葉に、老人は首を振る。

「いいえ。その在り方がどのようであっても、人は人たり得るのか……ということは重要なことでございますよ」

哲学すら感じさせる老人の言葉が、俺の口を噤ませる。

確かに考えたこともなかった。『人間』が何であるか、など。

「教えて、おじいちゃん。ここの魔物はなんなの？」

「吾輩《わがはい》の口からはとてもとても。ざわついてしまいますから。答えは、ご自分の目で、耳で、手で、お確かめ下され」

そう言って、招くようにして巨大な城門を指し示す。

「城の中に答えがあるのか？」

「あるいは」

最後まではぐらかしておいて、俺達をどこへ誘《いざな》うというのか。

信用できないが、どちらにせよ城の調査もする必要はある。

まるで誘いに乗ったようで業腹だが、『ヴォーダン城』に踏み込むしかあるまい。

「ねぇ、ロゥゲさん。あの指輪は、なに？」

「あれは『一つの黄金』と呼ばれているものでございます」

「一つ？　たくさん、あるのに？　……あれで何を、編み上げて、いるの？」

レインの質問が俺にはよくわからなかった。

俺にはあれが何かわからなかったし、大した魔法道具《アーティファクト》のようにも見えなかったからだ。

そして、ロゥゲにしても予想外の問いだったらしい。

レインの質問に一拍おいてから、老人が口を開く。

「聡《さと》いことが幸せとは限りませぬよ、空色の髪が美しいお嬢さん」

「ボクは、知りたいだけ。あれは、何をもたらす、ものなの？」

魔法道具《アーティファクト》を見る時とはまた違う、どこか真剣な目でロゥゲを見るレイン。

マリナと同じく、魔法使いか、あるいは僧侶の感覚として何かをつかみかけているのかもしれない。

「とても聡いお嬢さん。あなた様はもうお気づきのはず」

「……」

「愚かしく無知であることも、幸せなことなのですぞ」

「それでも、知りたい」

「左様でございますか……。では、進まれるとよろしいでしょう」

肩を揺らして嗤うロゥゲの姿は徐々に薄れ始めていた。

「そろそろ、時間でございますな。次にまみえるのは、いつになりましょうか。このロゥゲ、楽しみに待たせていただきますぞ」

「次は、答えてくれるのか？」

「かような者の口から出る言葉は出任せと決まっております。自らの目と耳と手で真実に触れられるとよろしいでしょう……——」

忠告とも取れる言葉を残して、またしても奇怪な老人は空に滲《にじ》んで消えた。

何も残されていないその場所を凝視しながら、シルクが呟く。

「彼は何者なのでしょうか……？」

「わからないが、どうやら俺達は誘われているらしい」

「っすね。たぶん挑発だと思うっす」

ロゥゲが示した先、レリーフの施された巨大な金属製の城門に視線を向けると、到着時と少し状況が変化していた。

ほんの少しだけ、隙間が空いている。到着時は、完全に閉じていた巨大な門扉が、だ。

ロゥゲの仕業だろうか？

……恐らくそうだろう。中に入って来い、というわけか。

「それよりも、だ。レイン、何かわかったのか？」

「感覚的なもの、だから、説明しにくい。帰ったら、少し、試してみたいことが、ある」

「その時に、説明をしてくれるか？」

「うん。ユークに、手伝ってもらわないと、だしね」

レインにうなずく。

隠しているというわけではないのだろう。

俺と同じく、確信が持てないから口にできないだけに違いない。

「わかった。よし……それじゃあ、まずは城の様子を見て、それから戻るとしよう」

全員が頷いたのを確認してから、ネネに目配せをする。

意図を読んだネネが、音もなくするりと城門へ張り付き中の様子をうかがう。

「クリアっす。踏み込めるっすよ」

罠や敵影はないようだが、さて……内部はどうなっているか。

オーリアス王城跡迷宮では、王城に入ってからが本番だった。

罠も多く、魔物《モンスター》の強さも急激に上がるので、何度か危険な目にあったこともある。

もし、ここもそうだとすれば些か厄介だな。

これまで出会った魔物《モンスター》の多くは、体感だがCランク相当だった。

しかも、特殊な能力を用いるものが多い。

もし、セオリー通りならば、遭遇する魔物のランクは危険度が増してB以上。

下手をすればAランク相当の魔物《モンスター》もいるかもしれない。

「緊張、してるね？」

「ああ。気を引き締めてくれよ？　【退去の巻物《スクロールオブイグジット》】はもう手元にないんだからな」

「うん。気を付けて、行こう」

レインにうなずいて、魔法の巻物《スクロール》と魔法薬《ポーション》のストックをそっと確認しておく。

何かしらの奇襲を受けても、撤退に必要な作戦を組み立てるだけの準備はある。

……大丈夫だ。

「念の為、各自損耗チェック。終わったら踏み込もう」

「あたしは問題なし！」

「わたくしも矢のストックは十分です」

「魔力、よし、です」

「私もいけるっす」

全員の報告を確認して、俺はうなずく。

「よし、それじゃあ……『ヴォーダン城』進入開始！」

閑話　近づく気配と指先

ほんの少し、意識の指先が触れた。

偶然だったように思うし、必然だったかもしれない。

彼女たちは求め、願っていた。だから、波長があったのだろう。

それがうれしくて、知りたくて、もっと触れてみたくって……しかし、どうやらやりすぎてしまったらしい。

彼女たちは、壊れてしまった。惜しいことをしたと思う。

もはや、あまりに違ってしまった自分と波長が合う人間は、そう多くないのに。


だけど、わかったこともあった。

みんな、自分に興味を持っている。自分を見ている。自分を探っている。

興味があるのは、こちらも同じだ。

だから、ゆっくりと指先を広げていく。見つけていく。探っていく。

触れる指先から、世界を見る。

懐かしき場所を。新しき場所を。過ぎ去りし日々を。


——これから訪れる、黄昏《たそがれ》の日々を。

『グラッド・シィ＝イム』での一日がかりの調査攻略を終えた俺達《おれたち》は、キャンプへと帰還していた。

『ヴォーダン城』は庭園や訓練場、厩《うまや》などを擁する外郭部と、城そのものである内郭部からなっており、ロゥゲとの遭遇のあと、一通り調査をしたが内郭部への進入口は見つけることはできなかった。

入り口らしきものはあるのだが、いかなる手段……例えば、〈高位開錠《ハイ・アンロック》〉を以《もっ》てしても扉を開けることはできず、他の入り口も見つからなかった為《ため》に結局引き返すこととなったのだ。

ロゥゲの口ぶりからして、内部への進入口があるとは思うのだが、見つからないものは仕方あるまい。

その老人《ロゥゲ》であるが、やはり今回も配信には映っていなかったようだ。

彼の声も姿も配信にはのらず、ただ俺達だけが映り込むその様子は、その不気味さが際立つ結果となった。


――帰還の翌日。

口頭の報告も兼ねて、俺は指令所コテージを訪れていた。

「調査内容としては上々さ。あんたの記録《ログ》はよくまとまっているし、いい仕事をしてくれるね」

「学術院としてもいい資料が取れました。助かりましたよ、ユークさん」

「いえ、お役に立ててよかったです」

マニエラとボードマン子爵に、俺は小さく頭を下げて応える。

「城については、やはりわからずじまいのようだね」

「はい。八方塞がりですよ」

「まぁ、立ち話もなんだ。座ってくれたまえ」

「はい」

ボードマン子爵に椅子をすすめられた俺は、やや緊張しながら促された席に着く。

王立学術院から派遣された現地統括者であるボードマン子爵は、何冊も本を出しているダンジョン調査の専門家だ。

フィールドワークもこなす現場主義者でもあり、初老の年齢ながらAランク資格すら持つ現役冒険者でもある。

「そう緊張しないでくれ。我々は冒険者仲間でもある」

「とんでもない。俺の迷宮知識の半分くらいは子爵の著書から得たものなんです。頭があがりませんよ」

「現場の役に立っているなら、嬉《うれ》しいね。さて、迷宮《ダンジョン》なんだが……もしかすると立ち入りが制限されるかもしれない。事実上の封印指定だ」

苦々しい顔で、ボードマン子爵が告げる。

「そうなんですか？」

「うむ。君たちが持ち帰ってくれた魔物《モンスター》の素材についても精査が終わった」

やや重い雰囲気を伴って、俺の前に紙束が差し出される。

それは、オークションなどでも使用される正式な鑑定書だった。

内容に目を通して、俺は小さく息を吐きだす。

「やっぱり、そうでしたか」

「ふむ？　知っていたのかね？」

「マリナ——うちの『侍』なんですけど、人を斬った感触がすると言っていたので」

「なるほど、そうか」

鑑定書には、取得した魔物素材が『人間か、それに近い生物に由来する』と記載されていた。

あの鎖男が残した鎖も、蛹《さなぎ》の甲殻も、分類上は『人間』であったということだ。

「アンデッドや変異性の魔物《モンスター》かもしれないが、あそこで出現する魔物《モンスター》が全て人間と仮定した場合、軽々に一般冒険者を入れるわけにいかなくなったんだ」

それはそうだろう。あれらが外部から入った人間だとして、何が原因であのような変容をしたのかわからない以上、迂闊《うかつ》に一般冒険者を入れれば被害の拡大や溢れ出し《オーバーフロウ》を招く可能性がある。

そう考えれば、俺達はかなりリスキーな場所に行っていたわけで、今更になって背筋がうすら寒くなった。

「子爵様、マニエラさん。実は記録《ログ》にも残していないことを一つ、報告させてください」

ここにきて、やはり黙っているわけにはいかなくなった。

魔物素材《モンスター》が人間だということが判《わか》った以上、マリナの感覚《センス》は正確だったということになる。

俺は、それを踏まえてマリナが言っていた迷宮《ダンジョン》の構造物についての情報を、二人へと提示した。

「……つまり、壁や床も人間素材だということかね？」

「そんなバカな話があるのかい……？」

ボードマン子爵とマニエラが驚いた様子で、俺を見る。

「実は、それもあって迷宮《ダンジョン》にあった建物の一部を持って帰っています。昨日提出した中に入っていたと思うんですが」

「あんた、それを早く言いな！」

マニエラが手を打ち鳴らして近くにいた職員を呼び寄せる。

「持ち帰り品の鑑定は全部終わってるのかい？　板やら石片やらあったろ？　アレの鑑定は終わったのかい⁉」

「いえ、正式鑑定にかけるのは明日と言ってましたが」

「なら、今すぐ鑑定師の尻を叩《たた》いて起こしてきな。ちょっぱやだよ！」

「は、はいィ！」

苛立《いらだ》った様子のギルドマスターに恐れおののいた職員が、駆け出していく。

これは悪いことをしたかもしれない。

「それと、もう一つ重要な話をしなくてはならない」

ギルド職員に少しばかりの責任を感じていると、ボードマン子爵が数枚の紙をテーブルに広げながら、重い口調で切り出した。

広げられた書類は、何かの報告書のようだ。

「『ミスティ』の件は知っているね？」

「はい」

体調不良を訴えて、攻略をリタイアした『ミスティ』。

現在も復帰のめどは立っておらず、かなり深刻な状況であるという噂《うわさ》も風に聞いた。

「他にも〝配信〟を視聴していた者の中に、同様の異常をきたした者がいる」

「え……？」

ボードマン子爵に促されて、報告書に目を通す。

そこには、『グラッド・シィ＝イム』の攻略配信を見ていた視聴者に起きた、様々な異常事例についての記載があった。

『軽微な体調不良』から『急に暴れ出した』ものまで事例は多数に及び、関連事件による死亡例も数件報告されている。

「これは、一体……？」

「わからない。だが、仕事を降りた『ミスティ』からも同様の報告があがっていたんだ。何か、あるのかもしれない」

ボードマン子爵の言葉を受けて、背筋が冷えるのを感じた。

そして、同時にロゥゲの奇妙な言葉を思い出す。

——『この黄昏《たそがれ》に染まった街並みと民は、もはや救いようがないほどに救われております』

あの言葉の意味するところが何なのか。

実のところ、ずっと引っかかってはいたのだ。

「この件もある。いったん調査攻略を中断して封印指定についてどうするか王国議会で判断を仰ぐつもりだ」

「わかりました。俺達はどうしたらいいですか？」

このまま国選依頼《ミッション》が中断となる可能性があるとなれば、今後のことについて、ある程度見通しを立てておきたい。

「まだ、あと何度かは調査攻略で入ってもらうこともあるかもしれない。それ故、しばらくドゥナに留《とど》まってもらいたい」

ボードマン子爵の言葉を継ぐように、マニエラが口を開く。

「これは、ギルドからも正式な依頼として要請させてもらうよ」

「そうなんですか？」

てっきり、仕事が終わればフィニスへ帰れるものだと思っていたが。

「封印指定をするためにも、改めての内部調査は必要なのさ。それに、あんた達はカンがいい。例のロゥゲってジジイの話もある。封印が確定するまでは留まっておいてほしいね」

「国選依頼《ミッション》なら、仕方ありませんが」

そう軽く、かまをかけてみるとマニエラとボードマン子爵が軽く苦笑した。

「抜け目ないね。ボードマンを通して国から打診をもらうとするよ。それでいいね？」

「すぐに【手紙鳥《メールバード》】を飛ばしておくとするよ。……指輪の件は何かわかったら教えてもらえるかな？」

「はい。では、一旦コテージを引き払ってドゥナへ戻りますね」

ボードマン子爵とマニエラに一礼して席を立つ。

「『歌う小鹿』亭には話つけてあるからそのまま逗留《とうりゅう》しな。何かあれば、アタシらから訪ねていくよ」

「わかりました。それでは」

再度、頭を下げて指令所コテージを後にすると、ネネがこちらに駆けて来るのが見えた。

軽く手を上げると、全力疾走のネネが俺の前で器用にぴたりと止まった。

「ネネ？　どうしたんだ？」

「た、大変っす！」

息を切らしたネネが、俺達のコテージを指さす。

「あの子が、ヘンになっちゃったっす！」

◇

あの子、というのは初回攻略時に『グラッド・シィ＝イム』で保護した女の子だ。

現在も素性が知れず、俺たちのコテージで再び預かっていたのだが……何が起こったっていうんだ？

「ヘンってなんだ？」

「こう、光って……」

「光って⁉」

走りながら確認する状況は、どうにも要領を得ない。

百聞は一見にしかず。とにかく、現場を確認するしかない。

コテージに飛び込むと、確かに何とも表現しにくい状況がそこで起きていた。

「どう、なってるんだ?」

少女が目を閉じたまま宙にふわりと浮かび上がっている。

その輪郭はぼんやりと光っており、まるで宗教画に見る天使降臨のような様相だが、漏れる光は『グラッド・シィ＝イム』を照らす黄昏と同じ色をしている。そして、その気配も。

「ユーク!」

レインとシルクが駆け寄ってくる。

「状況は?」

「わかん、ない。急に、こうなった」

「はい。わたくしも、きっかけはなかったように思います」

「どういうことだ……?」

俺の問いに反応した、というわけでもないだろうが目を閉じたままだった少女の瞼《まぶた》がゆっくりと開く。

「──待っていました。ユーク・フェルディオ」

これまで言葉を口にしなかった少女の口から、静かな声が発せられる。

「君は……?」

「わたしは『黄金の巫女《みこ》』と呼ばれていた者。少しばかりの時間に、必要なだけの言葉を口にします」

「……！」

「残された時間はそう多くありません。あなた方の世界は、いま〝淘汰《とうた》〟の危機にさらされていま
す」

〝淘汰〟？

言葉的な意味は『選択』と同義だ。

ただし、選択権の与えられないものであるが。

適応できる者が生き延び、適応できぬ者が滅びる……そういった、人知の及ばぬ神々の選択。

「どういう意味だ？」

「滲《にじ》み出《で》た我々の世界が、あなた方を滅ぼすでしょう」

突然の言葉に、俺の心が身構えたが、そんな心情を無視するかのように、少女の口は次の言葉を
容赦なく紡ぎゆく。

「……ですが、これは不自然なことです。引き起こされたことです。忌むべき所業です。それ故
に、わたしはここにあり、あなた方へ選択肢を示します」

「一体、何の話をしている？」

ようやく絞り出した、俺の問いに神々しい少女は小さく首を振る。

「――『グラッド・シィ＝イム』を見たのでしょう？　あれがこの世界を覆い尽くします。『黄
昏』と『歪み』、そして肥大化した意志だけが、やがて世界を覆い尽くすでしょう」

話が突飛すぎてついていけない。

だが、これは重要で危機的なことだと俺の直感が告げている。

「黄昏とは何なんだ？」

「あの世界を満たす斜陽の光。それが黄昏。歪みの原因にして〝淘汰〟の本質」

詩のように断片的に語られるその言葉を聞いて、どこか納得する自分もいた。

やはり、夕闇の溶けたようなあの光はよくないものだったのだ。

『ミスティ』や被害の出ている視聴者は、あの光に呑《の》まれたに違いない。

「俺達もそれに呑まれるというのか？」

「あなた方は、世界の境界を一度越えています。斜陽とも縁が深い……。深く入り込まなければ、呑まれることもないでしょう」

『黄金の巫女』の言葉に、ピンとくる。おそらく、『無色の闇』の事を言っているのだろう。

しかし、斜陽と縁が深いとはどういう意味だ。『青白き不死者王《レディ・ペルセポネ》』を指す言葉とも思えない。

「ロゥゲを探しなさい。あの者は全てを知っている」

「何度かは会った。だが、何も教えちゃくれない」

「語らせるのです。あの者は歪んでいます。自ら歪むことで……最初から歪んでいたことで、今やあの世界では正常の極致にあります」

語られる言葉はあまりに迂遠《うえん》で、どういう意味かはやはりつかめない。

だが、やるべきことは理解できた。

「どうして、ボク達に、教えて、くれるの？」

「過ちを、繰り返さないために」

少女が無表情なままに、そう告げる。

「過ち？」

「滅ぶべきでした。わたし達は。愚かなる王は。無知なる民衆は。しかし、それを受け入れられなかった。コントロールすべきでないものを、コントロールしようとしてしまったのです」

一拍おいて、続ける。

「そして、永遠を『黄金』に願ってしまった」

「『黄金』？」

「そう。人が触れてはならぬ物。呪いの万能器。全ての願いを叶《かな》え得る世界樹の果実」

「願いだって？」

「はい」

一体、あの不気味な都市を形作る願いというのは何なんだ。

およそ、人が望む世界ではあるまい。

「……そろそろ、ですね」

「そろそろ？」

「ユーク・フェルディオ。黄昏の王を止め、『黄金』を破壊なさい。さもなくば、この世界もまた、『黄昏』に呑まれることとなります」

少女を縁取る輪郭の光が徐々に弱まっていく。

「わたし達の罪を、どうか――……」

光と共に声が消えゆく。それと同時に、宙に浮いていた少女の体はゆっくりと下降し、床につま先が付いたと同時に崩れ落ちた。

「おっと」

それを受け止めて、小さく息を吐きだす。

さっきの話が本当なら、かなり大事になるぞ。

俺達のような、いち冒険者に抱えきれるレベルの話じゃない。

「……ぅん」

ぐったりとする少女が、パチリと目をあける。

「大丈夫か？」

「はい。大丈夫です」

返答に、思わず固まる。

先ほどとはまた違う、幼い声が少女から発せられたからだ。

これまで一言も発することがなかったというのに。

立ち上がった少女が、ペコリと頭を下げる。

「えっと、改めて……よろしくお願いします」

「あ、ああ」

これまでと、そして先ほどとも違う少女の様子に戸惑いながら、俺は観察を続ける。

おそらく、レインもシルクも同じく、彼女が何者か調べるべく感覚を鋭くしているはずだ。

神々しい気配が去った後も、あの黄昏の気配がこの娘から消えない。

正体はわからないが、ロゥゲ同様に『グラッド・シィ＝イム』の関係者と見るべきだろう。

「しゃべれるようになってよかったね！　えーっと……」

黙り込む俺達の代わりに、マリナが笑顔で少女と目線を合せるように腰を下ろす。

「ニーベルン、です」

「じゃあ、ルンちゃん！　体は何ともない？」

「はい。特に何とも、ないですね」

あっけらかんとして話しかけたマリナのおかげで、重要な情報を得た。

この少女の名前はニーベルンというらしい。

「さっきまでの事は、覚えてるかな？」

「はい。少しだけ……でも、あれはわたしじゃありません」

俺の質問に少女が困った様子で目を伏せる。

「彼女はわたしの中にいた、『誰か』の欠片《かけら》です。もう、行ってしまいました」

悲し気にするニーベルンの頭をくしゃりと撫《な》でて、俺は仲間たちに向き直る。

「四人とも、ここを頼むよ。俺は指令所にもう一度行ってくる」

そう告げて、俺はマニエラとボードマン子爵が詰める指令所コテージに向かった。

◇

「それで……確かに〝淘汰〟と言ったのかね？」

「はい」

『黄金の乙女』がニーベルンに顕現した日から一週間後。

現在、俺はドゥナ冒険者ギルドの応接室にて、王立学術院の院長であるベディボア侯爵から直々の聞き取りを受けている。

ボードマン子爵とマニエラと内容を相談・協議した結果、王立学術院へ【手紙鳥《メールバード》】で報告をすることとなったのだが、王都とドゥナの間を〈転送《テレポート》〉の魔法の巻物《スクロール》で文字通り飛んできた侯爵に、いきなり聴取されることになるとは思わなかった。

「映像などはないのかね？」

整えられたカイゼル髭《ひげ》に触れながら、侯爵が青い瞳でこちらを睥睨《へいげい》するように見つめる。

それに少し気圧《けお》されながらも、俺は答えた。

「生憎《あいにく》、突然の事でしたので」

「いや、責めるわけではない。できるだけ生に近い情報が欲しかっただけなのだ」

国の中枢に近い大貴族が、俺に軽く笑う。本来なら直接顔を合わせることすら難しい相手に気を遣わせてしまうなんて、どうにも居心地が悪い。

「あの、質問をしても？」

「もちろん。もし、私の爵位の事を気にしているなら今は気にしないで良い。萎縮して現場の声が聴けない方が損失だ」

「〝淘汰〟とは何なんです？」

俺の質問に小さく唸《うな》ったベディボア侯爵が、しばし迷ったように口ごもった後、口を開く。

「ま、君には伝えておくべきだろう。何せ選ばれたのは、おそらく君なのだからな」

不審な言葉を口にしつつ、侯爵は鞄《かばん》から一枚の図面のようなものを机に広げた。

絵のように見えるが、余白部分には注釈のような文字がずらりと書きこまれている。

「これは？」

「王家の地下にある古い壁画の写しだ。先代院長……つまり私の父が研究していたものでな、〝淘汰〟について描かれたものらしい」

広げられた絵をまじまじと見つめる。

黒く巨大な獣と、それに立ち向かう人々が簡略化されて描かれており、古代文字も書かれている。古代語に精通したレインなら読めるかもしれないが、俺には少し難しい。

「父の言によると、〝淘汰〟とは世界の選別であるらしい」

「選別ですか？」

「うむ。異世界や並行世界の存在が示唆されているのは知っているかね？」

ベディボア侯爵の言葉に、俺は頷《うなず》く。

『無色の闇』に潜った俺は、それを実感として知っている。

「世界同士は基本的に相容《あいい》れない。しかし、時にそれらは重なり合おうとするのだ。その際に残る世界を選別するための大規模現象を〝淘汰〟と呼ぶらしい。対処できなければ、世界そのものが滅ぶ……という話だ」

「そんな……！」

情報の重みに心がついていけない。

あの奇妙な迷宮《ダンジョン》がそれほどの大事とは、どうにも思えないのだ。

目を逸《そ》らしているという自覚はあるが。

「ただ、話を聞くに……今回の件は恣意的なものを感じるな。自然、というのもおかしな話だが、我らが世界にもたらされたものではなく、件《くだん》の『黄昏の王都』から押し付けられたもののように思う」

「はい。ニーベルンの話ではこの世界に持ち込んでしまった、という意味に聞こえました」

「何にせよ、〝淘汰〟は訪れてしまった」

重い空気が二人きりの会議室に満ちる。

この場にせめてマニエラがいてくれればと思ったが、サシでの聴取は侯爵閣下の指示だ。

「さて、この件だが……君に頼ることになる」

「はい？」

「あちらの世界の代表者に、名を指されたのだろう？　で、あれば……君こそが此度《こたび》の〝淘汰〟の中心となる」

「どういうことです？」

「〝淘汰〟の到来にあたり、世界はその防衛のために何かしらの対抗手段を示すと伝えられている。これを見たまえ」

壁画の写し、その一点を侯爵が指さす。

その絵の中では剣を持つ人物が、軍勢の先頭に立って黒い巨獣に立ち向かっていた。

「〝勇者〟だ」

侯爵の言葉に、背筋がぞくりとした。

背負わされそうになっているモノの重たさに、思わず目を見開く。

冗談ではない。

「まさか。勘弁してください」

「そうもいかない。ユーク・フェルディオ」

圧力を秘めた笑みを浮かべて、ベディボア侯爵が俺を見る。

「幸い、君はAランク冒険者だ。資格的にはゴリ押しが利く立場ではあるし、実績も十分だ。ついでに言うなら話題性もな」

「待ってください。責任が重すぎます」

「誰かがやらんといかんのだ。そして、誰でもいいというわけでもない」

笑顔をはりつけてはいるが、目は笑っていない。

そして、助けを求める相手もいない……これを見越してのサシ聴取か。

「君がやらんというなら、君以外のメンバーをAランクに召し上げて頼むことになる」

その脅し文句は卑怯《ひきょう》が過ぎる。

思わず相手が大貴族であるということを忘れて、侯爵を睨《にら》みつけてしまう。

「おっと、少しはやる気が出たかね？　サーガの若い時に似ているのに、彼に比べると君は少しばかりお上品すぎる」

「叔父をご存じなんですか？」

「古い友人さ。直感と自信に溢《あふ》れた男で、それを証明するに足る実力をもったいい冒険者だった」

しみじみと語る侯爵の目が俺に向けられる。

「彼なら、快く引き受けてくれるんだろうがね？」

「……」

これも何とも卑怯だ。

恩人であり、師と仰ぐ叔父を引き合いに出されてしまっては、冷静さを保つのはなかなか難しい。

何より、こんな事にあの娘たちを巻き込むのは、リスクが高すぎる。

しかし、だ。俺に叔父ほどの実力があるとも思えない。

俺一人ならともかく、だ。

「真面目な話、引き受けてくれるとありがたい。できるだけのサポートもつける」

「俺に期待しすぎでは？」

「直感さ。それに、異界の使徒に名を示されたのだろう？　君は指名依頼を受けたんだよ……Aランク冒険者、ユーク・フェルディオ」

その言葉が、すとんと心に落ちた。

この侯爵は、冒険者の性質というものをよく理解しているらしい。

「少し考えさせてください」

「いいとも。だが、返答は早い方が好ましい。わかるね？」

「はい」

頷く俺に、ベディボア侯爵が口角を上げる。

こちらを見透かしたような様子だが、嫌な気分はしない。

「君にしかできないことがある」

「仲間と相談します」

「そうしたまえ。ま、私の勘が正しければ、君の迷いはすぐに晴れることになるよ」

そう笑うベディボア侯爵に深々と頭を下げて、俺は応接室を後にするのだった。

◇

「おかえり、です」

『歌う小鹿』亭に戻ると、一階で俺を待っていたらしいレインが出迎えてくれた。

「ただいま」

「どう、だった？」

「厄介なことになったよ」

俺の返答にレインが小さく首をかしげる。

全員の前で説明するべきだが……俺自身、考えがまとまらない状態だ。

ここは、レインに先だって相談しておくのも手かもしれない。

「いいよ。こっち。話、聞かせて？」

「あ、ああ」

迷いを見破られてしまったのか、少し笑ったレインが俺の手を引く。

その手に引かれるまま、一階の談話スペースに俺は腰を下ろした。

「えーっと……何から話すかな」

「みんなには、言いにくい、ことから。言うかどうか、迷ってること、あるんでしょ？」

「そうなんだよ」

どうしてレインという女の子は、こうも俺に心地いいのか。

「国のお偉いさんと会って、今回の件について話し合った」

「うん」

「その中でさ、ニーベルンに名指しされたことについて言及があったんだ。俺が、今回の異変の中心になるんだと、言われた」

「うん」

「それで、今回起きてる〝淘汰〟という現象の話の中で、〝勇者〟なんて存在のことを示唆されたんだけど……俺はその候補らしい」

レインの顔が驚きに満ちる。

「すごい」

「俺には荷が重いよ」

目を輝かせるレインに、俺は苦笑してしまう。

こうして高く評価してくれることは嬉しいのだが、今回ばかりは期待に応えられるとは思えない。

冒険者になって六年近くになる。Aランク冒険者にもなったし、それなりに強くなったという自負もある。

しかし、世界の危機を救うなどという英雄の舞台に立つには、俺という役者は些《いささ》か力不足だ。

「ユークが、辛《つら》いなら断ればいい、よ？」

「そうすると、『クローバー』の誰かにそれを押し付けると言われた」

おそらくその標的になるのはマリナだろう。

『クローバー』唯一の純前衛として先頭で剣を振るうマリナは、一部界隈《かいわい》で〝戦乙女《バルキリー》〟などと呼ばれているくらいに、人気が高い。

「困った、ね？」

「ああ。おかげで逃げ場がないのに悩むことになっている。『グラッド・シィ＝イム』に挑戦すること自体はそこまで忌避感があるわけじゃないが……世界の危機だのってのは、いくら何でも手に余る」

俺は冒険者である。さらに言うと、その中でも自由と夢を追うタイプの人間だ。

国の為、世界の為にその身を犠牲にして戦うなんて立派なことは考えちゃいないし、場合によっては自分と仲間の命や保身のために、それ以外をかなぐり捨てる選択肢を選ぶ覚悟もある。

例えば、この町全員の命と目の前のレイン一人の命なら、後者の方が圧倒的に重い。

もし、「世界のために死んでくれ」と言われたら、「世界が死ね」と躊躇《ちゅうちょ》なく答えるだろう。

そんな感覚の人間が〝勇者〟の看板を背負うなんて、逆に危険が過ぎるんじゃないだろうか。

「うーん……。でも、あの時のニーベルンは、ユークの名前を呼んだ、よね？　きっと、意味がある、ことだと、思う」

「意味？」

「うん。ユークにしかできない、ユークにしか頼めないことだから、ユークを、待ってた」

「俺にしかできない……？」

レインの言葉を反芻《はんすう》して、俺という人間を走査する。

彼女は名指しで俺を呼び「黄昏の王を止め、『黄金』を破壊しなさい」と言った。

それが、あの黄昏に染まる歪んだ王都で俺にしかできないことなのだろうか？

「どちらにせよ、八方塞がりか。ベディボア侯爵は俺達を見逃してくれそうにない」

「逆に、考えよ？」

「逆に？」

「いつも通り、冒険者の仕事を、したら……いいと思う」

俺の手を握ったまま、にこりと笑うレイン。

その笑顔に、俺は自分の狭量な視点を恥じ入る。

もともと、『グラッド・シィ＝イム』の調査攻略の依頼については受けるつもりだった。

世界を救うために行くのではない、ただ冒険者として黄昏の王都へ行く……それでいいのだ。

事の重大さに押しつぶされて、知らず知らずのうちに視点をずらされていた。

世界の危機だろうが、〝勇者〟だろうが、結局のところやることは同じだ。

「ありがとう、気分が軽くなった」

「どういたし、まして」

ふわりと笑ったレインが立ち上がって、俺のそばに歩み寄る。

そして、そのまま自然に俺の膝に座って抱擁した。

「大丈夫。どうなっても、ボクは、ユークの味方。世界が滅んでも、誰もいなくなっても。最後まで、ずっと一緒、だから」

「……」

甘えるように頭を押し付けてくるレインに抱擁を返し、思考と覚悟をまとめていく。

いや、思考はちょっとまとまらないな。だが、覚悟は決めておこう。

「ありがとう、レイン」

「元気、出た？」

「ああ。みんなに話して、それからベディボア侯爵に返事をしに行くよ」

レインの甘い匂いと柔らかな温《ぬく》もりにすっかり悩みを吹き飛ばした俺は、ようやく冷静さを取り戻していた。

ベディボア侯爵の話にしても、俺達にまったく利がないかというとそうでもない。

どうせ断れないのならば、できるだけ大きい報酬を引き出すための交渉をしなくては。

なにせ、世界の危機だ。それに見合った成功報酬を要求しても罰は当たるまい。

「んふふ」

「ん？」

俺の腕の中で、レインが小さく笑う。

なかなかにご機嫌だ。

「ううん。ユークにくっつくのは、悩んでる時に、限る」

「なぬっ」

「照れないし、逃げない、もの」

腕を背中に回して、先ほどより心もち強めに抱き着いてくるレイン。

それに抱擁を返して、俺は尋ねる。

「不安にさせたか？」

「大丈夫。ちゃんと、相談してくれた、から。それに、みんなもきっと同じ。ユークが思ってる以上に、ボクたちは、強い」

「ああ、知ってるさ。それでも、俺は悩んじまうんだよ。我ながら、情けないやらで自己嫌悪になる」

俺の言葉にくすくすとレインが笑う。

「だからこそ、ボクらは、ユークが好きなんだよ」

レインの言葉がくすぐったくて、俺はどんな顔をすればいいのかわからず、ただただ若造のように顔を赤くするしかなかった。

◇

「──以上が、合同国選依頼《ミッション》の概要となる。質問はあるかね？」

今回の国選依頼《ミッション》の管理依頼人となるべディボア侯爵が、大会議室をくるりと見回す。

そのドゥナ冒険者ギルド大会議室に集うのは、ギルドマスターであるマニエラ、前任者のボードマン子爵、そして、新たに発令された国選依頼《ミッション》を攻略するべく結成された『連合《アライアンス》』を構成する四つのパーティの各代表である。

「一つええですか？」

『フルバウンド』のリーダーであるザッカルトが手をあげる。

彼等《かれら》は自身の強い希望で、引き続き『グラッド・シィ＝イム』の調査攻略に参加する運びとなった。

「何かね？」

「なんでCランクの『クローバー』が攻略続行なんですかね？」

ザッカルトの険のある視線が俺に向けられる。

「彼らは最難関迷宮である『無色の闇』の調査実績もあるし、今回の『グラッド・シィ＝イム』調査でも成果をあげている。ランクについても、今回の国選依頼《ミッション》受諾中は暫定的にAランクとして扱われることになっておる」

「は？　なんやそら⁉」

ザッカルトとベディボア侯爵の視線が同時にちらりとこちらへと注がれる。

仲間に背中を押された俺は、ベディボア侯爵の提案を受け入れて、王国に認可された〝勇者〟として今回の危機に立ち向かうこととなったが、それについては伏せてもらうことにした。

まだ『グラッド・シィ＝イム』が〝淘汰〟なる世界の危機と周知されていない現状、それを公表することは却《かえ》って混乱を招きかねず、俺にも全く益はない。

特に、ザッカルトのような功名心の強い者にこれを知らせるのは、あまり好ましくないだろう。

「いくら人気配信パーティいうたかて、特別扱いが過ぎるんちゃいますか？　『無色の闇』たって、潜ったのはたったの数階層だけやないですか。そんなん、ワイらでも余裕ってもんですわ」

「それについては異論を挟ませてもらうぞ」

俺の隣に座る『スコルディア』のリーダー、ルーセントが低い声を威嚇するように発する。

「『フルバウンド』がどれほど迷宮攻略に精通しているかは知らないが、『無色の闇』にそんな心構えで挑めば、すぐさま悲惨なことになるだろう」

「は？　ワイらがそこの赤魔道士よりも劣っとるって言いたいんか？」

「経験の差は認めるべきだろうな。あの迷宮《ダンジョン》から全員五体満足で生きて帰ってくるって事は、そういうことだよ」

睨《にら》み合《あ》うルーセントとザッカルト。

そんな二人の間に、ころころとした女性の声が挟まれた。

「もう。そのへんでよしなはれ。あてらは一緒に封印要件を満たしに行く仲間《アライアンス》やろ？」

一触即発、という空気を緩ませてくれたのは、『カーマイン』のリーダー、マローナだ。

冒険者界隈で女性リーダーというのは珍しいが、『カーマイン』は構成メンバーも全員女性で構成されている。

前回の国選依頼《ミッション》に参加していたパーティ、『ミスティ』の上位組織的なパーティでもあり今回の参加はマローナ曰《いわ》く「ケツモチ」に受けたらしい。

「事実として『クローバー』はんには、一日の長がある。あてらはそのぶん楽できるって思たらええやん。こないなところで燻《くすぶ》らんと、結果は仕事で出しはったらよろしい。せやろ？」

「……はン。言われんでもわかってるわ」

ザッカルトが苛《いら》ついた様子のまま席を立って会議室を出ていく。

少しばかり肝を冷やしたが、大貴族の前で殴り合いに発展しなかっただけマシだろう。なにせ、冒険者というのは些細《ささい》なことで殴り合うからな。

「空気を悪くしたようだ。申し訳ない」

ルーセントが上座に座る三人に向かって頭を下げる。

「いいや。頼りにさせてもらうよ、ルーセント君。『無色の闇』に挑んで戻ってきた者というのはそう多くない」

「精一杯やらせていただきます」

ベディボア侯爵の言葉に一礼して、ルーセントも会議室を後にする。その後に続くように、マローナも席を立った。

一人残された俺は、ベディボア侯爵に向き直る。

「さて、ユーク君。いけそうかね？」

「さて、どうでしょう。でも、やれるだけのことはしますよ」

「そうかね。朗報を期待するよ、〝勇者〟ユーク・フェルディオ」

こちらに確認するかのようにその名を言葉にしたベディボア侯爵に会釈して、俺もそそくさと会議室を後にした。

「ユーク・フェルディオ。少しいいか？」

「ルーセントさん？」

すっかり気疲れして階段に向かう俺を、廊下で待っていたらしいルーセントが呼び止めた。

「今回の件、君が『スコルディア』を推薦してくれたと聞いた。感謝する」

「いいえ。信頼できる腕利きの冒険者を……と尋ねられたら『スコルディア』しか出てこなかったんですよ」

「そう言ってもらえるのは、光栄なことだよ」

今回、ベディボア侯爵から攻略依頼に関して「誰かいないか」と尋ねられた俺が名をあげたのが、『スコルディア』だった。

ここにきて、ベンウッドの気持ちが少しわかった気がする。

実績のあるAランクパーティというのは他にもいるが、この危機的状況にあって誰の名をあげるかと言われたら、やはり人となりに信頼を置ける人物になってしまう。

その点、『スコルディア』のルーセントという人物には大きな借りがあるし、あの日のあの短いやり取りの間に、彼が十分信頼に値する人物だというのは明白だった。

〝淘汰〟などという得体のしれない危機に立ち向かうのに、『スコルディア』以上の名が思い浮かばなかったというのもある。

彼らの行動理念は質実剛健を地で行く……言うなれば『旧《ふる》き良き』冒険者の正統後継者であり、俺なんかよりもずっと英雄気質な人たちだ。

この奇妙な国選依頼《ミッション》を受けるにあたり、彼等以上の適任が思い浮かばなかった。

「記録《ログ》を読ませてもらったよ」

「え、俺達のですか？」

「意外かな？」

「『無色の闇』の時は読んでいないと伺っていたので」

俺の言葉にルーセントが軽く笑う。

「ああ、それか……。あれは初見調査に挑むつもりでやったんだ。そう、最初の踏破者達のように。我々も黄金世代に引けを取らないと証明するためにね。些か無謀だったのは認めるが、いい経験になったよ」

黄金世代——これは、ベンウッドやマニエラ、俺の叔父であるサーガが最前線にいたころを指す言葉だ。

冒険者ギルドが本格的に機能し始めた頃でもあり、冒険者という職業が世間に認知され始めた頃でもあったと聞いている。

彼等は冒険者黎明期《れいめいき》に名を馳《は》せた、生ける伝説たちなのだ。

そんな彼らに対抗心を燃やせるというだけでも、ルーセント率いる『スコルディア』がどのような気質の人間の集まりかわかる。

「今回は、状況が違う。文字通りの初回攻略だ。先行パーティがいるなら記録《ログ》だって確認する」

「役に立つといいんですが」

「読んだことで確信めいたものはあるがね」

軽く笑って、ルーセントが俺の肩を叩く。

「今回の主役はきっと君たち『クローバー』だろう」

「え」

〝勇者〟の事は漏れていないはずだが。

「迷宮《ダンジョン》と冒険者には縁ってのがある。これは私の直感だが、今回の件はきっと君たちが乗り越えるべきものなのだろう。私たち『スコルディア』はそれをサポートさせてもらうことにするよ――頑張りたまえ」

肩から手を離して、ルーセントが階段を降りていく。

その背中を何も言えずに俺は見送った。

◇

合同国選依頼《ミッション》が開始されてから四日が経《た》った。

全体像などは徐々に明らかになってきたものの、本迷宮《メインダンジョン》と目される『ヴォーダン城』の進入方法はいまだ不明。

むしろ、あんなに探索しても何も起きなかった城門前各所や庭園部に捻《ね》じれた人型の魔物《モンスター》が発生して、近寄りがたくなっている節まである。

ロゥゲの話からも、そしてニーベルンの話からも、城内に入らなくてはならないのは確かだと思われるのだが。

「うーむ……」

「入り方、わからないね?」

コテージの机で他パーティの情報とすり合わせながら可能性を探っていく。

とはいえ、その可能性もすでにほとんど試してしまった後なのだが。

「鍵の類いがあるのか、進入路が別にあるのかだと思うんだがな」

「だいたいさ……お城なんて入ったことないんだから、どうやって入るのが正解かなんてわかんないよね」

「……っ！　そうか。なるほど」

ぼやくようにマリナがぽつりとつぶやいた言葉が、俺にインスピレーションを与えた。

マリナの言う通りだ。あそこが迷宮《ダンジョン》だということで、俺は可能性や選択肢を随分と狭めていたのかもしれない。

ロゥゲ曰く、『グラッド・シィ＝イム』は生きた町だ。廃墟《はいきょ》ではない。

……そう考えた時、俺達の行動はどうか？

城の周囲をうろつき、窺《うかが》い、時には破壊行動を行って侵入を試みる無法者に他なるまい。

兵士や騎士の類いが警戒や排除に現れたとて、何の不思議もないわけだ。

さて、では常識的に考えて王城に参上できるのはどういうものか。

有体《ありてい》に言えば、王族かそこで働く貴族、あるいは客や特別に許可された臣民であろう。

「ダメ、だよ」

「ぐ。わかっているとも」

レインが浮かび上がりそうになった俺の雑案を、口から漏れる前に制す。

ダメなのはわかっている。しかし、可能性としてあるということは念頭に置くべきだろう。

そう。あの、『黄金の指輪』だ。

歪んだ世界の歪んだ住民が身体《からだ》に持つ、『黄金』。

ロゥゲもニーベルンも黄金について触れていた。破壊せよとも言われたはずだ。

つまり、あの迷宮《ダンジョン》のキーとなる要素であるから、魔物《モンスター》が隠し持つ黄金の指輪にも何か意味があるのだろう。

「あれは、ダメ。よくないよ」

「ああ。そうだな」

あれが何であるかは目下研究中だが……レインがある特性を突き止めた。

魔法道具《アーティファクト》フリークの魔術師というのは発想が違う。

錬金術師の俺がまるで形無しだ。

「そういえば、もうすぐわかるって言ってましたね。レイン、どうなったのですか？」

「ボードマン子爵が、機材を製作、してくれてる。そこから、かな」

「あれって結局何なの？」

話が逸《そ》れ始めたが、良《い》いだろう。

関係のあることではあるし、何か糸口がつかめるかもしれない。

「すごく、原始的な魔法道具《アーティファクト》、かな。えっと、魔石とか……精霊結晶に、近い」

精霊結晶は精霊の遺骸とも言われている特殊な魔石だ。

シルクも精霊と契約を交わす際に使ったはずのもので、精霊使いが精霊と契約する際に必要となるものである。

「つまり、記憶媒体にもなる？」

「うん。そう。あれには、『グラッド・シィ＝イム』の人たちの記憶が収められてる、かも」

「もしかしたら、『ヴォーダン城』の入り方もわかるかもね！」

さて、どうだろうか。

少なくとも、外郭部に現れた騎士や兵士タイプの魔物《モンスター》の指輪を使う必要はありそうだ。

「……提案しても、いい？」

レインが、少し不安げな様子で俺を見る。

「もちろん。何か案が？」

「ルンに、手伝ってもらう、のが……いいと思う」

ここまでの話で可能性こそ考えていたが、あえて黙っていた選択肢だ。

いや、レインのことだ。それすらも見越しての提案か。

「ルンちゃんにすか？」

「うん」

頷くレイン。

「えっと、ルンは、『グラッド・シィ＝イム』の関係者だと、思う」

「それは、そうなのでしょうね」

シルクが頷いた通り、おそらくレインの言うことは正しい。

ニーベルンは名前以外の多くの記憶を失っているが、『黄金の巫女』なる人物の依《よ》り代《しろ》ともなった、特別な少女だ。

そして、その『黄金』にまつわる以上……ニーベルンは『グラッド・シィ＝イム』において、高位の立場にあるか、高貴な血筋である人間の可能性が高い。

彼女であれば、『ヴォーダン城』はその門を開いてくれるかもしれないとは思う。

しかし、だ。

「危険すぎる」

「そうだよ！　ルンちゃんはまだ小さいんだから！」

「ですね。レインにしては、少し無茶な提案に思えます」

みんなの声に、目を伏せてレインが首を振る。

「ううん。わかって、るの。でも……ボクの中で、何か引っかかる。あの子を、連れていくべきだ、って」

「レインにしては直感的な意見だな」

「ボクにも、よくわからないの」

調査も四日目に入って大きな成果はない。

むしろ内部の危険度は増していくばかりで、決行するなら早い方がいいとも思う。

だが、安全圏に逃した子供を、またあの危険な『グラッド・シィ＝イム』に連れて行くなど、褒められた話ではないし、なんだか利用するようで気が引ける。

悩む俺達の沈黙に、扉をノックする音が差し込まれた。

「ユーク君、いるか」

声は、ルーセントだった。

紳士な彼は女性メンバーが多い『クローバー』のコテージの扉をいきなり開けたりしない。

「どうぞ」

「失礼するよ」

鎧《よろい》を脱いでラフな格好をしたルーセントが、長身痩軀《そうく》の老人を伴《とも》につけて入ってきた。

魔術師のモリアだ。かなり古参のAランク冒険者で、優れた魔術師でもある。

「今後の方針について相談を詰めておきたいと思ってな。……どうした？　問題か？」

「少しばかり、行き詰まってまして」

レインの提案について軽く説明すると、ルーセントはモリアと顔を見合わせて頷き合う。

「よし、我々もニーベルンの護衛につこう。それでどうかね？」

「え？」

「『黄金の巫女』であれば、王にとっては賓客であろうよ。ダメなら撤退をかければいい。ユーク君、我々冒険者にとって選択肢というのはね、選ぶものではない。トライアンドエラーで一つずつ潰していくものなのだ」

先輩冒険者のありがたい助言と提案に背を押されて、俺は心を決めた。

◇

「これはこれは……お帰りなさいませ、ニーベルン様。外界の様子はいかがでしたかな？」

「……あなた、誰？」

ニーベルンを連れての『グラッド・シィ＝イム』攻略は、紆余曲折《うよきょくせつ》ありながらもマニエラとベディボア侯爵の許可を取りつけ、敢行された。

そして、それが俺達に何かしらの進展をもたらすだろうことが、今ここで証明されている。

『ヴォーダン城』に到着した俺達とニーベルンを、ロゥゲが出迎えたのだ。

老人の異様な風体におびえるニーベルン。それを見て、ロゥゲが上機嫌に笑う。

「おやおや、吾輩《わがはい》をお忘れになるとは。いいえ、いいえ。忘れてしまうべきでしょう。あなたは、全てを忘れてしまったほうがいいでしょう」

「ロゥゲ。『黄金の巫女』から、あなたに全て語らせろと言われた。教えてくれ、一体この場所に何が起こって、これから俺達の世界に何が起こるんだ？」

『黄金の巫女』の名を耳にした老人の目が、わずかに鋭くなる。

「なるほど。かの御仁はあなた様に託したのですな？　さてはて、このような老体が口にできることは多くありませんぞ。ヒッヒッヒ」

丸くなった背を揺らしてロゥゲが笑う。

知っているが教えない、という意思表示かもしれない。

「しかして、ニーベルン様をお連れであれば知ることも叶いましょう。さ、こちらに……」

足音を立てずに衣擦《きぬず》れの音だけを残しながら、ロゥゲが外郭をするすると進む。

美しく手入れされた庭園の所々には、捻じれた騎士鎧の魔物《モンスター》が直立不動で立っており、差し込む黄昏の赤い光に長い影を落としていた。

「ユーク君。どうする」

「ロゥゲを追いかけます。少なくとも、この迷宮《ダンジョン》で意思疎通がはかれる唯一の存在ですから」

そう答えて、老人のあとを追う。

意思の疎通がはかれているとは思えないが、少なくとも言葉は通じている。

そして、今回は初めてこちらの要求に応えてくれた。

やはり、ニーベルンはこの『グラッド・シィ＝イム』にとって特別な存在らしい。

彼女を伴うのは正解だったようだ。

しかし、それと同時にまずい事実を抱えるハメになってしまった。


──『迷宮《ダンジョン》の生物は外に出られない、出すことができない』。


それが、ルールであったはずだ。

ニーベルンを救出した際に、彼女が紛れ込んだ民間人だろうと判断したのも、それに則《のっと》ったもの。

だが、違った。ニーベルンが生き残った『グラッド・シィ＝イム』の住民であるならば、その属性は迷宮《ダンジョン》の生物ということになるにもかかわらず、連れ出せてしまった。

つまり、この迷宮《ダンジョン》は人為的な『溢れ出し《オーバーフロウ》』を許容するほどに、危険な状態にあるということだ。

いつ、どこで、どんな『大暴走《スタンピード》』を引き起こすかわからない。

(──『グラッド・シィ＝イム』を見たのでしょう？　あれがこの世界を覆い尽くします。『黄昏』と『歪み』、そして肥大化した意志だけが、やがて世界を覆い尽くすでしょう)

不意に、『黄金の巫女』の言葉が脳裏によみがえった。

黄昏が覆い尽くす？

よくよく観察してみれば、この黄昏の光は徐々に地下水路エリアに差し込む範囲が広がっている気がする。

進入時間によるものかと思っていたが、違う。

思い出せ、最初と先ほどとを。間違いない。地下水路の階段エリアには、初回攻略時よりずっと奥まで黄昏の光が差し込んできている。

「……どうかされましたかな?」

声に思考を途切れさせると、口元を弧に歪めたロゥゲがいた。

ああ、くそッたれ。この老人は、きっと知っているのだ。

「いいや。それで、俺達をどこに連れて行こうっていうんだ?」

「皆さまが知りたいことを知れる場所に」

ロゥゲが杖《つえ》で一点を指す。

あんなに探しても見つからなかった城への進入口。それが目の前にあった。

以前探したときにはなかったはずだ。狭めの金属製の扉。

勝手口的なものか、人ひとりが出入りするのでギリギリのものだが、扉が開け放たれている。

「どうぞ、こちらへ」

暗闇の広がるその中へ、老人はすすんでいく。

ルーセントの視線が俺に向いたので、俺はうなずいて応える。

「行きます」

「もし罠《わな》であれば、一網打尽はまずいな……モリア師、ついてきてくれ。他はここを確保。ミリアムは他のパーティにここの事を報《しら》せに走ってくれ」

「了解」

『スコルディア』の副官でもある『盗賊』のミリアムが駆けだしていく。

ここが、旧き良き冒険者を志すルーセントのすごいところだ。

冒険者でありながら自己の利益を追求しすぎず、目的も見失わない。

王城に踏み込めば多数の宝物を独占できる可能性がありながら、迷宮攻略を優先させるというのは、なかなかできることではないように思う。

ニーベルンを守るように中央へ配置して、『ヴォーダン城』に足を踏み入れる。

ねっとりとした膜を通るような感触。

「これは……」

「うん。『無色の闇』と、同じっぽい、ね」

「はい。城に入ってから気配が濃くなりましたね」

レインが周囲を〈魔力感知《センスマジック》〉でチェックして呟《つぶや》く。

その横では、やはり緊張した面持ちでシルクが周囲を警戒していた。

「君のパーティメンバーはかなり迷宮《ダンジョン》への感覚が鋭いようじゃの？」

「そうでしょうか？」

「モリア師。彼らはかなり深いところまで踏み入っている。当然だろう」

ルーセントの言葉に、「ふむ」と老魔術師が顎髭《あごひげ》に触れる。

「儂《わし》がこの感覚を得るためには随分深くまで潜ったものじゃが。いやはや、若者の成長というのは目覚ましいものじゃのう」

「モリアさんもわかるの？」

「わかるともさ。老骨に響くよ、この拒否感をはらんだ圧はの」

モリアが柔らかな笑みでマリナに返す。

「拒否感……。そう、なんだ。これ、拒否感、だったの、ね」

レインと同じく、俺もなるほどと納得する。

確かに、このまとわりつくような緊張感と違和感は、拒否感なのだと。

世界を踏み越える者を、世界が拒んでいるのだ。

それを感じつつ、絨毯《じゅうたん》の敷き詰められた細い廊下を進んでいく。

数十フィート先に、老人の背中があり……それが、ある場所で止まった。

見れば、大きな扉がある。

それを開いて、ロゥゲがにやりと笑う。

促されるままに入ったそこは、大量の本や巻物が収められた場所だった。

「ここは？」

「王立資料庫でございます。吾輩、あいにくと口下手にございまして」

「いや、違うのう」

似非《えせ》な笑い顔をするロゥゲに、モリアがジロリと視線をやる。

「お主、『言葉にすることによる認知の拡大』を回避しておるな？」

モリアの言葉に、ロゥゲが嗤《わら》いを止める。

「どういうことですか、モリア師」

「ユーク殿、お主も魔術師の端くれであればわかるであろう。『言葉』とは認知から生じ、『力ある言葉』は魔力でもって現象へと変ずる。この者は、よほど強い魔力か呪いを宿しておるのじゃろう。直接語ることを憚《はばか》られるほどに」

魔法の詠唱の事だ。

何をしたいかをイメージし、詠唱を行い、魔力に乗せることで魔法は完成する。

だが、それ以前に『言霊』という言葉がある。

口に出せば実現する、というような迷信じみたものだが……そうか、それは魔法のようなモノかもしれない。

「この者は、語りたいのじゃよ。そして語るべき言葉を、ここに隠した。さぁ、冒険の醍醐味《だいごみ》……知識の収集を始めようぞ」

意気揚々とモリアが部屋に踏み込んでいく。

高い天井にまで届く本棚にはびっしりと本が詰まっており、ここから欲しい情報を拾い出すのはかなり難しそうだ。

そもそも、文字がわからない。背表紙を見てもそれが一体何の資料なのかもわからないのに、どうするつもりなのだろうか。

「ふむ。お嬢ちゃん、字は読めるかの？」

「うん。大丈夫」

好々爺《こうこうや》とした雰囲気の笑顔で、ニーベルンを抱え上げるモリア。

なるほど……現地人であるニーベルンならば文字も読めるか。そう言えば、地下水路などで見つけた手記などは学術院に預けっぱなしでニーベルンに見せたことはなかった。

「さて、ロゥゲとやら。我らに見せたいものがあるのじゃろう？」

「さてさて。どうでございましょうな？」

モリアに見られたロゥゲがぎょろりとした目を本棚の一ヵ所に走らせる。

黄昏に似た赤い背表紙の本が数冊、その視線の先に収められていた。

「ルーセント、そこの赤い本じゃ。全部持ってきておくれ」

「わかった」

ニーベルンを膝に抱えたまま、パーティのリーダーを顎で使う老魔術師。

それでも動くあたり、ルーセントのモリアに対する信頼の高さは相当なものに思える。

今ここで必要なのはモリアの知識なのだという、パーティの役割分担がはっきりしている証拠だ。

「さて、こっちも始めよう。レイン、頼むよ」

「うん、まかせて。……〈歪み感知《センス・ディストーション》〉」

この魔法は、俺とレインで開発した新魔法だ。

もともと、『無色の闇』を再攻略するときの切り札として練っていた魔法で、その効果はいくつかの感知系魔法を混ぜて発動させるというもの。

隠し扉や罠、仕掛けなどを『正常と異なる』部分を濃淡《コントラスト》として、感知し、知覚する。

『グラッド・シィ＝イム』はどこもかしこも異常ではあるが、異常を正常として設定してやれば、この資料庫での特異点を感知することもできるだろう。

レインほどの魔術師であれば、それも可能だ。

ちなみに、開発しておいてなんだが……俺はこの魔法を使えない。

そもそも赤魔道士は感知系統の魔法をあまり得意としないのだ。

「モリアさんの持ってる本と、ええっと、あそこにある、茶色い背表紙の大きい本、それと、あの机の引き出しが、ヘン」

「引き出しは私がチェックしてくるっす」

「本はあたしがとってくるね！」

ネネとマリナがレインの指さした先に向かう。

その隙に、俺はレインに〈魔力継続回復《リフレッシュ・マナ》〉の魔法を放つ。

〈歪み感知《センス・ディストーション》〉は〈歪光彩の矢《プリズミック・ミサイル》〉同様の複合型効果魔法だ。

通常とは発動のプロセスが違うため、かなり多くの魔力を消耗する。

「ありがとう。レイン」

「ううん。ユークと二人で作った魔法、役に立って、よかった」

にこりと笑うレインに小さくうなずいて、振り向くとシルクがその瞳を周囲の中空に向けていた。

「……どうした、シルク」

「ここ、変わった精霊がいます。『グラッド・シィ＝イム』特有のものかもしれません」

「どんな精霊なんだ？」

「それが……わからないんです。伝えるのは難しいんですけど、自然現象ではなく、記憶や歌、伝承？　表現が難しいですね。精神に関わる精霊に近いみたいです」

それを聞いて、俺は少しばかりの危機感を覚えた。

精霊というのは、世界を構成する要素であり、何にでも宿る。

炎や水など、四大元素に関わる精霊もいれば、生命や眠りを司《つかさど》る者もおり、人の精神——怒りや勇気を司る精霊もいるのだ。

そして、それらは総じて扱いが難しく……制御を誤れば、ひどい結果を引き起こす。

「コンタクトをとってみます」

「大丈夫なのか？」

「ええ、静かな精霊です。『グラッド・シィ＝イム』で出会う、初めての狂っていない精霊なので」

「わかった。慎重にしてくれよ」

「はい」

俺の心配が伝わったのか、伝わっていないのか、シルクは目を閉じてほのかに歌うような言葉を口にする。

すると、古びた棚からひとりでに一冊の本が抜け出し、まるで鳥か蝶《ちょう》のように室内を飛び始めた。

敵対的な風ではなく、優雅に静かに飛び回るそれは、シルクの精霊語に惹《ひ》かれるように、ゆっくりとこちらに近寄ってくる。

「ああ、本の精霊なのですね……。物語と記憶を運ぶものに宿る……」

じゃれつくように飛ぶ本に触れながら、シルクが優し気な表情を見せる。

どうやら心配なさそうだ。

「わたくしはこの子から情報を集めますね」

「わかった。行こうか、レイン」

「うん」

すでに中央の大きな丸机ではモリアがニーベルンと共に赤い本を読み進めており、空いたスペースにはマリナが茶色い背表紙の大きな本を置いて俺たちを待っている。

ネネも、机の引き出しから何かを得たようだ。

……さて、働いていないのが俺だけというのは、いくらお飾りとはいえ些か〝勇者〟として格好がつかないな。

「机の中身は、鍵だったっす」

「それって、この本の鍵じゃないかな？」

マリナの持ってきた、大きな書物には確かに鍵がかかっている。

さて、ここで問題となるのは〈歪み感知《センス・ディストーション》〉に感知されるような、しかも鍵付きの本を迂闊に開いていいかどうかという問題である。

少し考えて、俺はロゥゲに向き直った。

「ロゥゲ。この本が何かわかるか？」

「ええ、もちろんでございます」

続いて、俺は口を開く。

「危ないものではないよな？」

「吾輩の口からはそれを申し上げられませんな。イッヒッヒ」

「いいや。言ってくれ。『この本は危なくなどない』と」

俺の要求に、ロゥゲの笑みが止まる。

ぎょろりとした目で俺を凝視するロゥゲは、どこか余裕を失したように見えた。

「あなたの口から、聞かせてくれ」

「……左様。その本に危険などありませぬ」

そうロゥゲが口にした瞬間、本から放たれる気配のようなものが霧散した。

いま、ここでこの本は『安全』になったのだ。

「すまなかった。無理をさせたか？」

「いいえ、いいえ」

首を振るロゥゲに軽く礼を言って、俺は本に向き直る。

その瞳に宿る光は今までのものよりもずっと静かで、正気に満ちていた。

「よし、開けるぞ……」

覗《のぞ》き込《こ》むレインたちにうなずいて、俺は小さな鍵を本の鍵穴に差し込んだ。

カチリ、と音がして本の錠前が外れる。

その瞬間、本の存在感が急激に増したのを感じた。この感覚は、よく知ったものだ。

「……魔導書か？　これは」

「そう、みたい」

「そうなの？」

レインは頷き、マリナは首をかしげる。

この感覚は魔法を操る者にしかわからないものだ。

俺達のような魔法を使うものにとって魔導書とは特別な……自分の可能性を押し広げる力を持つもので、独特の圧力《プレッシャー》を感じることが多い。

この本からもそれを感じる。

「中身はどうかな」

ページをめくっていく。

文字そのものは読めないが、魔法陣や魔法式らしきもの、それを指す諸々《もろもろ》の注釈。

これが、魔導書なのはほぼ確定だろう。

「似たような魔法式を重ねてあるな」

「でも、少し違う、みたい。これとこれは、ここが違って……ええと、ここは、上下が入れ替わる、かな……？」

「やけに難解だな」

首をひねっていると、横に立つマリナとネネも同じく首をかしげる。

「あたしにはさっぱりわかんないよ」

「私もっす」

「そう気にするもんじゃないさ。俺にだってわからないんだから。なんとか読めればいいんだが……」

ちらりと視線をやるも、ニーベルンはモリアの膝の上で赤い本を解読中だ。

ぱっと見は孫に読み聞かせをする祖父か何かに見えなくもないが、読み聞かせを受けているのはモリアである。

あちらはあちらで何やら忙しそうなので、頼めそうな状況ではない。

「ユークさん。おそらく、わたくしがお手伝いできると思います」

唸っていると、シルクがすぐそばへと立っていた。

「シルク。もういいのか？」

「はい。仲良くなれました」

シルクの周りをふわふわと豆本サイズになった本が飛んでいる。

「なにそれ、かわいい……！」

レインが目を輝かせる。

魔法道具《アーティファクト》以外にこういう目を向けるレインは中々珍しい。

いや、魔法道具《アーティファクト》だと思っているのか？

「おそらく、この精霊の力を借りれば理解できると思います」

「本当か？」

「はい。手をこちらに」

差し出された手を握ると、シルクが歌うように精霊言語を口にする。

その旋律に踊るようにして、本の姿をした精霊がふわりふわりと舞う。

直後、落下するようにして意識が沈み込んだ。

「お……っと」

「びっくりしましたね」

シルクが俺の手を握ったままクスクスと笑う。

この様子だと、なにか問題が起きたわけではなさそうだ。

「ここは？」

『本の上、本の中、記憶の傍《はた》』

囁《ささや》くような声が、周囲から聞こえる。

見やると、真っ白い蛇のような生き物が、浮遊する本から頭だけを出していた。

「この子が、『本の精霊』ビブリオンです。旧い精霊使いが、図書室の守護に呼び置いたのだと思います」

『シルク。このシトは、善い』

「ええ。だってわたくしの先生ですもの」

『この本、すこし、危ない。注意する』

周囲を見渡すと、どうやら俺達は本の上に立っているようだった。

床の模様からおそらく先ほどの本だと思う。

「この本の内容を知りたいんだ、ビブリオン。どうすればいい？」

『読むは、シトの理《ことわり》。我らの理で、解する。いいか？』

「どういうことですか？　ビブリオン。読むこととは違うのですか？」

『我らは、解し、伝える。人は、読むけど、伝えない』

ビブリオンの事を、シルクは『歌や伝承の精霊』と最初に言った。

それらが何を指すかというと性質的に、本を読むこととは少し違うのだろう。

魔導書に限らず、文字を読むということは内容を読み解き、解釈し、自らに取り込むということだ。

おそらく、ビブリオンの本質は『記録し伝える』ことで、本を読むこととはやや違うのかもしれない。

伝えるべきことが全て文字に起こされていることなど少ないからだ。

となれば、今頼めば、ビブリオンはこの魔導書の本質を俺に伝えてくれる。

……魔法を使うものの端くれとして、これは得難い体験だ。

「それでいいよ、ビブリオン。でも、俺にだけ頼むよ。シルクには魔法の素養がないから」

「ユークさん？　大丈夫なんですか？」

「魔法の素養がない君の頭に魔法式を刻まれる方が問題だ。もし、特別なものだとしたら思い出すだけで頭が沸騰するかもしれないぞ」

冗談めかして言ってみたが、魔法使いでないものに無理やり魔法の知識を詰め込むというのは毒になりかねない。

魔法を魔法として理解できないのに、意味不明な魔法式ばかりが記憶を占めてしまって廃人になる可能性だってある（前例があるのだ）。

たとえるなら、それはまさに本のようなもので、魔術師であればそれらを『魔法』というひとまとめの書物にして棚に仕舞い込めるが、そうでない者はバラバラになったページを部屋に撒《ま》き散《ち》らすかのような有《あ》り様《さま》となる。

『ユーク？　いいね？』

「ああ、頼む。シルク。俺を頼んだ」

どこか妙ちきりんな頼み方になってしまったが、シルクがビブリオンを制御しているのであれば、文字通り彼女の手腕は俺の命綱となる。

「わかりました。ビブリオン、お願いね」

『まかされた』

身体が本の中に沈み込んでいく。

それでも、握っているシルクの手の感覚はあるが。

周囲が暗くなって、明るくなって、鮮やかになって、色あせて。

複数の声が四方八方から聞こえて、まるで耳元でささやくような声もあって、そうかと思ったら自分で何かを口にしていて。

それらが少しずつ、少しずつ収束されて景色がはっきりとしていく。


眼鏡をかけた茶髪の男が、机に向かっている。

不安、焦燥、危機感。追い立てられるようにして、何かを作っている。

ああ、『無色の闇』にジェミーを残して来た時の俺と同じだ。

何かを信じながら、それでも不安にさいなまれ、後悔に心を軋《きし》ませながら男は前に進む。

この男が、何をしようとしているのか、何故《なぜ》か理解できた。

「そうか、この魔法は……」

俺のつぶやきに男が振り返る。

景色の中、記憶の中の彼に俺は見えていないはずだが、男は口を開く。

「――――」

聞き取れない言葉の意図そのものが俺に流れ込んでくる。

「ああ、わかった」

返事をすると同時に俺は強い浮遊感を感じて、本の世界から意識を浮上させた。

◇

「ユークさん？　大丈夫ですか？」

「ああ。問題ない」

気が付くと、俺は近くにあった椅子に座っていた。手を握ったまま、俺の顔を覗き込むシルク。

どうやら、うまく現実世界への帰還を果たしたようだ。

「なにか、わかった？」

「ああ。この魔導書はどちらかというと技術書に近いみたいだ。著者は『多重崩壊型魔法式』というものを研究していたらしい」

「なに、それ」

レインが目を輝かせる。

「複数の魔法を連鎖反応させるための技術、かな。俺の〈歪光彩の矢《プリズミック・ミサイル》〉みたいに混合して同時発動するんじゃなくて、いくつかの魔法を順番に発動させていくみたいだ」

「なる、ほど……！」

この説明だけでレインは本質を理解したようだ。

本に触れて理解した『多重崩壊型魔法式』という技術は、ドミノ倒しのようにたくさんの魔法式を『始動、崩壊、再構成』しながら一つの結果に向かって走らせるもので、時間と制御の問題はあるものの、非常に大きな結果を魔法で引き出すためのものだった。

「それはなかなか興味深いの」

「モリアさん、そっちの解読は終わったんですか？」

「うむ。これは、歴史書のようなものじゃの。この『グラッド・シィ＝イム』がこうなるまでの顚《てん》末《まつ》も記されておったよ」

ニーベルンを椅子に座らせて、モリアが語り始める。

『グラッド・シィ＝イム』はとある世界にあった国の王都であるらしい。

かの世界は天地に多くの神が住まう地でもあったらしく、どこか人間的な神々はときに人と争い、時に人と愛し合いながら時代を紡いでいたという。

そんな中、『斜陽』と呼ばれる世界の崩壊——つまり〝淘汰〟が訪れた。

それは当初、歴史上何度か見られた神同士の争いのように見えたらしい。

人間にとっては天災に他ならないが、それでもこれまでにも何度かあった事。

そう大きな問題ではない、いずれは平和で穏やかな日々が戻ってくる……と当事者たち以外は考えていた。

だが、この争いこそ『斜陽』の始まりだった。

神から神に波及した戦は世界全土を巻き込んだものとなり、その神を奉ずる人間同士の争いともなった。

神が傷つき倒れる中で世界のバランスは徐々に崩れ始め、やがて空は昼でも夜でもない黄昏を映したままとなったという。

「……この世界の神は『精霊』と同じモノだったのかもしれませんね」

「記録を見るに、そのようじゃ。世界のシステムが神々によって統括管理されていたらしいのう」

シルクの言葉にモリアが頷く。

狂った精霊は周囲の環境を歪めることが多い。

それがどうしようもないくらいの世界規模で起これば……淘汰ともなるか。

「『グラッド・シィ＝イム』の住民やヴォーダン王は、魔法に長《た》けた人間だったようじゃ」

「魔術師ってことですか？」

「そんな単純なこととも思えぬが、ともかく……崩壊する世界からの脱出を計画したらしいの」

ここにきて、魔導書の内容と目的が合致した。

「それで、か」

「どうした、ユーク殿」

怪訝《けげん》そうなモリアに小さくうなずく。

「この魔導書に描かれていた魔法は……有体に言えば、『願いを叶える魔法』です」

「なんと。次元越えの魔法でも、集団退避の魔法でもなく、か？」

「普通に考えればそうですよね……」

だが、この魔導書を書いた魔術師はそうではなかった。

問題の根本的解決を……淘汰を乗り越えることを考えていたのだ。

しかし、時間とリソースの問題から、全ての要件を満たすには至らなかったのだろう。


――彼は、〝黄金〟を使って『ただ一つの願い』を叶えた。


結果として、『グラッド・シィ＝イム』がこのような有り様になったとて、目的を果たしたのだ。

「それで、その魔法とやらはどうなったのじゃ」

「十分な効果を得られませんでした。いえ、願いそのものは叶えられましたが。とりあえず、詳しい話は戻ってからにしましょう」

「そうじゃな。儂としたことが知識の森におるからと、気を緩ませてしまっておったわ」

得体のしれない迷宮《ダンジョン》の、初めて踏み込む場所なのだ、ここは。

必要な情報と資材は得た。まずは、これを持ち帰らねばならない。

そう考えたところで、資料庫の扉が開く。

身構えたが、姿を現したのはミリアムと『カーマイン』の面々だった。

「ここにいたんやね？　何や見つけはった？」

「いろいろとわかったようだ。我々『スコルディア』と『クローバー』は成果を持ち帰るために撤退するが、そちらはどうする」

ルーセントの言葉に『カーマイン』のリーダーであるマローナが、少し考えてから口を開く。

「ほな、あてらも撤退するわ」

「『フルバウンド』は？」

「奥に踏み込んでいきはったで？　止めたほうがよかったかえ？」

それはどうだろうか。

些か軽率とは思えなくもないが、Aランクを目指していいところを見せようという気持ちもわかるし、この先の先行調査をしてくれるなら、それはそれでありがたい。

彼等とてBランクの実力を持つ冒険者だ、そう迂闊なことはすまい。

「いいえ、任せておきましょう。それよりもこちらには子供もいます。早いところ、キャンプに戻りましょう」

「だね。追いかけるにしても、ルンちゃんは連れていけないよ！」

マリナの言葉にうなずいたマローナがニコリと笑う。

「賛成やわ。帰りはあてらも護衛につくさかい、安心しい」

「ありがと！　マローナさん」

「ええんよ。さ、いこうか」

マローナさんが振り返って頷くと『カーマイン』のメンバーが素早く、廊下の状況確認をしに出て行った。

きびきびとしていて、冒険者というよりもどこか騎士っぽい。

「ロゥゲは……いないか」

途中から姿が見えないと思っていたが、案の定その姿はどこにも見当たらなかった。

何を考えているかわからないが、あの様子だとまた姿を見せてくれるだろう。

「ユーク殿、戻ったら情報のすり合わせをしてもらっていいかね？」

「もちろんです、モリアさん」

「ユーク、ボクも。魔導書の中身、教えて」

確かに、この魔導書の内容はレインにも詳しく説明した方がよさそうだ。

一方、マリナはニーベルンを肩車してくるくると回っている。

「あたしはルンちゃんと温泉にはいろーっと」

「私もご一緒するっす！」

「うん！　おねーちゃんと一緒に入る」

ニーベルンも楽しそうだしいいか。

さて、きっとここからが本番だ。

帰ったら忙しくなるぞ……！

◇

『グラッド・シィ＝イム』の王立資料庫から帰還して二日後。

俺とレイン、そして『スコルディア』の知恵者であるモリアは、ベディボア侯爵をはじめとした依頼主たちをギルド会議室へと集めた。

本来、高位貴族でもある依頼主たちを呼び出すのもどうかと思うのだが、今回の件はあまりにも内容が重い。

「つまり、あの迷宮《ダンジョン》は異世界の都市で、特別な魔法を使って我々の世界へお引っ越しを敢行したということかね？」

「有体に言えばそうなります。本来、人ひとりを異世界にねじ込む魔法を改造して、都市ごとの移動をはかったようです」

俺の説明に、ベディボア侯爵が首をひねる。

「住民は消え失せ《きう》、奇怪な魔物が闊歩《かっぽ》しておるようだが？」

「……あの魔物たちこそが、『グラッド・シィ＝イム』の住民なのです、閣下」

地下水路で見つけた手記、住宅で手に入れた日記。そして、大図書館で読んだ日々の記録書。

これらから、かの世界の顛末がわかってきた。


かの世界を支えていた神々の全てが争うこととなった『斜陽』。

それによって滅びゆく世界から、神の一柱であり王でもあったヴォーダン王は自らの国、『グラッド・シィ＝イム』を救済しようとした。

崩れゆく世界に見切りをつけて、新天地を目指す。

この判断を下したヴォーダン王もすでに黄昏に魅入られていたのかもしれない。

なにせ、そんなことできようはずもないのだ。

……いや、『できる』『できない』で言えば、おそらくできる。

例えば、俺達の世界がそうなったとして、一部の人間はこの世界から逃げることが可能だろう。

俺達のような冒険者がその筆頭だ。

『無色の闇』を突破し、最奥の『深淵の扉《アビスゲート》』を超える。

俺の考えが正しければ、それで世界を超えることができるだろう。

だが、それには危険が伴う。冒険者全員が目指したとして、最奥に至れるのは一割かもっと少ないか。一般人ともなればまず不可能だろう。

それゆえに、禁じ手ともいえる手段を取らざるを得なかったのだ、王は。

不可能を歪んだ可能にするために。


「人間性を、犠牲にしたんです」

「どういうことだね？」

「俺がヴォーダン城の大図書館で触れた魔法は、かなり大掛かりで、特殊で、正気の沙汰とは思えないものでした」

口に出すのが憚られる方法だ。

このおぞましい魔法について、過不足なく説明できる気がしない。

「ユーク、大丈夫。ボクも、補足する」

隣に座るレインが、俺にうなずく。

別のソファに座るモリアも、こちらにうなずいた。

直接あの魔法に触れたのは俺だ。俺が説明をするべきだろう。

「『黄金』を媒介にした、大規模な置換魔法だと推測されます」

「『黄金』を媒介？　『置換魔法』？　二つとも聞き覚えのない言葉だな。ボードマン君はどうかね？」

「私もわかりませんな。まあ、説明を聞きましょう。まず、『黄金』について頼めるかな？」

ボードマン子爵にうなずいて、俺は袋から例の指輪を取り出す。

そう、『グラッド・シィ＝イム』の魔物《モンスター》が持つ金色の指輪だ。

「これが、『黄金』……の一端、というか説明が難しいのですが、黄金そのものでもあります」

「そのもの、とは？　魔物からの拾得品《ドロップ》としてそれなりの数があると聞いているが？」

「はい。それらは個別でありながら、全て同じであり、一つでもあるのです。レイン、あれを」

「うん」

レインが正方形の水晶板を備えた、細い万力のような魔法道具《アーティファクト》を魔法の鞄《マジックバッグ》から取り出す。

「これは、王立学術院《うち》で作っていたものですね？」

「ええっと、はい。これを、みてください」

魔法道具《アーティファクト》に指輪を添えて、小さく魔力を流すレイン。

備え付けられた水晶板に、ノイズと共に映像が映し出される。

『今日も空は赤いまま……。あたしたちはどうなっちまうんだろね』

一人称視点でくるりと視界が動く。

水晶板に映るのは『グラッド・シィ＝イム』の大通りのようで、人々が行きかっているのが見えた。

「これは、俺達を襲った蛹のような魔物《モンスター》の体内から発見された指輪です」

「この指輪が〝配信〟における魔石のような映像媒体だというのかね？」

最初は俺もそう思っていた、しかし、精査をするうちに浮かび上がったのは、これがもっと性質が悪いものだという結果だった。

「いいえ、閣下。この指輪に記録されているのは……人間そのものの情報です」

「まさか……」

正気とは思えぬ発想だった。

きっと、ヴォーダン王はすでに『斜陽』に完全に冒されていたのだと思う。

人の身で次元渡りがなせぬなら、いっそ人でなければ良いのだ。

意志持つ宝石である超巨大な『一つの黄金』。

それから生み出された『金の指輪』を王は民に与えた。

そう、かの王は『グラッド・シィ＝イム』を救済するために、民の人間性を指輪に保管した……が、それは完璧ではなかった。

『願いを叶える魔法』の媒体となった『一つの黄金』による、人間性の保管と補完には重大な欠点があったのだ。

それでも、魔法は未完のまま発動され……かくして、『グラッド・シィ＝イム』は『斜陽』という未曾有の〝淘汰〟を保ったまま、次元を渡った。

俺たちにとって幸いだったのは、発動された魔法が未完成であったために『グラッド・シィ＝イム』が迷宮《ダンジョン》として顕現したということだろう。

おかげで、俺たちにはこの『淘汰』に対して時間というアドバンテージを得ることができた。

ここまでを説明してベディボア侯爵を見ると、彼は難しい顔で考え込んでいた。

「話はわかったが、結局……アレをそのままにしておくとどうなる？　勇者殿よ」

「ここからは事実でなく推測となりますが、おそらく全土が迷宮《ダンジョン》に飲まれます。『斜陽』の光によって精霊力が歪み、ヴォーダン王国と同じく『黄金の呪い』が生物の存在を蝕《むしば》むでしょう」

「つまり、なにか？　放っておけば、この世界の全てがあの得体のしれない化け物がうろつく世界に変わるということか？」

それに俺はうなずく。

これは、モリアやレイン、それにシルクとともに出した結論だ。

「王に連絡して、緊急事態宣言を各国に通達してもらおう。各地の戦力を集結させてこの迷宮《ダンジョン》を一刻も早く完全踏破する」

苦々しい顔をしつつも、ベディボア侯爵が強く宣言する。

「そうした方が賢明かと。もう手段を選んでる場合ではありません。少なくとも『斜陽』の溢れ出し《オーバーフロウ》は始まっています」

「うむ……猶予がそうあるとは思えんな。『クローバー』にも引き続き攻略を要請させてもらうぞ。ユーク・フェルディオ、君には〝勇者〟としての義務と権利が付与されている。王国の為に尽くしてくれ」

侯爵の言葉に「はい」とだけ答えて、席を立つ。

それに倣って、レインとモリアもだ。

「あんた、その目……なにか切り札を持ってるね？」

静かに事の成り行きを見ていたマニエラが、鋭い視線で俺をちらりと見る。

相変わらず鋭い御仁だ。

「できることをしますよ」

軽くそう返してギルド会議室を後にする俺の背中に、マニエラの声が届く。

「やっぱあんた、サーガの息子じゃないのかい？」

少しばかりの煽《あお》りじみた激励を胸に、俺はその場を後にした。

◇

何やら用事があるというモリアをギルドに残して、ドゥナの大通りを行く。

「ユーク。眉間」

「ぐ」

隣を歩くレインに指摘されて、俺は眉間をほぐす。

解決に向けて徐々に進んでいるとはいえ、問題は多い。

何より、あの迷宮《ダンジョン》の実情がはっきりしたことによる仲間たちの心労が心配だ。

俺はいい。もしかすると冷酷だと言われるかもしれないが、あの魔物《モンスター》の正体が人間であったとして、倒すことにそれほどの忌避感はない。

あれらが『斜陽』を担う〝淘汰〟の一端である以上、目的のための排除は致し方ないと割り切ることもできる。

しかし、まだまだ駆け出しともいえる多感な年頃の仲間たちはどうだ？

姿かたちは違うとはいえ、曲がりなりにも人間を殺すことにストレスを感じてやしないだろうか？

特に、マリナやネネは前衛となって直接的に武器を振るうことも多い。

俺はリーダーとして、また彼女らの元教官としてこの状況を好ましいとは思えない。

「ユークの、悩みは、わかってる、つもり」

「顔に出ちまってるもんなぁ……」

「うん。でも、ボクたちを、過保護に、しないで。みんな、わかってる」

情報共有は常に行っている。

先ほど会議室で話した内容は、すでに各攻略パーティでの共有情報でもあるのだ。

「ボクは、大丈夫、みたい。あれが人の形を、してないから、かも」

「なら、いいんだが」

「うん。宿に戻ろ。『とれる時に休息はしっかりとる』でしょ？」

俺が彼女たちの冒険者予備研修の時に、口を酸っぱくして言ったことだ。

火事場の馬鹿力に頼りきりになってはいけない、常に良いパフォーマンスを発揮できるように休息をしっかりとることの方が大事だ……と。

自分でそう言っておきながら、どうにも俺はこれを守るのが不得意なのだが。

「ん……？」

大通りを逸れ、そろそろ『歌う小鹿』亭に到着しようかというところで、背後から黒塗りの馬車が近づいてきた。

四頭立てで丈夫そうな鉄の車輪を備えた、どこか豪奢《ごうしゃ》なつくりの箱馬車だ。

それが俺達を少し追い抜いたところで止まった。

「探したぞ」

護衛らしき鎧姿の男たちと共に馬車から降りてきたのは、高級そうなスーツを身にまとった初老の小男。

ちょび髭《ひげ》と後退した額が特徴的で、不機嫌そうな様子でこちらに詰め寄ってくる。

「……だれ？」

レインが俺を見上げる。

それにかしげてみせると、小男が再び口を開いた。

「お前の叔父だ。レイニース。父が手紙を送ったはずだぞ？」

雑とはいえ名乗りがあったことで、この男の素性がはっきりした。

叔父と名乗るからには、おそらくレインの父親の弟――ブラン・クラウダだろう。

ネネとママルさんのおかげで、レインとクラウダ伯爵周辺の情報はほぼ摑《つか》んでいる。

「まあいい。さっさと、こっちへ来い」

こちらの沈黙に耐えかねたのか、レインに手を伸ばす。

レインを背に庇《かば》いながら、その手からやんわりと離れる。

「どなたか存じませんが、人違いではないですか？」

「貴様は……ユーク・フェルディオか。その娘は当家の令嬢だ。引き渡していただこう」

「さて？　彼女は天涯孤独の身と聞いておりますが？」

こちらが調べて知っているというだけで、まだ名乗りもしない。

そんな失礼な人間にレインに触れさせるものか。

「もういい、取り押さえろ。多少ケガをさせても構わん」

顎をしゃくるブラン・クラウダの両脇から護衛騎士がこちらに距離を詰めてくる……が、二人してその場で転倒した。

〈転倒《スネア》〉に対処できないようでは、大した実力ではないだろう。

起き上がろうとする二人の騎士に〈眠りの霧《スリープミスト》〉の魔法を放って無力化しておく。

「んな……ッ？」

驚いた様子のブラン・クラウダを軽く睨みつける。

「わ、私はクラウダ伯爵家の名代、ブラン・クラウダだぞ！　そこにいるレイニースは現当主ディミトの娘だ！　引き渡していただく」

「お断りします」

俺の言葉に、再び驚いた顔をするブラン・クラウダ。

「手紙が届いているはずだ。レイニースはサルムタリア王家への輿入《こしい》れが決まっている」

「聞いてないし、認められないな」

ここで敬語をわざと崩し、慣れないながら凄《すご》みを利かせるように睨む。

こういう事態がいずれ起きることは予想がついていたし、その時のために情報収集もしていた。

「まず、レインが伯爵家の娘レイニースとする証拠がない。どういった根拠でそれを言ってるんです？」

それらの証拠や根拠は注意深く探せばいくつかあったらしいが……ママルさんに頼んで丹念に消させてもらった。

もはや、根拠とするところは故郷が一緒、程度の話である。

「そして、それが真実だとして、貴族籍の人間が他国と婚姻関係を結ぶ場合は許可が必要なはずですが……とってないですよね？」

これは、ママルさんとマニエラ、それにベンウッドに調べてもらった情報だ。

他国の王侯貴族との婚姻は、政治的な問題も絡んでくる。

ややもすればそれは裏切りや外患を誘発する要素ともなるため、王が出席する王議会での承認が必要となるのは、自明の理だろう。

で、あるのにレインに対してそのお伺いがたてられたという事実はない。

いまや『クローバー』は国選依頼《ミッション》にあたる特務Aランクのパーティだ。

そのメンバーが貴族籍で外国の王族に嫁ぐとなれば、どこかで話題に上がるはずである。

「ぐ……む。貴様……！」

「つまり、あなた方は自分たちの血族かもしれないという理由で、レインを誘拐してサルムタリアに売り渡し、庶民である、あるいは冒険者であるという理由で承認を得ずに繋《つな》がりと利益を上げようとしていたってことですね？」

「それの何が悪いッ！　クラウダの血のおかげで、妃《きさき》の座を得るのだぞ⁉　今まで家の役に立たなかった者がようやく役に立つ時が来たのだ！」

目を血走らせたブラン・クラウダが唾を飛ばしながら吠《ほ》える。

クラウダ伯爵家の資金繰りが厳しいというのは、どうやら本当らしい。

そんな彼等にとって、サルムタリア王家が持ちかけたこの話は渡りに船だったのだろう。

「レイニース、来なさい。お前の父が会いたがっていたぞ」

「ボクは、会いたくない、かな」

杖の先に、攻撃的な魔法の灯《あか》りをともしてレインがブラン・クラウダを見据える。

ずいぶんと冷えた殺気を放っているのを見ると、心が揺らいだりはしていないようだ。

少しばかり、ほっとする。

「貴族に、王族の妃になれるのだぞ⁉」

「興味、ない」

〈魔法の矢《エネルギーボルト》〉がブラン・クラウダの頬をかすめて馬車に穴を穿《うが》つ。

「帰って。ボクは、『クローバー』のレイン。レイニースじゃ、ない」

「ひっ……！」

頬を触って何が起きたかを確認したブラン・クラウダが、怯《おび》えた様子で後退《あとずさ》り、馬車へと逃げ込む。

護衛騎士たちもそれに続き、黒塗りの馬車は焦ったようにその場から走り去った。

それを確認してから、俺は小さく息を吐きだす。

「うまく追い返せたな」

「うん。ユークの、おかげ」

『歌う小鹿』亭に至る道で捕捉されたということは、きっと宿も割れているのだろうと思うので安心はできないが、まずはこれでいいだろう。

「やっぱり、手を打っておいて正解だったな。けど……」

「気に、しないで。ボクも、納得、してる」

レインの許可をとったとはいえ、かなり強引に彼女の過去を消し去り、改変し、操作した。

生家のある村、魔術学院、冒険者ギルドの情報が繋がらぬよう、ママルさんに頼み込んでかなり違法スレスレの方法でレインの情報をかく乱したのだ。

当初はママルさんも渋っていたものの、事情が分かるといくつかの条件を飲むことで動いてくれた。

相手は貴族だ。かなり徹底しないと、どこで証拠を拾い上げてくるかわからない。

とにかくレインの情報をグレーにしてかすませる必要があった。

「また、来るかな？」

「さて、どうかな。来たとしても追い返せばいいさ」

「そう、だね。はぁー……ちょっと、疲れちゃった、かも」

珍しく大きなため息をついて、俯《うつむ》くレイン。

実際のところは緊張と恐怖が強かったのだろう。〈魔法の矢《エネルギーボルト》〉を放つまで、レインの足は小さく震えていた。

「温泉で、癒《いや》す」

「俺もそうしよう」

ドゥナに来てから、俺はすっかり温泉が気に入ってしまった。

バスタブに湯を張るのとでは、まるで違う。フィニスに戻ってシャワーで我慢できなくなったらどうしようとすら思う。

「一緒に、入る？」

「……。俺はまだやることがあるから、お先にどうぞ」

「んふふ」

悪戯《いたずら》っぽく笑うレインを見て、ほっと胸をなでおろす。

よかった、いつものレインだ。

「あ！　お帰りなさーい！」

『歌う小鹿』亭に到着した俺達を、マリナが出迎えてくれた。

鎧を脱いで街着となったマリナは、今の季節にしてはやや薄着だ。

寒くないのだろうか。

「どうだった？」

「いくつか重要なことが決まったよ。情報と方向性は共有できたと思う」

「よかった。あたしたちも続行だよね？」

「ああ」

そう返事して、再び件《くだん》の悩みが脳裏をよぎる。

俺が〝勇者〟認定されている以上、『クローバー』の参加は必須事項だ。

初見調査依頼など受けたばかりにこのような事態になった、と少しばかりの後悔が滲《にじ》む。

「レイン、ユークはなに難しい顔をしてるの？」

「いつもの。考え、すぎ」

「もう、今度は何よ？」

わりと真剣に悩んでいるのに何という軽さだろう。

そんなに俺はいつも悩んでるだろうか。

「もしかして、魔物《モンスター》とかが人間だってこと？」

「ま、まあ」

「それなら、大丈夫だよ」

あっけらかんとマリナが言う。

「あたし、頭は良くないから、上手《うま》くは言えないけど……必要なことはわかってるつもり」

「そうか？」

「うん。そりゃあんまり気分は良くないけどさ、そこは失《な》くしちゃいけないところだと思うし」

マリナが俺の手を取ってニコリと笑う。

「だから、ユークが悩む必要なんてないんだよ！」

「ああ。わかった」

マリナの言葉に、強さに、笑顔に、救われた気がした。

いつだって、このマリナという女の子は自分で答えを出してしまうのだから、どうにも敵《かな》わない。

俺が初めて人を殺《あや》めた時は随分と長らく悩んでいたし、サイモンを手にかけたことは未《いま》だに完全に吹っ切れたとは言えないのに、彼女はすでに前へと進んでいるのだ。

「シルクとネネもきっと一緒だよ！　あたし達がここで立ち止まっちゃったら、ユークに迷惑がかかっちゃうもん。大丈夫、あたし達はやれる！」

「わかったよ。ありがとう、マリナ」

「えへへ」

軽く頭を撫でやって、笑顔を返す。

きっと、そう簡単な話ではない。それでもこうして、俺を前に向かせてくれるのであれば、彼女たちの想《おも》いに応えねばなるまい。

さしあたって、俺にできるのは情報の整理と綿密な攻略プランの思案だ。

「おかえりなさいっす！」

「お帰りなさい、ユークさん、レイン」

そうこうしているうちに、声を聞きつけたらしいネネとシルクが階段を下りてきた。

「会議、終わったんですね」

「ああ。想定通りの流れだ」

「わかりました。いくつかプランを練っておりますので、後で相談しましょう。ユークさんとレインはまず休憩です。ネネとマリナは必要品の買い出しを」

買い物リストと財布代わりの革袋をマリナに差し出して、シルクがテキパキと指示を出す。

根がサポーター気質な俺は、こうしてリーダーシップをとってくれると非常にありがたい。

「んじゃ、行ってくるっす」

「また、あとでね！」

明るい笑顔を俺に向けて、二人が扉を出ていく。

どうにもみんなに気を遣われている気がするな……。

今後の課題として、眉間のしわをバレないように解消する方法を考えなくては。

「では、夕食まで温泉にでも浸《つ》かってゆっくりしてください」

「いや、先にプランを詰めてしまおう。夕食の後、みんなで検討をしたいしな」

「せ　ん　せ　い　？」

シルクが切れ長の目を鋭くして、俺をじろりと見る。

「俺は大丈夫だよ」

「ダメです。昨晩も遅くまで起きていたのを知っていますよ」

「いやー……それは、そうだが」

何とか誤魔化そうと目を泳がせる俺の左腕に、シルクが腕を絡ませる。

色気のあるそれではない、完全に拘束している。

「レイン、温泉に連行しましょう」

「おっけ」

反対側、右腕を両腕でぎゅっと抱くようにしてしっかりと拘束したレインが頷く。

「まてまて。わかった、休む。休むとも」

「はいはい、行きますよ」

「観念、して」

そのまま引きずられるようにして、俺は温泉へと引っ張られていった。

◇

「はぁー……」

じんわりとした温もりが、体の疲れを溶かしていく。

なんだかんだと緊張していたので、すっかり体も凝ってしまっていたようだ。

「どうですか、ユークさん」

「ああ、いい塩梅《あんばい》だよ」

「それは良かったです」

ちゃぷん、という音と共にかけられたシルクの声に応えながら、少しばかり声の発生源から距離を取る。

……が、その移動先が少しばかりまずかった。

「むぎゅ」

「……ッ！　す、すまん」

柔らかな感触が背中に触れて、思わず飛び上がりそうになる。

「だいじょぶ。ユーク、それ、取っちゃお？」

「それ？」

「これ」

声の主——レイン——が、目隠し代わりのタオルをくいくいと引っ張る。

「お、おい。レイン。引っ張るなよ。外れてしまうだろう」

「ヘン、だよ。顔、見えないし、話、しにくい。取って？」

目隠しをなおも引っ張るレイン。

それを死守しながら、どうしたものかと俺は思案する。

温泉浴場に引っ張って行かれたのは、まあ、わかる。

自覚するところだが、俺という男は休息をとるのがへたくそな人間なのだ。

それを心配したシルクやレインが、強制的に俺に休息を促すというのは、これまでに何度もあった事である。

今回はその二人がそろったのだから、抵抗は無意味だ……と、半ば諦めもした。

だから、渋々といった気持ちもありつつも、俺は浴場に向かった。

だが、しかし。そのまま入浴に同席するとは聞いていない。

温泉につかりながら攻略計画《アタックプラン》を練ろうと思っていたのに、まさか後をついて入ってくるとは予想外だった。

これが迷宮《ダンジョン》なら、詰みってレベルの罠だ。

「なあ、二人とも。状況を整理させてくれ」

「はい、何ですか？　ユークさん」

「どうして俺は、二人と温泉に入っている？」

「それはですね、ユークさんを一人にすると、どこでも仕事を始めてしまうからですよ」

ぐうの音も出ない完全回答に、俺はギクリとする。

「まいったな。その通りだけど、本当にまいった……」

確かに、ついさきほどまでそう考えていたのだ。

それが、二人にどれほど心配をかけるかなんて、わかりもせずに。

「ボクは、ユークと、ご一緒したかった、だけ。です」

すぐ隣にいたレインがぴとっと肌を触れ合わせる。

「ユークは、一人にすると、すぐ無理、するから」

「自覚はしてるよ。でも、苦じゃないんだ」

彼女たちのためにできる事なら、何だってしたいと思う。

『サンダーパイク』にいた時には、随分と希薄になっていた気持ちだ。

「もう、ユークさんは。そういうところ、ずるいですよ」

ちゃぷちゃぷと音がして、右肩に肌の触れる感触。

「お、おい……二人とも」

「こうすると、安心するんです。ユークさんは、わたくし達を大事にしてくれますけど、あんまり自分の事を大事にしないので。どこかに行ってしまいそうで、ちゃんとここにいるか、確かめたくなるんです」

シルクとレインが挟むようにして体重をあずけてくる。

気恥ずかしくはあるが、その重みが心地よくも感じた。

「気をつけるよ」

「でも、ユークは、このままで、いい」

「ボクらが、こうして、休ませるから——ね？」

少しの油断を見抜いたレインが、俺の目隠しを外してしまう。

「ん？」

「何するんだ、レイン」

「んっふっふー」

隣を見ると、レインがどこか得意げな、それでいて悪戯っ子のような顔で笑っていた。

ちらつく肌色がお湯に濡《ぬ》れて妙に色っぽく、思わず顔を逸らせる。

……が、反対側は反対側で滑らかな褐色の肌。

目のやり場に困るというのはまさにこのことで、あっという間に沸騰しそうになる頭を冷やすべく、俺は目を閉じて心を落ち着かせようとした。

閉じたら閉じたで、触れる肌の感触がよりはっきりして落ち着かないのだが。

「ユークが、面白い」

「ですね。どうして我がパーティのリーダーさんは、こうも純朴なのでしょう」

「普段は、頼りになる、のにね」

俺を挟む左右から小さな笑い声が聞こえる。

何とでも言うがいい。俺は田舎者の小心者で女性経験のひどく浅い男なのだ。

こんなに可愛《かわい》らしい女の子二人に挟まれて、平然としていられるものか。

「ユーク。目、開けていいよ？」

「そうですよ。お湯、濁ってるので見えないですし」

「そうはいうけどさ、こういうの……よくわからないんだよ」

この状況が普通でないことはわかる。

が、俺がどういう態度をとるのが正解なのかなど判断がつかない。

「ボクは、遠慮しないで、いいよ」

「わたくしも、気にしませんよ。ユークさんのそういうところ、ちょっと落ち込んでしまいます。

わたくし達に、あまり気を許してないというか……」

「そんなこと、あるものか」

そう言って、湯の中で二人の手を握り、瞼を開く。

ふと視線を向けると、二人が俺のことを少し驚いた顔で見つめていた。

「びっくり、しました」

「ユークは、いつも、急、だね？」

「ああも煽られたら肝も据わるさ」

そう笑って見せると、二人が俺を挟んで同じような顔で小さく笑う。

なんだろう、何か変なことを言っただろうか？

「本当、かな？」

「ユークさん、変なところでヘタレですしね」

痛いところをついてくれる。

「俺だってAランク冒険者の端くれ、二言はない！」

「あんまり、関係、ない？」

「ですね。やっぱりユークさんは少し変ですよ」

そう言ってクスクスと笑った二人が、俺に抱きつくものだから、俺はまた飛び上がりそうになるのを抑えて、苦笑する羽目になった。

閑話　ブランの計画と依頼主

「これでは計画が台無しではないか！」

馬車の中で頬の傷を拭いながら、抑えきれない苛《いら》立《だ》ちを同乗する騎士にぶつける。

こいつらがもう少しばかり優秀であれば、もっと優位に立ち回れたものを。

「冒険者などにいいようにあしらわれてしまうとは、恥を知れ。お前たちが無傷で私が傷を負うなど、あってはならんことなのだぞ！」

「申し訳ありません」

「しかし、くそ……。レイニースめ」

冷めた目でこちらを見る、小憎たらしい姪《めい》の顔を思い出す。

叔父である自分に向かってああも反抗的なのは、混じった下賤《げせん》の血と環境がなせる業だろう。

まったく、せめて母親と同じく従順であればいいものを手のかかることだ。

……だが、このチャンスを逃すわけにはいかない。

何せ、相手はサルムタリア王家の次男だ。

譲渡に示された金額が手に入れば、クラウダ伯爵家はしばらく金に困ることはない。

私にしても、貧乏伯爵家の次男坊などと背後で嗤《わら》われることもなくなるだろう。

その為《ため》に、今回の取引は絶対に成功させなくてはならない。

こちらの事前調査では、あの娘がレイニースであることはほぼ間違いないだろうと考えていたが、直接対面してそれが確信に変わった。

顔つきや髪色はあのメイドの面影があるし、灰色の瞳はクラウダ一族の特徴でもある。

さらに言うと、あの娘が本当にレイニースかどうかなど、もはや大した問題ではない。

……前金はすでに受け取ってしまっているのだ。

たとえ、あの娘が本当に当家と無関係だったとしても、引き渡す必要がある。

レイニースでなかったとしても、先方の求めている『商品』はあの女なのだ。

相手はたかだか冒険者、いくらでも手の打ちようはある。

そう考えていたところで、馬車が止まった。

大きく息を吐きだし、馬車に備えられた鏡でさっと身なりを確認してから、馬車を降りる。

計画通りに行かなかったことが悔やまれるが、仕方あるまい。

サルムタリアキルトを羽織り、武装した男たちが、降り立った私に怪訝《けげん》な目を向ける。

ドゥナでも目を引く、この大きなサルムタリア風の建物は、ある一人の男のために用意されたものだ。


——サルムタリア王国第二王子、マストマ。


サルムタリアにおいて王位継承権を争う次期国王候補の一人であり、その実績を『冒険』に求める変わり者だ。

それが故に、冒険者などをしているレイニースなどを所望するのだろうが。

「クラウダ伯爵家からの使者、ブラン・クラウダだ。マストマ様に取り次いでくれ」

「入レ、通スイイ、聞イテル」

片言のウェルメリア語で対応した兵士が、扉を開けて促す。

「お前たちはここで待て」

「は」

護衛騎士を残して、厳重な警備の門を一人でくぐる。

「こちらへどうぞ」

すぐさま、流暢《りゅうちょう》にウェルメリア語を話す軽装の男が現れて、案内されるまま屋敷《やしき》の中を歩く。

真っ白な漆喰《しっくい》が均一に塗られた屋敷の中は異国そのもので、あらゆるものがウェルメリアとはまるで違う。そして、この目にちらつくのは、宝石と金で彩られた調度品の数々。

道楽がてらの冒険で使う仮宿に、一体いくらの金をかけているのか。

そんな事を考えながら奥まで進むと、天窓のある円形の部屋へと到着する。

独特の紋様の絨毯《じゅうたん》が敷き詰められたその部屋の中央には、足のない巨大なクッションのようなソファが置かれていて、そこへ沈み込むようにしてこの屋敷の主が水煙草《シーシャ》を吹かしていた。

周りには、数人の見目麗しい女性たちが透けるような薄絹だけのあられもない格好で、うっとりとした顔で侍《はべ》っている。

「よく来た、ブラン。それで？　モノはどこだ」

浅黒い肌の美丈夫が、期待を乗せた視線をこちらに向ける。

「その件なのですが、いましばらく時間を頂戴したく……」

「さて、そろそろ約束の期日と思うがな？」

上機嫌な様子から、突然の急降下。

冷え冷えとした気配を放ちながら、第二王子がこちらを見る。

「冒険者などをしておりますれば、少しばかり気性が荒く。本日、マストマ様の元に参るぞと声をかけましても、魔法で頬を撃たれる始末でして」

「女が男に手をあげるか。ウェルメリアという国は、どこまでもよくわからんな」

心底見下した風にため息をつく第二王子。

「教育がなっとらんのではないか？」

「は、ははは、まさにその通りで。早急に、準備いたしますので今しばらくお待ちくださいませ」

「まあ、よい。あの娘は、他の妻とは少しばかり使途が違うからな」

マストマが何か言っているが、気が気でない。

胃痛を通り越して、胃液が喉を焼くようなプレッシャーだ。

「のう、ブランよ」

「は、はい」

「この際だ、レイニースの周りの女も一緒に手に入らんか？」

「は……？」

何を言っているのだろう。

レイニースはともかく、他の女もだと？

「金は三倍……いや、五倍だそう。家格が無ければ妃《きさき》にはできんが、使い道はある」

「そ、それは……」

冗談ではない。

レイニースであれば、クラウダ家の庶子として所有権があるとの主張も出来るが、他の女どもは違う。

素性もわかったものではないし、なまじそれを実現できたとしても。それではまるで人攫《ひとさら》いだ。

伯爵家の人間である自分がそんなマネできるはずがない。

……いや、待てよ。

あのユーク・フェルディオとかいう男を排除し、何とかしてパーティごと手に入れればいい。

所詮、冒険者など管理された浮浪者のようなものだ。手に職もたぬ者が、金に困って就く仕事に過ぎない。

大した後ろ盾もないのだ、クラウダ家の……貴族の権力をもってすれば、身柄を押さえるのは容易《たやす》い。

指名依頼だなんだと適当に理由をつけて、この第二王子の元に連れてくれば後はなんとでもなる。

……冒険者が依頼中に失踪するのはよくあることだしな。

「承知いたしました。何とかして見せましょう。しばしお待ちください」

「そうか。うむ。では下がれ」

畜生を払うような仕草で退席を促された私は、多少の苛《いら》つきを覚えながらも第二王子の屋敷を後にした。

第四章　ヴォーダン王と『一つの黄金』

迷宮《ダンジョン》に向かう『フルバウンド』が、キャンプで遊んでいた『黄金の巫女《みこ》』の依《よ》り代《しろ》であるニーベルンを連れ去ったというのだ。

　迷宮攻略《ダンジョンアタック》が実施される日の朝、着々と準備を整える俺達《おれたち》に、とんでもない報《しら》せが届いた。


「ニーベルンが⁉」

　ギルド職員の制止も聞かず、あっという間の出来事だったらしい。

「すまない、ユーク君。彼女が特別な存在だというのは、我々の中では共有事項ではあるが、まさか独断専行で連れていくとは……！」

　現場の最高責任者であるベディボア侯爵が、俺に謝罪の言葉を口にする。

　高位貴族の謝罪など心臓が縮こまってしまうのでやめてほしい。

「む？　どうしたんだ？」

　騒ぎを聞きつけて別の場所で準備中だった『スコルディア』のメンバーが集まってくる。

『カーマイン』のリーダー、マローナもだ。

　状況を説明すると、小さく考えたルーセントが俺に問う。

「どうする、ユーク君」

「予定通りに迷宮攻略《ダンジョンアタック》を開始します」

「ちょっと、ユーク！　ルンちゃんを放っておくの⁉」

俺の言葉に、マリナが非難の声をあげた。

他のメンバーにしても、声こそ上げないものの視線をこちらに向ける。

俺も少し余裕が足りない。言葉足らずだったようだ。

「いいや、そういうわけじゃないさ。どちらにせよ、先行している『フルバウンド』に追いつく必要がある。まずは通常通りの進行で行こう。あいつらだって、立案された進行ルートをたどるはずだ」

追いつきさえすれば、ニーベルンを保護することも彼等《かれら》の行動を咎《とが》めることもできる。

そのためには、まず俺達が予定通りに、安全に彼らに追いつく必要があるのだ。

「無茶してないとええんやけどなぁ……」

「そうですね」

眉尻を下げるマローナに、俺は小さくうなずく。

付き合いは短いが、『フルバウンド』は確かな実力のあるパーティだ。

戦闘や、探索、手際の良さ。どれをとっても手練《てだ》れと言える。

しかし、彼等は功を焦り……そして、些《いささ》か浮かれている。

俺達を出し抜いて成果を上げることに関して、あまりにこだわりが強い。

しかし、ここにきて協調性の足りなさがマズい事態を引き起こした。

「急ごう、ユーク」

「ああ。目的地はどうせ同じだ。予定通りのルートでアタックをかける」

地図を広げ、急いで最終ミーティングを始める。

「目標地点はここ。王の間です」

例の大魔法の発動地点は『王の間』──ヴォーダン城の最奥となる。

そこにまでいけば、きっと何かしら解決の糸口が必ずあるはずだ。

その分、危険もあるだろうが。

「迷宮化の影響で地図通りとはいかぬやもしれぬ。各パーティ充分に留意しておくれ」

モリアの言葉にうなずいたルーセントが、『スコルディア』の面々に向けて口を開く。

「各員すでに理解をしていると思うが、最優先は『クローバー』の到達だ。今回の迷宮特異点と思われる彼等を『スコルディア』と『カーマイン』で完全にエスコートする。栄誉と報酬は頭割り。まずは事態の解決に全力で当たろう」

これも、攻略者会議で決定した事項なので、今更誰も口を挟まない。

しかし、これが『フルバウンド』先行の……ニーベルンを連れ去ったことの決定打となったのはおそらく間違いないだろう。

俺達『クローバー』は彼等からみれば、特別扱いを受けたよそ者のCランクパーティである。

それをサポートせよと言われたのだから、頭に来るのも仕方のないことだろう。

先行者有利となる迷宮《ダンジョン》に配置された財宝や、この未曾有の危機を解決したという功績を独り占めしたいという思いがあるのかもしれない。

極論、独断専行とはいえ『フルバウンド』がこの危機を解決してくれるならばそれでもいい。

だが、ニーベルンを連れ出すのは流石《さすが》にNGだ。

確かに彼女は『グラッド・シィ＝イム』の関係者なのだろうが、同時に保護すべき脆弱《ぜいじゃく》な一般人でもある。

彼女を連れ出すのであれば、最初から作戦立案に参加して、俺達に護衛を要請すべきだった。

「攻略を開始しましょう。焦らず、それでいて急がなくてはいけませんから」

「冷静さを失うなよ、ユーク君」

「わかっていますよ、ルーセントさん。……ベディボア侯爵、申し訳ありませんが、今回の攻略について、目標の変更を行います。まず、第一はルンの保護、帰還を最優先にしますが……いいですね？」

「もちろんだ。彼女は本件において重要な参考人だからな。無事でなくては困る」

俺の言葉に、侯爵が深くうなずく。

本音と建て前がうまく一致した返答だと思う。

「……ってワケなので、みんなよろしく」

振り返ると、マリナ達はほっとしたような、それでいてやる気に満ちた目で立っていた。

「ごめん、ユーク。あたし……」

「俺の方こそすまない。言葉が足りなかったし、冷静を装い過ぎた。実際のところは俺もかなり気《せ》が急いているんだ」

一応、『連合《アライアンス》』のリーダーということになっている以上、俺が表立って冷静さを失うわけにはいかないのだ。

しかも、率いるのは歴戦のAランクパーティである。

ここで俺が揺らいでは、不安が攻略成功率に影響しかねない。

「よし。では、攻略を開始しましょう。皆さん、お願いします」

「まかせといてぇ。『カーマイン』、いきますえ」

「『スコルディア』、進行開始！」

すでに準備を終えていた先輩方が、俺の肩に手を触れる。

「そう気負うこともない。君達ならできるさ」

「せやせや。何せ、あてらがサポートするんやからなぁ」

何とも心強いサポーターだ。

ならば、俺はパーティのサポーターとして、そして……リーダーとして、この期待に応えねばならるまい。

「『クローバー』、準備完了。みんな、行くぞ！」

「うん！　ルンちゃんを迎えに行こう！」

「がんばろ、ユーク」

「ルートは頭に入っています、急ぎましょう」

「先行警戒は任せてくださいっす！」

四人ともが、やる気十分にうなずく。

こうなった彼女たちは、強い。

「諸君、頼んだぞ」

送り出すベディボア侯爵にうなずいて、俺たちは『グラッド・シィ＝イム』の入り口となっている地下水路へと進んだ。

◇

「光が、随分と奥まで差し込んでいますね」

出口となる階段に差し掛かったところで、シルクがそう漏らす。

当初、俺達が踏み込んだ時は踊り場までしか差し込んでいなかった黄昏《たそがれ》の光が、すでに階段の下にまで伸びている。

「時間はそうないってことかね？」

「ええ。このペースだと半年はもたないですね」

ルーセントに頷《うなず》きながら、胸の中で首をもたげる不安を何とか押し込める。

この目算にしても、このままのペースであればの話だ。

何かしらのきっかけがあれば、これが加速度的に早くなる可能性だってある。

そう考えれば、残り時間が「半年ある」と楽観視するのも迂闊《うかつ》が過ぎるかもしれない。

「市街に出るっす」

ネネについて階段を駆け上がり、『グラッド・シィ＝イム』へと出る。

静けさと差し込む黄昏の光に相変わらず乾いた寒気を感じるが、飲み込んで進んでいく。

これに怯《ひる》んでいては、先行している『フルバウンド』に追いつくのは難しい。

「……前方、蛹《クリサリス》！　数は十体っす！」

連合《アライアンス》の斥候《スカウト》に混じって先行警戒をかけていたネネが、背後を走る俺達に警告を告げる。

あの硬直視線を飛ばす魔物か……！

あの時よりも数も多い、かなり危険だ。

「ここは任せてもらいましょ。お先へどうぞぉ」

『カーマイン』が走ったまま各々武器を抜く。

「ユークはん、ルーセントはん、後追いをかけるさかい……追いつかれんように、ようよう走りなはれ」

「まかせよう。行くぞ、ユーク君」

隣を駆けるルーセントの言葉に、俺は口ごもる。

「しかし……」

「ルンちゃん、助けるんやろ？」

マローナがニコリと笑って、スピードを上げる。

その後ろに『カーマイン』の面々が続いた。

「ユーク君、優先順位を誤ってはならない。今回、我々は君のサポートをする立場だ。慣れないだろうが、目的を見失うな」

「……ッ」

厳しい視線のルーセントにうなずいて足を動かす。

せめての援護とばかりに『カーマイン』の面々に強化魔法をばら撒《ま》いて、戦闘を開始する彼女たちの隣を駆け抜けていく。

最短距離を狙った大通り突破。敵との遭遇もあるかもしれないとは思っていたが、まさかこんなにも早いとは思わなかった。

「先行警戒！　ルートのみで！」

俺の隣を走るシルクが指示を飛ばし、それにネネと『スコルディア』のミリアムがうなずいて先行していく。

優秀なサブリーダーがいて助かった。俺もしっかりしないと。

「すまん、シルク」

「お気になさらず。こういう時のためのわたくしですから」

微笑《ほほえ》むシルクに軽く笑顔を返して、心の中で気合を入れ直す。

そういつまでも引きずってはいられない。

「ルーセント！　庭の連中、ざわついちゃってる！」

「数が多いっす」

外郭の入り口で足を止めていたミリアムとネネが、身を隠すように俺達にハンドサインを送ってくる。

「ふむ、結構な数がおるのう……。さて、どうするよ、ルーセント」

「無論、我々が足止めして『クローバー』を先行させる」

「かなりいるっすよ？」

軽く確認したが、二十体近くの魔物《モンスター》が、庭園にいるのが確認できた。

しかも、ここをうろつくのは兵士《セントリー》や騎士《ナイツ》と呼ばれる強力な魔物たちで、想定される討伐ランクはBランクだ。

『スコルディア』が実力あるパーティであるというのは理解しているが、あまりに危険すぎる。

「なに、どうせすぐに『カーマイン』が追いついて来る。逆に、君達の足を止めさせたとなれば、露払いに入ってくれた彼女たちに申し訳ないからね」

「この数は、さすがに……！」

「なに、何とでもなるわい。若いもんは前だけ見ておれ」

老魔術師《モリア》が杖《つえ》を握ってニヤリと笑う。

「モリア、ミリアム。派手な魔法で何体か仕留めろ。ダルカス、一緒に出るぞ。マジェ、精霊魔法で『クローバー』を援護だ」

ルーセントの指示に、それぞれ頷いて得物を構える『スコルディア』。

こんな状況で、俺は少し心が高揚するのを感じてしまっていた。

『サンダーパイク』が結成される以前……つまり、俺が冒険者になる前から高名だった憧れのAランクパーティ『スコルディア』。

そんな彼らが、俺に、俺達に期待を寄せている。

「わかりました。後で落ち合いましょう」

「ああ、無理はするな。迷宮行動《ダンジョンワーク》のセオリーを守れ」

大先輩らしい言葉に、頷きを返して突入のタイミングをうかがう。

それは、魔法攻撃が行われた直後だ。

「──〈火　球《ファイアボール》〉」

「ほい、〈氷吹雪《ブリザード》〉」

ミリアムの放った火球が庭園の中央で大爆発を起こし、次いでモリアの魔法で吹き荒れる猛吹雪が魔物たちを氷漬けにしていく。

「突入する」

「おう、まかせな」

フラットな口調でそう告げて、ルーセントとドワーフ戦士のダルカスが猛スピードで庭園に突っ込み、容赦なく魔物《モンスター》を薙《な》ぎ払《はら》った。

「さ、皆さんはこちらですよ」

戦闘が開始された庭園を傍目《はため》に、ハーフエルフの僧侶であるマジェと共に庭園の端を駆ける。

精霊使いでもある彼女の魔法で、俺達の気配を薄くしているようだ。

何から何まで、あらゆる状況に対応できるAランカーの冒険者集団『スコルディア』のすごさを思い知った。

「何もできない。くやしい」

「ボク、も」

マリナとレインが、戦闘をちらりと見ながらこぼす。

俺も同じ気持ちだ。

「いいえ。あなた達は、ここから成すのです。さぁ、お行きなさい」

以前進入した勝手口に到着した俺達に、マジェがニコリと笑う。

「ありがとうございます」

「おっと、お礼は結構。終わったら一杯奢《おご》ってください。それが、冒険者の流儀でしょう？」

「そうでした」

軽く笑って返して、俺は仲間たちに目配せする。

ここからは、『クローバー』だけでの進行となるのだ。気を引き締めて行かねば。

「いくぞ、みんな。第一目標はわかってるな？」

「ルンちゃんの安全確保！」

「よし。俺達とルンの安全が第一だ。保護次第、即脱出をかける」

俺の言葉に全員がうなずく。

「よし。『ヴォーダン城』、攻略開始！」

◇

二度目となる『ヴォーダン城』への進入に成功した俺たちは、先行警戒をかけるネネに従って、城の内部へと足を踏み入れていく。

外郭庭園では大量に配置されていた魔物《モンスター》が一切見当たらなく、城内は静謐《せいひつ》に満たされていた。

ただ、やはり纏《まと》わりつくような異世界の違和感は、ある。

まるで霧の中にいるような、不快な感触……賢人モリアが『拒否感』と呼んでいたものだ。

「大丈夫、ユーク？」

「ああ、問題ない。痣《あざ》、どうなってる？」

「ちょっと、濃くなってる、みたい」

隣を歩くレインが、心配げな目で俺を見る。

城内に入ってしばらく、『不死者王《ノーライフキング》』の呪縛ともいえる痣が少し濃くなっていることが、わかった。

どうやら、この異世界の気配と、歪《ゆが》みに反応しているらしい。

「この様子だと、地図通りに進めばいけそうだな」

「っすね。ただ、魔物《モンスター》の気配が全く読めないのがつらいっす」

優れた斥候《スカウト》は五感……いや第六感も含めて、全ての感覚を使って危機を察知する。

経験にもよるが、ネネのような猫人族《フェルシー》の感覚は人間よりずっと鋭敏で、察知能力は高い。

それでも、この『グラッド・シィ＝イム』の魔物はなかなか気配が捉えづらいらしい。

……その理由も、少しは判明している。

この『グラッド・シィ＝イム』の存在自体が人間の構成要素で以《もっ》て構成されており、いわば一つの生物のようになっているのではないか、とモリアは推測していた。

そして、『成就』の魔法の成り立ちを知る俺は、おそらくそれは正しいのだろうと確信めいたものを感じている。

次元を超えるにあたり、全ての人間を一つの器に入れる必要があった。

個々の人間の全てを、一人ずつ魔法で保護して送り出すなんて真似《まね》は『黄金』を使った『成就』の魔法でも不可能だ。

だから、街の人間全てに馴染《なじ》みのある『グラッド・シィ＝イム』を器に全て概念化して、別の次元――つまり、俺達のいる世界へと渡ったのだ。

全てを溶かして、生命ならざる概念で次元を渡り、『人間』の情報を込めた『黄金の指輪』で都市をリソースに民を再構築する……それが、偉大なる魔術師とヴォーダン王の計画だった。

……しかし、指輪は『人間』を保存するには不完全なものだったらしい。

余りに概念化された住民たちの『情報』は、その特性あるいは役割だけを表面化させた歪《いびつ》な存在として再構築されることとなった。

彼等は断片的な情報だけを持った魔物《モンスター》として、『グラッド・シィ＝イム』を蠢《うごめ》く存在となってしまったのだ。

初めてロゥゲに会った時、彼が無人の街並みに向けた「皆いますとも」という言葉の裏にはこの事情が隠されていたのだろう。

「シルクさん、精霊の流れはどうっすか？」

「階段の上に向けて警戒してる。何かがあるんだわ……！」

しばし歩いた先、二階部分に上がる階段の手前まで到着した俺たちは、異様な雰囲気に立ち止まった。

迷宮《ダンジョン》の気配に反応する俺には、ひりつくような感覚としてそれが感じ取れた。

ネネにしても、同じく何かしらを感知したようだ。

「さて、何だろうな」

「わかんないけど、これ……殺気かな？　ちょっと違う気もするけど、すごく攻撃的《トゲトゲ》な感じ」

マリナは俺たちとも少し違う感覚で気配を感じているようだ。

『侍』であるが故のセンスかもしれない。

「悪名持ち《ネームド》のような奴《やつ》と遭遇戦になるかもしれない。ここで強化魔法をかけ直しておこう」

指を軽く振って、一人一人に強化魔法を重ねていく。

特に前衛となって矢面に立つマリナとネネには防御魔法を念入りに付与する。

俺にしても、いざという時に中衛としてカバーに入れるよう、〈幻影分身《ブリンクシャドウ》〉の魔法をかけておいた。

「おいでなさい、ビブリオン」

シルクの言葉に反応して、本を翼のようにはためかせる小さな白蛇が姿を現す。

「この階段の上の物語を聞かせて」

「ウン」

シルクの首にくるりと巻き付いたビブリオンが何かを彼女の耳元でささやく。

記録と記憶、そして書物と書架の精霊であるビブリオンは、実はかなり強力な精霊だった。

情報の権化であるこの精霊は、なんと『未来予測』を可能にするのである。

数秒程度の予測で完全に正確というわけではないようだが、それでもいくつかの実験ではかなりの精度で危機を感知することができた（ネネの奇襲を予測するほどだった）。

「先行は私が行くっす」

するすると音もなく階段を上っていくネネ。

その後を、注意深く警戒しながら俺達は進んだ。

ネネが階段を上り切った瞬間、周囲が強く揺らめく。

「……ッ！　ネネ！」

「無事っす！」

宙返りをしつつ、俺達の位置まで退がってくるネネの着地を確認しつつ、階上を見上げる。

そこには、これまでの歪んだ者達とは明らかに違う強力な気配を持った鎧《よろい》騎士が悠然と騎士剣を抜いて立っていた。

白く磨かれた鎧は、この歪んだ世界にあってどこか神々しくもあり……この魔物が非常に強力であろうことを予測させるに十分だった。

「かなり速いっす。剣を抜いた瞬間後ろに退がったので避けられたっすけど」

「容赦なしだな。しかし……押し通らせてもらうぞッ！」

俺の言葉を皮切りに、マリナが跳ねるように階段を駆け上がっていく。

すでに黒刀は抜き放たれており、あっという間に騎士に肉薄したマリナが一太刀振るう。

それをこともなげにいなして反撃に移る騎士に、俺は〈力場の盾《フォースシールド》〉を合わせる。

これは、マリナとあらかじめ何度も確認した連携だ。

彼女の突進力を生かす作戦は、彼女自身に危険が伴う。

かと言って、それを恐れすぎてマリナの火力を生かせなければ、格上相手の場合じり貧になりかねない。

それ故、マリナには「俺がカバーするので、初撃は防御を捨てた一撃を放つように」という戦闘方針を提案したのだが、彼女は一切の迷いなくやってくれた。

「……手強《てごわ》いッ」

その場にとどまり、騎士と向き合ったマリナが小さく漏らす。

普段、陽気で不注意に見える彼女だが、こと戦いとなれば冷静さはその手に持つ黒刀のように鋭い。

「そう時間をかけてはいられないか。シルク、レイン……マリナ達のカバーを頼む」

「ん。まかせて」

「了解いたしました」

シルクが先読みし、レインが魔法で援護する。

そしてその間に俺が詠唱する……というのもまた、事前に決めた連携の一つだ。

全員で綿密に連携パターンを練り、攻略計画《アタックプラン》を決めた。

今回のような強力な者との遭遇戦も、想定はしている。

「──La putra odoro de rozoj, hurlantaj nigraj hundoj, la maro glutanta la subirantan sunon, miksaĵon de nigra kaj blanka, hele kolora malpura akvo──」

あの日以来、使っていなかった魔法を詠唱と共に紡ぎ、練り上げていく。

耳の奥でサイモンの叫び声がリフレインした気がしてほんの少し、心臓が跳ねるが…… なんとか心を平静に保って詠唱を終える。

「──〈歪光彩の矢《プリズミック・ミサイル》〉ッ！」

じわりとした頬の痛みと共に、俺の手から忌まわしき魔法の矢が鎧騎士に向かって放たれた。

「……！」

〈歪光彩の矢《プリズミック・ミサイル》〉の直撃を受けた鎧騎士の動きが鈍った。

甲冑《かっちゅう》の隙間からは赤黒い靄《もや》が立ち上り、軋《きし》むような音をあげながらそれでもなお剣を振り上げる。

「マリナ！」

「おっけー！」

『魔剣化』の黒い光を伴ったマリナの一閃《いっせん》が、鋭い踏み込みと同時に放たれる。

逆袈裟《けさ》に振るわれたその一撃は鎧騎士をまるでバターのように切り裂いて、マリナは静かに黒刀を鞘《さや》に納め、こちらを振り向いた。

「切り捨て御免——なんちって」

妙に締まらぬマリナの背後、鎧騎士が袈裟に断たれてずるりと崩れ落ちる。

それを見て、俺はようやく緊張を解いて息を吐きだした。

マリナの余裕が不注意でないとわかっていても、やはり安全が確認されるまで気は抜けない。

「戦闘終了、調査に入る」

指令所で配信を確認しているベディボア侯爵やマニエラに現状行動を告げて、鎧騎士の残骸に向かう。

実際に近寄ってみると、かなり大きい。10フィートほどはあるか？

そして、この魔物はいつもと少しばかり違うことに気付いた。

階下から上がってこようとするレインとシルクを軽く手で押しとどめる。

「あたしが手伝うよ。ネネは周りを警戒して」

「了解っす」

マリナが、俺の迷いを察知して声をかけてくれた。

こんな役回りをさせて申し訳ないと思うが、手伝いは確かに必要だ。

「人間に、近いな」

鎧騎士の生々しい断面からは赤い血が滴って床に広がっており、これが人間だったと強く意識させられる。

「うん。今までのここの魔物とはちょっと違うかも。手応えは変わんないんだけどね」

軽く苦笑するマリナ。

余りその感覚に慣れてほしくないというのは俺のエゴなのだろうが、やはり少しばかり心苦しい。

床に倒れる鎧騎士の死体に近寄って、目当てを探す。

先は急ぐが、この死体から一つだけ持っていかねばならないものがあるのだ。

そう、『金の指輪』だ。これが、『グラッド・シィ＝イム』からソースを得て魔物《モンスター》を発生させるトリガーであるからには、魔物の魔石同様、回収しておかねばなるまい。

でなければ、帰り道にまたこれに遭遇する可能性がある。

なにせ、ガワの材料はこの世界そのものなのだから。

それはあっさりと見つかった。見つかってしまった。

「……あった」

鎧騎士の腕甲《ガントレット》を剥がすと、まるで普通の人間がそうするように、金の指輪が指にはめられていたのだ。

そして、鎧を剥がしたその腕は……まるで人間そのもののようだった。

他の魔物とどう違うのか、という検証は今後する必要があるだろう。

しかし、いまは進行が最優先だ。

「指輪は回収した。行こう」

仲間たちに声をかけて、二階部分に視線を向ける。

景色自体はそう変わらないが、頬の痣に感じる違和感は、さらに強くなっていた。

おそらく、この異世界の核心に近づいているのだろう。

「ネネ、気配がかなり濃い。気を付けてくれ」

「了解っす。やばくなったら助けてくださいっす」

軽口で返しつつも、慎重な足取りでネネが先行警戒に出る。

二階部分も地図通りなら、注意深く進んでもものの三十分ほどで『王の間』に辿《たど》り着《つ》くはずだ。

大魔法の発動場所でもあるあの場所には、おそらく『一つの黄金』がある。

実際に調査してみなくては何とも言えないが、上手《うま》くすれば『グラッド・シィ＝イム』を完全攻略……つまり機能停止に導くことができるかもしれない。

そんな事を考えていた俺の視線の先に、ずるりと老人が姿を現した。

相変わらず、喪に服したような黒い外套のロゥゲが、ぎょろりとした視線をこちらに向ける。

「ロゥゲ」

「幾日かぶりでございますな。フェルディオ様、皆さま」

資料庫以来となるロゥゲは、静かな佇《たたず》まいで俺たちを見る。

あの奇妙な笑い声はなく、その言葉には擦れた正気がにじみ出ていた。

「いろいろと『グラッド・シィ＝イム』の事を知ったよ。……あなたのことも」

「左様でございますか」

「ルンの事は、わからなかったけど」

「あの娘は魔術師殿と吾輩《わがはい》が残した……カギでございます」

ロゥゲが懐から指輪を取り出す。

「このようなものに人を収めるなど、どだい無理でございました。王都のこの醜態も予想されたもの。迷宮化するというのは、些か予想の外でございましたが、今となっては好都合ともいえましょう……」

「好都合？」

俺の問いに返事を返さない老人の顔が、窓から差し込む黄昏の光に向けられる。

どこか遠い目をしたロゥゲが、深々と頭を下げて口を再度開く。

「どうか、より良き選択をなさいますよう」

それだけ告げて頭を下げた老人の姿が、砂のように崩れて搔《か》き消える。

彼が居た場所には、ただ一つの痕跡──『金の指輪』が黄昏の光を反射して、きらりと光った。

「……どうしたんすか？」

立ちすくむ俺達の元に、先行警戒に出ていたネネが戻ってくる。

「さっきまでロゥゲがいたんだ」

「あの爺《じい》さんっすか⁉　あの爺さんも私の警戒を抜いて現れるんで心臓に悪いっす……」

そう言われて気が付いた。

確かに、もしロゥゲがこちらに危害を加えようと思えばそれはかなり容易《たやす》いはずだ。

何せネネの先行警戒からも、シルクの周辺警戒すらもすり抜けて俺達の前に姿を現すのだから。

危機感が足りなかったことに反省はするものの、どうしてもあの老人にそういったものを抱けない自分もいる。

資料庫に踏み込んだおかげで俺達はいくつかの情報を得ており、その中にはあの老人……ロゥゲ・ヴォーダニアンの情報も見つけることができた。

その家名の通り、彼はこの『ヴォーダン』の王家筋の人間であり、あれで、ヴォーダン王の息子にあたる人物のようだ。

『斜陽』関連の資料に登場するロゥゲは二十二歳……俺とそう変わらぬ年齢の青年として記録されていたのだが、どういった理由かあのような姿になっている。

魔術師と密約を交わしたそうだが、それについてはまさに秘密のようでどこにも記載されていなかった。精霊ビブリオンに頼んでも見つけられなかったのだから、もはや俺達に知る術《すべ》はない。

「あの爺さんも気になるっすけど……ユークさん、見つけたっすよ」

「ルンちゃん、見つかったの？」

マリナの笑顔に、ネネは首を振る。

しゅんとするマリナの代わりに、ネネに問う。

「『フルバウンド』か？」

「……の、足跡っす。状態から見て、そう時間は経《た》ってないはずっす」

「よし、行こう。彼らがどういうつもりにせよ、ルンの救出は最優先だ」

俺の言葉に全員が頷いた。

◇

圧力と不快感が増す『ヴォーダン城』の二階を注意深く、そして急ぎ足で進んでいく。

地図に示された目的地と、現在地、そして『フルバウンド』の足取り……この様子だと、追いつくのは今回の攻略目的地である『王の間』となる可能性が高い。

そこに何があるのか、何がいるのかはわからない。

通常の迷宮《ダンジョン》であれば、そこはいわゆる『ボス部屋』と呼ばれる場所になっていると思われるが、この『グラッド・シィ＝イム』そして『ヴォーダン城』が普通でない以上、迂闊な予測は逆に危険だ。

ここは、冒険者の常識が通用しないことが多い。

「やっぱり、当初の攻略ルートを通ってるみたいっすね」

「追いつけそうか？」

「……どうっすかね」

ネネの言い澱《よど》みに、小さくうなずく。

彼らが少しばかり注意深くあれば、『王の間』に入る前の場所で、追いつくことができるだろう。

しかし、功名心にかられて『王の間』に踏み込んでいたら、かなりマズい。

その場合、ニーベルンに危険が及ぶ可能性がある。

「ルンがいるから、足が速いの、かも」

「ああ。そうかもしれないな」

この『グラッド・シィ＝イム』に深いかかわりがあるニーベルンは、俺達のように異物と判断されない可能性がある。

事実、前回の攻略でニーベルンを連れていた俺達は、魔物とほとんど遭遇しなかったし感知もされなかった。

先行している『フルバウンド』に対して、俺達が例の鎧騎士の待ち伏せに足止めをくらったというのもその推測を後押しする事実だ。

「……ユークさん、ビブリオンが記憶を見つけました」

「何かあったか？」

シルクの言葉に振り向くと、ビブリオンがするすると俺の首に巻き付いてきて、耳元でささやいた。

知った言語ではないが、それは直接的な情報として俺に届けられる。

「くそ、あいつらめ」

「どうしたの？　ユーク？」

「記憶の残滓《ざんし》によると、ここでルンが『フルバウンド』を止めた。俺達を呼ぶべきだと言ったみたいだけど……あいつら、それを無視して奥に強行したみたいだ」

しかも、『フルバウンド』は嘘《うそ》をついてニーベルンを連れ出していたようだ。

俺達『クローバー』の名前を使ってニーベルンを騙《だま》し、城の奥に案内させたらしい。

「なによ、それ……！」

「許せないっす」

マリナとネネが、怒りをあらわにして通路の奥を見やる。

二人は特にニーベルンと仲が良《い》いので、怒るのも仕方ないことだろう。

「わたくし達を呼ぶべき、とはどういう意味なのでしょうか？」

「騙されたことに気付いたってことっすかね？」

「それにしては、言い回しが妙な気がします」

ビブリオンと契約しているシルクには、細かいニュアンスも伝わっているのかもしれない。確かに「呼ぶべき」という言葉は、些か気にかかる。

「進も。それで、わかる」

「ああ、そうしよう」

レインの出した結論が、最適解だ。

ここで考えるよりも、ニーベルンに直接聞いた方が早い。

「先行警戒、行くっす。進行警戒でいいっすね？」

「ああ。頼む」

長い廊下を注意深く駆けていくネネのあとを、ゆっくりと追っていく。

本来ならば、ネネが戻ってくるまで待機するのが常なのだが、進行警戒は俺たちもその後を追う方法だ。安全性は少し下がるが、進行速度はこちらが早い。

「――〈魔力感知《センスマジック》〉」

「ビブリオン、お願いね」

安全性の担保に、レインとシルクが加わる。

ネネでは見抜きにくい魔法的な揺らぎと、ビブリオンによる直近予測で危機を察知すれば、進行警戒でもそう問題ないはずだ。

俺は俺で、この間に仲間たちの強化付与を更新してそれを補助する。


窓から黄昏の光が差し込む長い長い廊下を、まっすぐに進んでいく。

そして、俺たちは辿り着いてしまった。最終目的である、『王の間』に。

その扉はすでに人が入れるくらいの隙間が開いており、その先からはネネでなくてもわかるくらいの人の気配がする。

ときおり聞こえる声は、どこか喜色に染められており……それらは間違いなく『フルバウンド』のものだった。

「……」

判断を求めるネネがこちらを見たので、小さくうなずく。

すると、忍び足で扉に近寄ったネネが、扉の隙間へと視線を向け、少ししてこちらを向いた。

……示されたハンドサインは待機。

ネネの指示通りに少し離れた場所へ下がり、ネネが戻ってくるのを待っていると、足音一つ立てずにネネがこちらに戻ってきた。

そして、囁《ささや》き声《ごえ》で口を開く。

「やばいっす」

ネネがこれを口にするときは、おおよその場合において本当にやばい。

何がやばいのかにもよるが、あまりいい状況ではなさそうだ。

「何があった？」

「『フルバウンド』がいるんすけど……あいつら、様子がおかしいっす」

「ルンちゃんは？　いた？」

「見えなかったっす」

ネネがニーベルンの姿を確認できずに戻ってくるような、異常な状態というのはいかほどのものか。

様子がおかしいというのも、気にかかる。

「危険は、ありそうか？」

「いきなり襲ってくるとかはなさそうっすけど、奥に『王様』がいたっす」

「王様？」

「王冠をつけた人間に見えるっすけど……多分、また魔物だと思うっす」

ネネの直感は信頼に値する。

おそらく、魔物だという認識も正しいのだろう。

……ロゥゲやニーベルンのような現地人の可能性も否定はできないが。

「どう、するっすか？」

ネネの問いに少しばかり詰まる。

その『王様』とやらがフロアボス、あるいは迷宮主《ダンジョンマスター》だとして、『クローバー』単独で乗り込むか、それとも他のパーティを待つべきか。

さて、どうするのが最適解だ？

「行こう、ユーク。ルンちゃんを助けないと」

「同感です。踏み込みましょう」

「うん。ボクらが、行かないと」

「準備はできてるっす」

判断の鈍い俺の背中は、相も変わらず彼女たちに押されっぱなしだ。

ルーセントさんも、俺達を先に行かせるために戦場に残った。

ならば、俺も迷うわけにはいかない。

「よし、踏み込もう。……戦闘準備。最優先はルンの安全確保だ」

◇

「──！」

『王の間』へと足を踏み入れた俺たちを視界に入れた『フルバウンド』のメンバーが、ピタリとバカ騒ぎをやめて俺たちに向き直る。

溢《あふ》れるほどの財宝に囲まれた『フルバウンド』だが、その瞳はどこか空虚で、強い違和感を覚えた。

「ザッカルト！　ニーベルンをどうした！」

返事を待つまでもなく、こちらも状況を把握するべく『王の間』を見渡す。

他のエリアとは違った、装飾が施された部屋。赤い絨毯《じゅうたん》が敷かれ、色鮮やかな旗に彩られた『王の間』。

その奥にある王座には、まさに王様然としたシンプルな王冠を被《かぶ》った人影がこちらを睥睨《へいげい》している。

「いたっす！」

ネネが指さす方向、王座の少し後ろにニーベルンはいた。

そこには金色に輝きながら浮遊する水晶のようなものがあり、ニーベルンはそのそばに座り込んでいる。こちらに背を向けているため表情はわからないが、ケガなどはなさそうだ。

「ルンちゃん！」

同じく姿を見つけたらしいマリナが駆けだそうとするが、それを遮るように『フルバウンド』の面々が立ちふさがった。

「邪魔しないでよ……ッ！」

「まあ、待ちいや」

『フルバウンド』のリーダーであるザッカルトが、ニヤニヤとしながら口を開く。

「もうこの迷宮《ダンジョン》は攻略されたんや。お前らやない。ワイら『フルバウンド』が、単独で完全攻略を果たした」

「何を言っている？」

「あのガキを連れてきた時点で、このレースはワイらの勝ちっちゅうこっちゃ」

レース？

ここにきて、まだ攻略の順を競っていたっていうのか？

そんなことに、ニーベルンを巻き込んで？

……こいつら、正気なのか？

「お前ら外様《とざま》の余所《よそ》もんが、ワイらに指図して先行するとか許されへんで」

急に表情を変えたザッカルトが剣を抜く。

それに倣ってか、『フルバウンド』のメンバーがそろって得物を構えた。

「何をしているんです⁉　わたくし達が争っている場合ではないでしょう⁉」

「じゃかぁしい！　最初から気に入らんかったんや。『ドゥナ』言うたらワイらやろが！　それを余所もんのお前らがズカズカ踏み荒らしよって！　おかげでええ笑いもんやッ」

唾を床に吐いて、ザッカルトが険のある目で俺を睨《にら》みつける。

「特にお前は気に入らんわ。人気配信パーティかなんか知らんけど、女ばっかりはべらしてちゃらちゃらしよって……冒険者ナメとんか？」

「なによそれ！　ただのひがみじゃない！」

おっと、マリナ。

火に油を注ぐのはやめようか。

「なぁ、王さん。〝お願い〟や！　ワイらに力をくれや！」

首だけ振り返って、ザッカルトが玉座の王に叫ぶ。

土気色をしたその人物は無言でうなずき、ゆっくりと右手を上げる。

「ユーク、ヘン、だよ⁉」

「精霊の乱れものすごいことになっています！」

それぞれの感知能力で『王の間』を観測していたレインとシルクが、警告を発する。

俺とて魔法使いの端くれだ。何かが起こっていることはわかっている。

何より、俺の頬の痣がこれまでにない不快感を俺に伝えてきていた。

「……この魔法式……！　『成就』の力を揮《ふる》っているのか」

資料庫で知り得た『成就』の魔法式。

それが一瞬揺らめくように起動して、玉座の後ろの水晶を黄昏に輝かせた。

完全ではない。しかし、それは確かに『一つの黄金』と呼応して、『フルバウンド』の面々に降り注ぐ。そんな彼らの指には、『金の指輪』がきらめいていた。

「あなた達！　指輪を、つけちゃったの……⁉」

レインが珍しく強い語調で、責めるように問う。

彼女にしては珍しいことだが、俺としても同じ気持ちなので驚きはしない。

あの『金の指輪』を身に着けてしまうなんて、あまりに愚かが過ぎる。

アレがいかなるものなのかは、情報共有をしていたはずなのに。

「お前らが何か隠しとるんはわかってたからな。王様に使い方教えてもろたんや」

ゲラゲラと笑うザッカルト達。

「何でも思い通りにできるんやで？　最高やん！　最強やん⁉」

ザッカルト達の目がマリナ達を舐《な》め回すかのように動く。

「ええ女が揃《そろ》っとるし、楽しめそうや。お前はいらんからすぐ死んでもらうけど」

ニヤニヤとするザッカルトの背後、王座に座る人物が口角を持ち上げて静かに嗤《わら》う。

三日月に歪められたそれを見て、俺は妙な既視感に囚《とら》われた。

理由も判然としないまま心臓が跳ねて上がるが、今はそれどころではない。

ザッカルト達が、こちらに向かってきているからだ。

「そこッ！」

その瞬間、最も行動が早かったのはシルクだった。

特別製の混合弓《コンポジットボウ》から放たれた矢が、詠唱を始めた魔法使いの首を深々と貫く。

記録の精霊《ビブリオン》のささやきで、この事態を予測していたのかもしれない。

次に容赦なく行動したのが、ネネだ。

地を這《は》うように身を低くして疾駆した彼女の小太刀が、魔法使いの死亡に気を取られた僧侶の首を刎《は》ねて、返す刀で傍《そば》にいた盗賊の胸を刺し貫いた。

それを目にしたザッカルトが、足を止めてたじろぐ。

「な、なんや……！　なんでや！　ワイらには『黄金』の加護があるんやぞ？」

「あたし達にはユークの加護があんのよッ!!」

力任せに、そして凶暴に振るわれたマリナの黒刀が、ザッカルトの受け流し《パリィ》をものともせずに武器ごと切り裂く。

袈裟《けさ》懸《が》けの一撃に深手を負ったザッカルトが、膝をついて武器を取り落とした。

「なんやねん、なんで、こんな。おい、ドルメル！」

俺の前で痺《しび》れてうずくまる戦士の名を呼ぶザッカルト。

〈麻痺《パラライズ》〉の魔法を重ねがけして行動不能にさせてもらった。

かなりの深度だし、放っておけばいずれ呼吸困難で息絶えるだろう。

……と、考えていたが、どうやら事態はもう少し悪かった。

「王さん！　もっとや！　もっともっと力を！　こんなんワイらの願いちゃうぞ！」

叫ぶザッカルトに応じたように、その指にはめられた指輪が輝きを増す。

その瞬間、周囲に『黄昏』の光が濃く漏れた。

「は？　な、なんや？　どうなってるんや……？」

光を浴びた『フルバウンド』のメンバーたちの体が波打つようにして変貌していく。

「ぎょぼ……あがヴぁ」

当のザッカルトにしても傷口から裏返るようにして、肉が盛り上がり、その姿を歪めていく。

驚いてはいるが、やはりそうなったか……という気持ちもある。

隣で杖を構えるレインも、予想の範疇《はんちゅう》とばかりに動揺はない。

「全員、いったん戻るんだ！　『フルバウンド』が魔物化するぞ！」

声を張り上げて、多重強化付与《マルチエンチャントスクロール》の巻物を広げる。

それに応じて、仲間たちが退避してくる。

「起動《チェック》！　戦闘準備！」

巻物が青い炎に包まれて焼け落ちる向こう側、ウェルファリア王国初の『斜陽』の犠牲者が、明確な殺気を以《もっ》て俺達の前に姿を現していた。

「ワイらが最強、ワイらが最高……」

もはやうわ言のように繰り返される言葉からは人間性がすっかり失《う》せ、その肉体も人間とは遠ざかった『フルバウンド』達。

こうなることが予測されていたから、あの指輪は危険視されていたのだ。

あれは記録媒体であると同時に、『一つの黄金』の力を受け取るための受信媒体でもあると予測されていた。

こちら側の人間が『金の指輪』をつければ『斜陽』の影響を受けるだろうということは、俺達の中でほぼほぼ確定された認識だったはずなのだが……『フルバウンド』はそれも信じていなかったらしい。

彼等の不信感を払拭する時間も余裕もなかったのが、こんなところで問題になるとは思いもしなかった。

つまるところ、彼等はプロフェッショナルではなかったということだ。

依頼《しごと》に向き合う姿勢が最初からどこか歪んでおり、そこを『斜陽』につけ込まれたのかもしれない。

「俺の方で足止めをかける。マリナ、ネネ、各個撃破を。何をしてくるかわからないぞ……安全第一でいこう」

「了解っす」

「うん。わかった！」

『グラッド・シィ＝イム』の住民達は、どれも手強い魔物に変じているが、それでも兵士や騎士タイプと呼ばれるものよりは、〝一般住民〟の方が危険性は少なくなる傾向にある。

では、手練れの冒険者である『フルバウンド』が変容した『斜陽の魔物』はいったいどれほどの強さになるのか。まるで予想がつかない。

「死ねヤァ！」

まるでオルクスのように肉体を筋肉質に肥大させたザッカルトが、巨体に見合わぬ鋭い踏み込みをしてくる。

それに素早く反応したのは、マリナだ。

抜刀一閃、その太い胴を黒刀で横に薙ぎ払ってカウンターを決めるが、腹を裂かれても動じた様子のないザッカルトの左腕がマリナを薙ぎ払う。

幸い、付与していた〈硝子の盾《グラスシールド》〉の魔法で事なきを得たが、マリナは大きく吹き飛ばされて、俺の横で受け身を取ることになった。

「ッ！」

「マリナ！」

「大丈夫！」

睨むマリナにザッカルトが舌なめずりする。

「気ぃ強い子は好きやで。胸がデカいんもええなぁ。ヒィヒィ言わせんのが今から楽しみやァ」

「気っ持ちわる……！」

研究によると、『斜陽』に冒された者はその人間の本質的なところがむき出しになると推測されていたが……この男の場合は、どうやら暴力性と性欲であるらしい。

『フルバウンド』の各々も、それぞれ人間から離れた姿へと変貌していた。

あるものは怯《おび》えるようにして震えながら無数の棘《とげ》を作り出し、あるものは笑いながらバネのようになった脚で飛び跳ねている。

そうかと思えば、やせ細った影のようになったものはネネを追いかけまわし、俺が麻痺《パラライズ》させて拘束していた男は物欲しそうにシルクを鼻息荒く見ながら、じりじりと距離を詰めてきている。

まるで統制が取れていないのは、俺達にとって好都合ではあったが……どれも手強い魔物へと変容しているに違いない。

そして、この中ではザッカルトがおそらく一番手強い。

あれはまだ、欲に呑まれつつも人としてのずる賢さを保っているように思う。

しかも、腹の傷が癒えているところを見ると、強い再生能力もあるようだ。

……サイモンを見ているようで、少しばかり気が滅入《めい》る。

「うお、おおお……！」

動きが少なかった元戦士の男——俺が麻痺《パラライズ》させてた奴だ——が、突如としてシルクに勢いよく飛びかかっていく。

ぶよぶよに膨らんだ体はまるで粘性生物《スライム》に小さな手足が生えたようなフォルムであるのに、動きは妙に素早い。

「……ひゃ、嫌あッ!?」

虚を突かれたらしいシルクの反応が遅れる。

……が、そのシルクとぶよぶよ男の間に割り込んだ影があった。

「少し遅れた！」

「ルーセントさん！」

騎士盾で巨体を押し返しながら、ルーセントが俺の方を見る。

「さて、どうなっている？」

「『フルバウンド』が『金の指輪』の影響で魔物化しました。ルンは奥にいますが、近づけません」

「なるほど」

俺の報告を聞いたルーセントが、剣と盾を構える。

「諸君、聞いたな。不届き者の足止めはこちらで行うぞ！」

「ほな、『クローバー』さんには、奥へ向かってもらいましょうなぁ」

『カーマイン』のリーダー、マローナが俺の隣へと並ぶ。

彼女たちも無事だったようだ。

少しばかりの消耗は見られるが、怪我《けが》らしい怪我も見あたらず、その目にはやる気が満ちている。

「同郷のもんとして、始末つけさせてもらうで……ザッカルトはん」

「女だ！　女が増えたァ！　どれから楽しもかァ？」

マローナ達のことが認識できないなど、もはや、ザッカルトは記憶すら混濁しているらしい。

「ネネ、こっちに！」

俺の声に応えて、針金のようになった盗賊と高速戦闘をしていたネネが駆け戻ってくる。

当然、針金男も追ってくるが……その横っ腹にルーセントの盾撃《シールドバッシュ》が直撃した。

身体《からだ》に見合って軽いのか、くるくると回転しながら飛んでいったそいつは、転倒していたぶよぶよ男にぶつかって、動きを鈍くする。

「二人一組《ツーマンセル》で対処にあたれ！　マローナは私とペアだ。前方の戦士タイプを相手取るぞ！」

「ええ男とペアやなんて、滾《たぎ》るわぁ」

二振りの小剣《ショートソード》を構えたマローナが、ルーセントの背後に身を隠す。

巷《ちまた》で『シールド&スイッチ』と呼ばれる混戦時の奇襲戦法。

他の『スコルディア』、『カーマイン』のメンバーもすぐさま準備を整えて『フルバウンド』の異形たちとにらみ合う。

さすが、先輩方は経験が違うな……ああして、適切な判断と動きが即座にできるなんて。

そう思いつつ、俺もこれを無駄にするまいと強化魔法を仲間たちに付与していく。

「俺たちはルンのところに向かう！　あのヴォーダン王が邪魔するようならこれに対処。ルンを救出して、ここを脱する！」

「うん。いくぞぉー……ッ！」

マリナがやる気十分に、黒刀を構えなおす。

「未来予測でサポートします。お願いね、ビブリオン」

「先頭は私が突っ切るっす。あの金ぴかからルンちゃんを離した方がいい気がするっす」

この世界の異変の元凶があの輝く『一つの黄金』である以上、そばにいるニーベルンが何かの影響を受けている可能性は否めない。

俺達の呼びかけに応じないのもおかしいし、すぐに引き離すべきだろう。

「いこ、ユーク」

「ああ」

落ち着いた様子のレインにうなずいて、俺は機をうかがう。

その気配を察したか、ルーセントとマローナが鬨《とき》の声《こえ》をあげて、異形のザッカルトへ向かって一歩踏み込む。

「いくぞ！」

乱戦の開始と同時に、俺たちは王の間の奥……玉座とその先に向かって駆けだした。

戦闘を開始する先輩パーティの横を注意深く、しかし素早く駆け抜ける。

足止めを任せた以上、俺達は俺達の仕事を完遂せねばならない。

先頭をゆくネネが、風のように『王の間』中央を疾駆する。

「このまま駆け抜けさせては……もらえないみたいっす！」

「だろうな！」

『フルバウンド』とやり合っている間はただただ嗤っていただけのヴォーダン王だったが、今や俺達に向けられる悪意と害意は明確なものとなっている。

三日月に歪んだ口元はそのままに、俺達を警戒させ緊張させるに十分な圧力《プレッシャー》を以て俺達を迎え撃つ構えだ。

その様子に、マリナが殺意も十分に黒刀を正眼に構える。

「どいてよ、王様」

「……　……」

囁《ささや》くような言葉は聞き取れないが、どうやらこちらの言葉は通じているらしい。

そして、言葉こそわからなかったがその返事が「ＮＯ」であることは、雰囲気でわかった。

ぬるりとした滑らかな動きで立ち上がったヴォーダン王が、穂先の鋭い槍《やり》を構える。

只者《ただもの》でないということを肌で理解した俺は、心の中で小さく舌打ちした。

――しくじった、と。

俺達はルーセント達に『フルバウンド』を足止めしてもらったつもりになっていたが、状況的にはまるで逆だ。

『フルバウンド』を使ってＡランクパーティを二つも足止めさせられた。

……迷宮《ダンジョン》の最奥、玉座に在るこの『王』は、おそらく迷宮主《ダンジョンマスター》なのだろう。高難易度迷宮の主ともなれば、その力は未知数ではあっても低く見積もることなどできはしない。

それなりの修羅場をくぐってきたとはいえ、俺達『クローバー』はまだまだ経験の浅いＣランクパーティなのだ。

これを相手にするには、些か力不足が否めない。

「ユークさん、大丈夫です」

「うん。ボクも、みんなも、ちゃんと……わかってる」

隣に並ぶシルクとレインが、ヴォーダン王を見据えたまま焦る俺への言葉を口にする。

「あたし達が未熟で、ユークの足を引っ張るかも……なんて、わかってる！　でも、ごめん。ここは退けないぃッ！」

『魔剣士』特有の殺意がこもった魔力《マナ》を纏わせながら、マリナが吼《ほ》える。

ああ、まったく！

俺ってやつは、また彼女たちを見誤っていた。

そんな事を口にさせてしまうなんて、相変わらずリーダー失格だ。

心中でそう自嘲しつつ、腰から蒼《あお》い細剣《レイピア》と真銀《ミスリル》の小剣《ショートソード》を抜き、小さく息を吐きだす。

「無茶さえしなきゃ、いいさ。サポートは任せろ」

「ありがと、ユーク！　愛してる！　じゃ、いくよ……ッ！」

マリナがその場から掻き消えるようにして王に踏み込む。

強化魔法を重ねがけしたとはいえ、なんて速さだ。しかし、驚いている暇はない。

彼女の動きに合わせて、その切っ先がさらに鋭くなるように〈必殺剣《クリティカル・ウエポン》〉の魔法を付与する。

次の瞬間——耳に金属音が響いて、マリナが一歩下がった。

「くッ……！　こいつ、強い！」

俺の付与を乗せたマリナが、正面から力負けするなんて。

信じられないという気持ちを瞬《まばた》きの間に切り替えて、次なる手を打つ。

すなわち、俺のもう一つの得意分野……弱体魔法だ。

「〈麻痺《パラライズ》〉、〈鈍遅《スロウ》〉、〈目眩まし《ブラインドネス》〉、〈猛毒《ベノム》〉、〈綻び《コラプス》〉、〈重力《グラビティ》〉！」

無詠唱《クイックキャスト》の為に発動待機《ストック》をかけておいた弱体魔法を連続で放つ。

奇妙な手応えと抵抗感を感じるが、完全に抵抗《レジスト》されたわけではない。

なにせ、小物の俺らしく小細工を施したからな。

「ユーク、それ……！」

「大丈夫だ。そう長くは効果が持たないぞ、畳みかけろ！」

俺の頬の痣から滴る血。

それ見たレインが心配げな声をあげるが、こうなるだろうことは予測済みだ。

〝青白き不死者王《レディ・ペルセポネ》〟の力を借りるのは少しばかり気が重いが……俺に下賜された暗黒の呪いと祝福は、俺の力によく馴染む。

ただ、負担は少し大きいようだが。

「マリナ！　右へ飛んで！」

「うん！」

シルクの言葉に従って、マリナが颯爽《さっそう》とステップを踏む。

通った射線に連続して矢を打ち込みながら、ビブリオンの予測を風の精霊で共有するシルク。

「むッ……」

ヴォーダン王の鋭い槍の一撃がマリナをかすめるように空ぶる。

弱体魔法が効いている証左か、先ほどよりも精彩を欠くものだが、マリナが攻勢に出るにはまだ少しばかり隙が足りない。

「マリナさん、私が隙を作るっす！」

弱体魔法の効いている現状を好機と見たネネが、牽制《けんせい》とは思えない鋭い一撃……いや、手裏剣も併せて三撃をヴォーダン王へ連続で浴びせる。

「まだっす！」

飛び退《しさ》りながら手印を結んだネネが追いうちの〈雷遁《らいとん》の術〉を発動する。

突然の魔法攻撃にさすがのヴォーダン王も一瞬の隙を見せた。

「――殺《と》るッ」

その隙を見逃すマリナではなかった。

すっかり意識を逸《そ》らされ、がら空きとなったヴォーダン王の右側に鋭く踏み込んだマリナが黒を纏った一陣の風となる。

「……　……！　……ッ」

大きく胴部を裂かれたヴォーダン王が、身をよじりながら悲鳴じみた囁きを漏らす。

その傷跡からは俺達と同じ赤い血が吹き出して床を染めゆくが、もはやそれに動じる彼女たちではなかった。

「とどめ、行く、よ？」

ヴォーダン王の左右に在ったマリナとネネが、レインの声に反応して飛び退る。

ここまでの全てが、レインから目を逸らさせるための牽制だったと、この王は気が付いただろうか？

気付いたところでいまさらもう遅いが。

小さな声で囁くように行われたレインの詠唱が完成し、複雑多重な魔法式が空中に投影される。

赤魔道士の俺では、いや、多くの魔術師だってたどり着けない境地の一つ、第七階梯《かいてい》魔法。

それが、いまレインのコントロール下にある。

紅玉の杖を掲げたレインがヴォーダン王を見つめ、その魔法の名を告げる。

「――〈真炎《フレア》〉」

次の瞬間、ヴォーダン王が小型の太陽に飲み込まれた。

◇

「…………　…………　……！」

迷宮主《ダンジョンマスター》であるヴォーダン王を包む深紅の炎。

この世ならざる悲鳴をあげながら悶《もだ》えるが、こちらもそれを漫然と見ているわけにはいかない。

「ネネ！」

「はいっす！」

〈水衣の加護《アクアベール》〉を連続で放って指示を飛ばすと、意図を察したネネが少し大回りしてニーベルンの元に向かった。

〈真炎《フレア》〉は威力が高すぎて、周囲にも影響が出てしまう。

このままだと、ニーベルンにも危険が及ぶかもしれない。

「もっとコントロール、する……！」

紅玉の杖を突き出して、今だ燃え盛る〈真炎《フレア》〉へ集中し始めるレイン。

俺は彼女の肩をそっと叩《たた》いて、それを遮った。

「無理するな、レイン」

強力な魔法を使用したことで、レインの魔力と集中力はすでにボロボロだ。

これ以上無理をさせるわけにはいかない。

「でも……できるだけのことは、やる」

「サポートします！」

シルクが水の精霊《ウンディーネ》を伴って隣に並ぶ。

俺もできる限り高速で〈水衣の加護《アクアベール》〉の魔法式を構成した。

複数枚の〈水衣の加護《アクアベール》〉を張り巡らし、それを水の精霊《ウンディーネ》の力でさらに強化すれば何とかなるはず。

そして、俺達のネネは優秀だ。

「戻ってきたっす！」

ぼんやりとした様子のニーベルンを抱きかかえたネネが、俺の隣に着地する。

さすが、仕事が早い。これで俺達の目的は達せられた。

あとは、無事に戻ることができればそれでいい。

「全員、俺の後ろに！　起動《チェック》」

【耐熱の巻物《スクロールオブレジストファイア》】も起動しておく。

こいつは効果範囲こそ狭いものの効果は折り紙付きで、低級火竜のブレス程度なら遮れてしまう性能だ。いざとなれば、これで俺が盾になればいい。

「レイン、いいぞ！　コントロールを手放せ！」

「うん。もう、限界」

レインがへたり込むと同時に、ヴォーダン王を包んでいた炎が収縮。

直後に熱波熱線を伴った大爆発を起こした。

「く……ッ」

耐熱耐衝撃効果のあるマントを広げて、後ろにいる仲間たちを守る。

俺は器用貧乏な赤魔道士だ。いざとなれば騎士《タンク》の真似事《まねごと》だってやってみせる。

「……　……　ッ　……　……ッ！」

術式から解き放たれた〈真炎《フレア》〉が、炎の波となって断末魔を囁く王と王座周辺を焼き尽くしながら広がり、やがて霧散する。

玉座は消し炭のようになって残ったが、王はそのすべてを焼かれて灰と消えた。

「大丈夫？　レイン？」

マリナがへたり込むレインを助け起こす。

「頭、痛い……。体も動かない、し。マリナ、少し支えてて」

「うん。ユークが何とかしてくれるよ！」

期待のこもった視線を向けるマリナにうなずいて、まずは〈魔力継続回復《リフレッシュ・マナ》〉の魔法をレインに付与する。

これだけでは不十分なので、魔法の鞄《マジックバッグ》に手を突っ込んで【魔力回復薬《マナ・ポーション》】を一つ取り出してレインに手渡す。

「マリナ、レインを休ませておいてやってくれ」

「ユークは？」

「『スコルディア』と『カーマイン』を見てくる」

「私もご一緒するっす」

「わたくしも。マリナ、レインとルンちゃんをお願いね」

動き出そうとした俺の袖をつまむようにして誰かが引っ張る。

それは意識がはっきりしたらしいニーベルンだった。

「ルン？」

「お兄ちゃん。あれ……」

指さす先にあるのは、床に転がる金色の指輪。

そして、その先にある、うっすらと黄昏の光を放つ『一つの黄金』。

「……ッ！」

『一つの黄金』から指輪に向けて、魔力が放射されている。

〈魔力感知《センスマジック》〉が使えない俺にでもわかる、可視化できる濃さの魔力《マナ》だ。

その魔力の気配は、『フルバウンド』の面々を魔物化させたモノに酷似している。

「ヴォーダン王を再現するつもりか……!?」

金の指輪に駆け寄りながら、指先に魔力と祝福《のろい》を集める。

多少強引ではあるし、ぶっつけ本番だができるはずだ……！

「——〈理壊破失《ディイジェクト》〉ッ！」

ズキリとした頭痛が頭を締め付ける。

詠唱を破棄したために、かなりの負担がかかったが……俺の目論見《もくろみ》は上手くいった。

俺はペルセポネから得た加護によって、あらゆる魔法式を強引に破壊する〈魔力破壊《ディスペル・マジック》〉という暗黒魔法を得たが、この魔法はそれをさらに改良したものだ。

これは物質的破壊を伴う魔法で、危険な魔法道具《アーティファクト》を触媒諸共に消し去る。

『金の指輪』も、広義では魔法道具《アーティファクト》なのだから、有効なはずだ。

「くぅ……！」

チリリとした抵抗が指先に痛みとなって伝わってくる。だが、手応えはあった。

頬の痛みも頭痛も無視して、構わずに魔力《マナ》を指先に出力する。

そして、キンッと乾いた金属音がして、ヴォーダン王の『金の指輪』が二つに割れ……そのまま砕け散った。

「よし……」

息を吐きだして振り向くと、ニーベルンが驚いたような悲しいような複雑な顔をしていた。

そこで、しくじったと気が付く。

おそらく、ニーベルンはこの『グラッド・シィ＝イム』の王の血筋に連なるものだ。

そして、歪んでいるとはいえ『金の指輪』は人間そのものの情報を保管する器である。

つまり、いま俺は彼女の目の前で大切だったかもしれない人を、永遠に失わせたのだ。

「ユーク君、首尾はどうか」

少しの後悔を、胸の奥に押し込めているとルーセント達『スコルディア』がこちらに駆けてきた。

鎧や盾に傷はあるものの、重傷者などはいないようだ。

あの強力な魔物と化した『フルバウンド』を相手にして、さすがとしか言いようがない。

「迷宮主《ダンジョンマスター》らしき玉座の人物を撃破。ルンを保護しました」

「そうか。では、ここからどうする？」

ルーセントの視線が奥へと向けられる。

そこには、黄昏の光を放ち続ける『一つの黄金』がただ静かに、浮遊していた。

ルーセントの言葉を反芻《はんすう》しながら、頭を回転させる。

どうするべきか、という結論を今すぐに出すために。

おそらく、あの『一つの黄金』を破壊することで、この迷宮《ダンジョン》は終わる。

それは、『王立資料庫』で得た知見から予想されたものであり、知恵者のモリアとも意見が一致している。

全ての元凶であるこれが無くなれば、歪んだ『グラッド・シィ＝イム』を構成する魔法は霧散し、この迷宮《ダンジョン》そのものが立ち消えるか無力化するはずだ。

そして、今この瞬間が……もっともそれに適したタイミングであるということも理解できる。

「壊したら、終《しま》いやろ？」

ルーセントと共に駆けつけていたマローナが首をかしげる。

「そうなんですが、何かが気になるんです。それが何なのか、いま自分の中で探しているんですが……」

この違和感は何だろう。

まだ、終わっていないという感覚が胸中にあり、それはうっすらとした重みで以て俺の判断を鈍らせている。

「ふむ……では、ユーク殿。後を任せる」

「モリア師、その判断の理由はなんだ？」

進み出た老魔術師の言葉に、ルーセントが問いを返す。

それに頷いて、モリアが人差し指をたてて口を開いた。

「まず、儂《わし》らではあれを破壊できぬ。できるのは優れた赤魔道士たるユーク殿のみじゃろう」

「そうですのん？　赤魔道士っていろいろできるんやねぇ」

「次に、儂らの目的はそこの少女の救出と帰還じゃ。あれもこれもと欲を出すのは三流のすることよ」

「耳が痛いな」

ルーセントが軽く首を振ってため息を吐き出す。

「さりとて、この機会を逃すのもまた暗愚であろう。それ故に、折衷案じゃ。儂らでルンを護送し、破壊するかどうかはユーク殿に一任する」

「なるほど。そもそも彼にしかできないのであれば、ここに我らが残って見守る必要もないか」

「話はわかるんやけど、ユークはんが魔物化したりはせぇへん？」

マローナが心配げな視線を投げてよこす。

斜陽の魔物と化した『フルバウンド』を始末した直後だ。その不安はわかる。

「大丈夫。あれは、指輪を、つけたから、だし」

「ほな、ええんやけど。じゃあ、ルンちゃん。お姉ちゃんらといこうか」

声をかけられたニーベルンが小さく首を振る。

「ダメ」

はっきりとした意思表示をして、ニーベルンが俺達に向き直る。

「お兄ちゃん。あれを壊すんだよね？」

「あ、ああ……」

ニーベルンの指さす先は揺らめく光を放つ『一つの黄金』だ。

「だったらルンが手伝う。するならルンと二人のほうがいい」

「どういうことじゃ？」

モリアの目には知識欲の溢れた光が宿る。

この年になっても知識探求の為に冒険者を続けているような人だ、仕方あるまい。

「ルンは『黄金の巫女』だから、あれに触れても平気。お兄ちゃんも、多分大丈夫……でも、他の人は、きっと黄昏を浴びて『斜陽』に染まっちゃう。だから、ダメ」

「ユーク殿は大丈夫なのかの？　何故《なぜ》じゃ」

その問いに黙って、俺を振り返るニーベルン。幼くとも聡《さと》い子だ。

「『黄金の巫女《ニーベルン》』が大丈夫だというのなら、そうなんでしょう。それに、もしもの時の被害は少ない方がいい」

「ユーク！」

俺の言葉に、マリナが鋭く声を上げる。

「先生。今の言葉は聞き捨てなりませんよ」

「そうっす。ここにきて、悪い癖が出てるっすよ！」

「言葉のあやだ。自己犠牲に殉ずるつもりはない」

そう弁解するが、三人の目は懐疑的だ。

「ね、何とか、ならないの？　ルン」

「無理、かな。お兄ちゃんは特別なの。……わかるよね？」

「そう、だね」

レインが困ったように笑って俺に向き直る。

「じゃ、仕方ないね。ボク……先に戻って、待ってる。ルンちゃん、連れて帰って来て、ね」

たくさんの人の前だというのに、抱擁《ハグ》を敢行するレインを軽く抱きしめ返して、俺はうなずく。

「ああ。ちゃんと仕事はこなすさ。俺にしかできないことなんて、そうあるものじゃないからな」

器用貧乏な赤魔道士であるユーク・フェルディオにしかできないことがある。

しかもそれが、〝淘汰《とうた》〟などという大きな危機ともなれば、これはなかなか冒険者冥利に尽きる機会といえるだろう。

「む、レインったら。じゃあ、あたしも納得するしかないじゃない」

そう抱きついてきたマリナの頭を軽く撫《な》でてやる。

「そう不安になるもんじゃないさ。これでも、そこそこの修羅場はくぐってきた」

「そういうことじゃ、ないんですよ」

シルクが小さな溜息《ためいき》と共に、俺の肩に額を触れさせる。

自制心が利いているはずのシルクがこれだ。思ったよりも心配をかけすぎているのかもしれない。

「私はもう抱きつくところがないので、帰って待機してるっす。帰ったら一日のネネタイムを要求するっす」

そう言いながら、ネネが耳をピクピクさせながら軽く笑うので、それにうなずいて返す。

『ネネタイム』については初めて聞く言葉だが、帰ってから確認しよう。

「愛されとるねぇ。仲良しやわぁ。甘酸っぱいわぁ」

「これも〝勇者〟の素養じゃな」

モリアが口を滑らせたようだが、『グラッド・シィ＝イム』を壊してしまえばそんな分不相応な称号ともおさらばだ。

「では、我々は戻る」

「はい。帰ったら、一杯奢らせてください」

「ふっ……。高い酒を覚悟してもらうぞ？」

口角を吊り上げるルーセントに小さく頭を下げて、仲間たちに向き直る。

「すぐ帰る。宴会の準備をして待っていてくれ」

「うん。また、後で」

「絶対にだよ？」

「無理は禁物ですよ？」

「ユークさん、信じてるっす」

名残惜し気な仲間たちが、『スコルディア』、『カーマイン』と共に、王の間を脱していくのを見守り、俺はニーベルンにうなずく。

おそらく、ニーベルンと二人きりになれば姿を現すはずだ。

その確信を持って、振り向いた先……焼け焦げた玉座には、予想通りの者が座った状態で姿を現していた。

「ようやく、ここまで来られましたな。ユーク・フェルディオ様」

第五章　祈りと願い

「ロゥゲ……」

玉座に座る影は、ここまで俺達《おれたち》を導いてきた喪服の老人、ロゥゲであった。

「あなた方が父を討たれたことで、吾輩《わがはい》めが王位継承と相成りました」

「それで？　今度はあなたが俺と戦うのか？」

「とんでもないことでございます」

首を振った老人が玉座から立ち上がり、静かに輝く『一つの黄金』を見やる。

「王と巫女《みこ》、そして魔法使いが再び揃《そろ》いました。今度こそ、おしまいでございます」

「……なるほどな」

かつてこの場所で行われた大魔法。

この願いをも具現化せしめる魔力の塊に再び魔法を織り込んで、今度はこの世界を終わらせるか。

「普通にそれを破壊するだけじゃダメなのか？」

「やめておいた方がよろしいでしょう。きっと、あなた様の体に大きな影響が出る」

指輪一つ壊すのにあれだけ消耗したのだ。

『一つの黄金』を〈理壊破失《ディジェクト》〉で壊そうと思えば、脳が焼き切れる可能性は否めない。

かと言って、あの魔法使いが行った魔法を赤魔道士である俺が使うのも難しいだろう。

「大丈夫だよ。お兄ちゃん。制御はルンがするから」

俺の不安を察したのか、ニーベルンが隣で微笑《ほほえ》む。

「これで、『斜陽』が終わるのか？」

「そのための、『王』。そのための『巫女』でございます。そも、この『斜陽』という〝淘汰《とうた》〟は、我々が引き起こしたものですゆえ」

ロゥゲの言葉に、俺は言葉を失う。

資料庫の歴史書にも、魔法使いの記憶にもそのような事実はなかったはずだ。

「吾輩は偉大なる神にして父『ヴォーダン』の息子として、これの成り立ちを知っておりますからな」

黄昏《たそがれ》の光を放つ水晶を見やりながら、ロゥゲがため息をつく。

「これは旧《ふる》き時代に異界より流れ着き、生と死を分かつ川の底へ沈んだ魔法の石でございました」

まるで昔話のようにロゥゲが語り始める。

その川底に住まう三人の死神の乙女は、この石を世を乱すものとしてひた隠しにしていた。しかし、秘密はやがて暴かれるもの。

その日暮らしもままならぬ小人族の下男は、死の間際に川底で偶然に『一つの黄金』を手にし、やがて小人族の王となった。

そこまではまだいい。小人族の王国は小さく、もとより無欲だった男は小心な野望を満たして満足をしていた。

だが、それに目をつけたのが戦と知識の神でもあるヴォーダン王だ。

『一つの黄金』の事を知ったヴォーダン王は、謀略と戦略によって瞬く間に小人族の国を討ち滅ぼし、『一つの黄金』を奪いさった。

小人族の王は、昼と夜の狭間《はざま》にある死の間際に黄金に願った。願うべきでないことを。


「――世界の全てよ、呪われよ」と。


『一つの黄金』は奪い、奪われを繰り返しながら世界の各地を回り……そのすべてを呪いながら、やがてヴォーダン王の手元に戻ってきた。

そのとき、すでに世界は『斜陽』に侵蝕《おか》され歪《ゆが》み切ってしまって、取り返しのつかない所にまで来てしまっていたのだが。

「そうして、吾輩たちの世界は滅んだのです」

「じゃあ、これこそが〝淘汰〟だっていうのか？」

瞬《また》く水晶を指さして、俺は問う。

「左様。この石こそが……『斜陽』そのものなのですよ」

話を聞いて、背中に悪寒が走る。

何かがおかしい。この、妙な感触はなんだ？

一見美しいともいえる、この黄金の水晶が俺の心をひどくざわつかせる。

そもそも、なぜ俺だけが平気といえる？

『青白き不死者王《レディ・ベルセポネ》』の眷属《けんぞく》だからか？

確かに、そういった呪いの類いには強いかもしれない。

俺の魂はペルセポネによって死後をご予約されている。

で、あれば。それを変質させるものには耐性があってもおかしくはない。

だが、何かが違う気がする。それだけではない、何かがあるような直感と確信が胸中にあるのだ。

あの最初の……この黄昏の光を見た瞬間の嫌悪感。

その光を放つ黄金の水晶──『一つの黄金』。


「……そうか。そういう、ことだったか」


咀嚼《そしゃく》するように違和感を確かめ、反芻《はんすう》するように嫌悪感を認める。

そうしたことで、俺の中で推論と結論が組み合わさっていく。

「まったく、因果なものだな」

『一つの黄金』を見やりながら、俺は大きくため息をつく。

すっかりと息を吐きだしたところで、ニーベルンが俺の裾を引っ張った。

「みんな、無事外に出たよ」

「そうか」

それに頷《うなず》いて、ロゥゲに向き直る。

「……時間のようだ」

「もう、よろしいのですかな?」

「ああ。責任は取るさ」

「使い方を誤ったのは我々でございます。気にすることはありませぬよ」

この口ぶりからして、ロゥゲはこれが何であるか知っているのだろう。

なぜ知っているのかを、いまさら問いはしない。この老人は、きっと最期まで秘密を心中に留めおくことだろう。

『グラッド・シィ＝イム』最後の王は、賢い王様だ。

「では、儀式をはじめましょうぞ」

ロゥゲが『一つの黄金』に手を触れる。

輝く水晶から黄昏色の光がふわりと立ち上って、周囲を照らす。

正体に気が付いてしまった以上、それがきれいだとは思わなかったが……少しばかり懐かしくはあった。

「吾輩の願いは静かなる終焉《しゅうえん》。そして、この世界からの乖離《かいり》。消失による『全ての奔流《オールストリーム》』への回帰。さぁ、ユーク様……〈成就〉の大魔法を」

「ああ」

使えるはずがないと思っていた術式だが、今ならわかる。

そもそもにして、この魔法は俺の術式を制御する魔法なのだから。

朗々と詠唱を始める俺のとなりに並んで、ニーベルンが詩を歌い始める。

『グラッド・シィ＝イム』の言葉だろうか？

耳慣れない言葉で紡がれるそれだったが、その美しさは俺には理解できた。

湧き上がるのは、郷愁、慰撫《いぶ》、慈愛。

罪人を許すための救いの言葉。

『一つの黄金』の、その本質に響く旋律が黄昏色をした歪みの光を散らせていく。

「――Ambigua preĝo igas dolĉajn dezirojn en novan esperon.（曖昧な祈りが、甘い願いを、新たな希望へと変えていく）」

「Nur tiuj, kiuj havas konduton, kondukas al la centro de la mondo kaj aŭskultas tiun poemon.（意志ある者だけが世界の中心へと至り、その詩を聞く）」

「Deziras nun ĉi tie. Nun preĝoj estis faritaj.（今ここに願いは成された。今ここに祈りは成された）」

「Iru kun espero. Skribi poezion en la centro de ĉiu mondo!（希望と共に歩め。いずれ至る世界の中心で詩を詠《うた》うために！）」

ニーベルンの紡ぐ詩に乗せて、俺も魔法式を編み上げていく。

かの大魔法使いから託された美しくも儚《はかな》い魔法式が、『一つの黄金』を呪物たらしめる俺の魔法式をゆっくりとほどき、昇華させていく。

長い年月のうちに絡まり固まってしまったそれは、俺の怒りでもあったし、後悔でもあった。

「──〈成就《ウィッシュ》〉」


俺が魔法を紡ぎ、ロゥゲが願いを注ぎ、ニーベルンが詩を繋《つな》いでいく。

折り重なり崩壊と再構成を続ける複雑な魔法式が〈成就〉の結果を引き出そうとしたその時……

ピシリ、と『一つの黄金』にひびが入った。

小さなひびからやがて亀裂へと変じたそこから、黄昏の光が溢《あふ》れ出《で》る。

その光を浴びた俺の肌が心が、『一つの黄金』となった者の残滓《ざんし》を感じとった。

それを俺は正面から受け止める。


それは慟哭《どうこく》であった。

声にならない悲嘆が何もかもを否定していた。

それは悔恨であった。

取り返しがつかないことへの自責と他責が渦巻いていた。

それは逃避だった。

永遠という名の未来の呪縛が絶望以外を選択させなかった。

「ユーク様、何を……!? 無茶をなさるな」

「いいや、これでいいんだ」

少し驚いた様子のロゥゲに俺は、首を振って応える。

いま俺が構成しているのは、あの大魔法使いが使った〈成就〉の魔法式ではない。

あの魔法式はとてもよくできていたが故に、かなり複雑化してしまっていたから。

魔法の本質は「どんな事象を引き起こすか」だ。

つまるところ、〈成就〉の魔法式は、『一つの黄金』から力を引き出して、それを転用するためのものである。

がんじがらめになった魔法式を少しばかり緩めて、『外に干渉しようとする力』を取り出すためのものなのだ。

だが、今回はそれではいけない。

『グラッド・シィ＝イム』が願いの通りに消滅したとて、『一つの黄金』は俺達の世界へ留まるかもしれない……〝淘汰〟が残ってしまう可能性がある。

そんな事を許しはしない。このようになってしまった彼の帰郷を、俺も、誰も望まぬのだ。

俺が〝勇者〟などであるというのであれば、その務めを果たさねばなるまい。

なにせ、俺こそがこの〝淘汰〟の始点でもあるのだから。

軋《きし》んで割れゆく『一つの黄金』を見つめながら、魔法式を加速させていく。

「いったい、これは何が……?」

溢れ出る黄昏色の魔力に、これまでに見たことのない表情を見せるロゥゲ。

「いま、ここで『一つの黄金』を砕く！　さぁ、世界二つ分の魔力があるぞ！　王よ！　願いを！」

「ユーク様……ッ」

俺の意図を察したらしいロゥゲが、目を見開いて俺の方を、そしてトランス状態となって謳《うた》うニーベルンを見る。

「願え！　あなたはもっとたくさんのことを願っていい！」

俺とニーベルンは制御で手一杯。

方向性を──『願い』を口にできるのは、新たなる王たる彼だけなのだ。

「いいえ、いいえ。吾輩の願いは、一つだけでございます」

「ああ、知っている」

そう、知っている。

記憶の妖精ビブリオンが見せた彼方《かなた》の記憶の中、かの大魔法使いが口にした願い。

全てが絶望に呑まれる中で約束された小さなエゴ。

魔法式に組み込まれていた、たった一つの裏切り。

小さく口角を上げたロゥゲが、再び口を開く。

「『黄金の乙女』ニーベルンの解放と、真なる幸せを──これが、吾輩の願い。そして、我が弟の願い。懐かしくも美しきフライアの願い──」

ロゥゲがその額を『一つの黄金』に触れさせる。

願いの大きさに反応して、黄昏の光が増し……その亀裂を大きくしてゆく。

それは、内包する力の解放であると同時に『一つの黄金』が待ち望んだ瞬間でもある。

輝く水晶に向かって、俺は別れの言葉を口にする。

「さようならだ、サイモン」

その言葉を口にした次の瞬間――『一つの黄金《サイモン》』は粉々に砕け散った。

黄昏の光が広がって、何もかもを赤く染めていく。

永遠の苦しみと絶望の末に『斜陽』なる〝淘汰〟と至った、ある一人の男に最期の時が訪れた瞬間だった。

「……成されましたかな」

崩れ落ちるロゥゲの体から、色が抜け落ちていく。

彼だけではない、鮮やかな王の間も、窓から覗《のぞ》く街並みも……『グラッド・シィ＝イム』の全てから色が抜け落ちて、やがて白く、そして徐々に透明になっていく。

「世界が消えていく……」

初めての光景に息を飲みこむ。

透き通りゆく世界の先に広がるのは、光一つない闇。

ああ、なるほど。

無理やり世界に割り込んだ『グラッド・シィ＝イム』は、本来の姿に戻りつつあるのだろう。

『無色の闇』とはよく言ったものだ。

「今度こそ、お別れでございますな。ユーク・フェルディオ様」

「あなたは、あなたの幸せを願ってもよかったのでは？」

「吾輩の幸せはとうの昔に在りますれば。今は胸中に」

ロゥゲが口にしたフライアという名の女性は、彼の妹だった人の名だ。

そして、〈成就〉を作り上げた魔法使いの妻の名でもあり……ニーベルンの母の名でもある。

彼らが望んだのは王国全ての民の安寧ではなく、ただ一人の少女の幸せだった。

そして、俺は彼女の父である魔法使いの男に、あの日託されたのだ。

──「ルンを頼むよ。名も知らぬ私の弟子よ」

弟子になった覚えはないが、〈成就〉と一緒にいくつかの魔法を頭に流し込まれてしまった。

報酬を前払いされてしまえば、断ることもできない。

まったく、冒険者相手になんて真似《まね》をしてくれる。

「ロゥおじさんは、こないの？」

「吾輩は、お先にフライアの元にいかせていただきましょう。ニーベルン、生きなさい。たくさん生きて、たくさん楽しんで、たくさん愛しなさい。それができるだけの『願い』を吾輩は込めた。あれが歪んだ何かであれ、吾輩の祈りは、願いは……成就……され──た」

色を失い、景色に溶けてゆくロゥゲ。

その手は最後にふわりとニーベルンの頬に触れて、消えた。

「……ぐす」

「ルン。帰ろう」

「帰って、いいの？　ルンは、別の場所の人だよ？」

「そんなこと、関係ないさ。俺は冒険者だから……君のお父さんと叔父さんからの依頼を完遂しないとね」

そう差し出した俺の手を、ニーベルンがおずおずと握ってくる。

「さ、行くぞ。みんな、きっと心配してる」

「そうかな?」

「そうとも。帰ったらマリナにパンケーキを焼いてもらおう。もうお腹《なか》がペコペコだ」

まだ涙目のニーベルンが、俺の言葉に小さく笑顔を作る。

無理をさせてしまっているかもしれないが、きっと自分が何を託されたのかをよくわかっているのだろう。

「さて、あとは……ここをどう帰るかが問題だな」

すっかりと透き通った闇を見やって、俺は小さくため息をついた。

閑話　ブランの罠《わな》とレインの覚悟

「レイニース。お前と話したいことがある」

ドゥナの大通りでようやく見つけたレイニースに声をかける。

まったく、ふらふらと動きおって。これだから冒険者などという人種は好かない。

「あなたに、話すことは、ない。今、忙しい」

にべもない姪《めい》に些《いささ》かカチンときながらも、私はその背中を追う。

なにせ、あのユークとかいう男がここのところ行方不明なのだという情報はすでに摑《つか》んでいる。

つまり、これは千載一遇のチャンスだということだ。

「知っているとも。だからこそだ」

「邪魔。関わらないでと言った、はず」

振り向き、睨《にら》みつけてくるレイニースにひやりとしたものを感じながらも、私は口角を上げる。

「ユーク・フェルディオを探しているのだろう？」

「……」

「方法がないこともない」

レイニースの肩がピクリと上がる。

予想通りの反応だ、小娘め。

「どういう、こと？」

「【探索者の羅針盤《シーカーズコンパス》】という魔法道具《アーティファクト》を知っているか？」

「……！」

知っているはずだ。

レイニースが魔法道具《アーティファクト》収集家であるという話は、少し身辺を調べればすぐに知れた。

この有名で希少な魔法道具《アーティファクト》の存在を知らぬはずがない。

【探索者の羅針盤《シーカーズコンパス》】は極めて希少かつ貴重で、強力な魔法道具《アーティファクト》の一つだ。

使用者が求めるものの方向を指し示すだけの単純な効果を発揮する魔法道具《アーティファクト》だが、古今東西の全ての存在を探知することができる。

隠された宝物から行方不明者までなんでも、だ。

「……持っているの？」

「いいや？　在処《ありか》と持ち主については心当たりがあるがね」

「教えて」

よし、かかった。詰め寄るようにしたレイニースに、私は首を小さく振る。

「それが人にものを尋ねる態度か？　礼儀と誠意が足りていないように思えるな」

「……教えて、ください」

「まだだな」

頭を下げたレイニースの顔を覗《のぞ》き込《こ》むようにして、私はしゃがみ込む。

「私はお前に魔法を撃ち込まれて、脅されたんだ。だが、お前と……あの男の為《ため》に手を貸してやろうとわざわざ声をかけてやったんだぞ？」

「……」

「私の顔を、立ててくれんかね？」

頭を下げた姿勢のまま、レイニースは動かない。

そんな小娘に向かって、私は営業用の笑顔を浮かべる。

「先方に会って話をするだけでもいい。今回は当家の先走りだった、と伝えておこう」

「……会う、だけなら」

「それでいい。そもそも【探索者の羅針盤《シーカーズコンパス》】を所有されているのはマストマ様だからな」

これは本当のことだ。

あの王子は、【探索者の羅針盤《シーカーズコンパス》】を所有している。

それを所有するが故に、個人であれほどの財力を有しているのだ。

「会いに行けば、いいの？」

「そうとも。マストマ様との交渉は、お前自身がするといい。機嫌を損ねなければ、【探索者の羅針盤《シーカーズコンパス》】を貸してもらえるかもしれんぞ？」

不審な目を向けるレイニースに、私は笑顔を維持してみせる。

小賢《こざか》しい娘だ。私が何か企《たくら》んでいるであろうことを感じてはいるのだろう。

だが、人間というものは見え透いた希望《ウソ》であっても、目の前にそれを示されれば視野が狭くなるものだ。

もう一押し……少しばかり焦《じ》らしてやればいい。

「私のことが信じられないのであれば、この話は終わりだ。冒険者ギルドが彼の死体を見つけるのをゆっくりと待てばいい」

そうくるりと背を向けると……レイニースが私の服の裾を摑んだ。

ふん、所詮は小娘だな。

「わか、った。行き、ます」

「いいだろう。私も先方も忙しい身だ。すぐに向かうとしよう」

「え、すぐ？　なの？」

冷静になどなられては困るからな。

「何のために、今日お前を探していたと思う？　我々貴族はお前たち冒険者と違って暇を持て余しているわけではないのだぞ？　ましてや、先方は王族だ。謁見にも手順と手間がいる」

一拍おいて、私はレイニースをねめつける。

「まあ、別に私は今日でなくても構わんがね。次の謁見が一週間先か、一ヵ月先かになるかわからぬし、明日には帰国なさるやもしれない。その時に、お前はあの男と仲間に顔向けできるのかね？」

選択肢を奪っていくのは交渉の常套《じょうとう》手段だ。

これでも、それなりに慣れている。伊達《だて》に貴族相手に仕事をしてきたわけではない。

男の安否をちらつかせながら急《せ》かせば、冷静さを欠いた小娘一人など何とでもなる。

「……。わかった。ついて、いきます」

「いいだろう。仲間のことが気がかりなのだろう？　馬車の中で手紙を書くといい。後で宿に届けさせよう」

私の言葉に幾分素直にうなずき、馬車に乗り込むレイニース。

気を遣われているとでも思っているのだろうか？

バカな小娘だ。

しかし、こうもうまく事が運ぶとは、実に嬉《うれ》しい誤算といえる。

他の三人については、レイニースを餌にしようと思っていたのだが、直筆の手紙があれば小細工は不要だ。

少しばかりの情報を流してやれば、私かマストマ王子の前にノコノコと姿を現すに違いない。

所詮は、頭の悪い冒険者風情。安っぽい仲間意識とやらで勝手にこちらの用意した沼に沈んでくれるだろう。

まったく、ユーク・フェルディオめ。

お前というやつは、本当に役に立ってくれたよ。

もう死んでいるのだろうが、最後の最後で私の役に立ってくれた。

もし、運よく死体が見つかったら、墓に花でも手向《たむ》けてやるとしよう。

……お前の女どもを売った金でな。

第六章　サルムタリアの王子と勇者の帰還

何も見えないのに何もかもが見える透明度の高い闇の中、ニーベルンの手を引いて進む。

少しばかりの不安はあるが、みんなには帰ると約束したし、ロゥゲにはニーベルンの事を頼まれている。諦めるという選択肢はまずない。

しばし、勘を頼りに歩いていると遠くに光が見えた。

まったくもって妙ではあるのだが、それが出口だという確信が俺にはあった。

「行こうか」

「うん！」

元気よく返事する彼女の手を引いて、光に向かう。

徐々に大きくまばゆくなる光は、亀裂のような形をしていてその輪郭は時折揺らいでいるように見えた。

「手を離すなよ、ルン」

「うん……！」

俺の手を握り返す彼女の手を引いて、光に飛び込む。

その瞬間、今まであった足元のおぼつかない浮遊感が消えて、はっきりとした感触が俺を包んだ。

「ガボボガボ……ッ！」

冷たさと息苦しさと、体にかかる圧力。

どうやら、水のなかに放り出されたようだ。

ニーベルンの手を引いて、光がきらめく水面へと浮かび上がる。

「……ぷはっ。大丈夫か？」

「うん。びっくりした」

意外に何ともなさそうなニーベルンの手を引いて、川岸へと向かう。

水にぬれた冒険装束が疲労した体にまとわりついてげんなりとしたが、それでも安心感が強い。

なにせ、目に映るのはここ最近で見慣れた風景だ。

迷宮《ダンジョン》が出現したライン湖から延びる河川。

俺達《おれたち》はどうやらその川底から這《は》い出《で》てきたらしい。

「びしょびしょだな……。だが、無事生還だ。歩けそうか？」

「うん、大丈夫。早くもどろ！」

にこりと笑うニーベルンに、俺も軽く笑顔を返して歩き始める。

街道から少し外れてはいるが、ここから暫定キャンプまでそう遠くはない。

先に脱出したみんなや他のAランクパーティもおそらくそこにいるはずだ。

「ん？」

濡《ぬ》れた身体《からだ》を晒《さら》したまま歩くこと十数分。

ようやく見えてきた攻略用暫定キャンプの様相が少しおかしいことに気が付いた俺は、軽く首を傾《かし》げた。

迷宮《ダンジョン》が消えたためか、すでに解体と撤退が始まっているようでその規模は随分と小さくなってしまっている。

いくら迷宮《ダンジョン》が消えてしまったとはいえ、その後の調査や確認があるだろうに随分と仕事の早いことだ。

「おーい！」

「……！」

入り口に差し掛かったところで見知った顔の研究者――ラルムさん――に手を振ると、彼は荷物を持ったまま固まってしまった。

迷宮《ダンジョン》に潜っていた冒険者が、迷宮《ダンジョン》の出入り口以外からずぶぬれで帰ってくれば驚いてしまうのも仕方のないことだろうが、そこまで驚かなくてもいいんじゃないだろうか。

「ユ、ユークさん⁉　それにニーベルンも！」

「ただいま戻りました。この様子はどうしたんです？」

「どうしたんです、はこっちの台詞《せりふ》です！　二週間も姿が見えなかったので、『依頼中行方不明者』になってますよ！」

「は？」

すごい剣幕のラルムさんの言葉に、今度は俺が固まることになってしまった。

『依頼中行方不明者』というのは、冒険者界隈《かいわい》で言うところの死亡とほぼ同義である。

冒険地域から帰ってこず、行方不明になった冒険者というのはおおよそ死亡しているからだ。

「……二週間？　本当に？」

「はい。今までどうしてたんですか？」

そう言われても困る。

体感では、せいぜい二時間程度といったところだったはずだ。

「とにかく報告しないと！　皆さん、本当に心配しておられましたよ」

「みんなは無事？」

「ええ」

それを聞いてほっとした。

そんな俺とニーベルンを見たラルムさんが、小さくため息を吐き出して落ち着きを取り戻す。

「すぐに馬車を用意します。私も侯爵閣下やギルドマスターへ報告しないといけませんので同行しますよ。ここで待っていてください」

走っていくラルムさんの背中を見送ってから、ニーベルンと顔を見合わせる。

「ねえ、お兄ちゃん。二週間もたってるってどういうことかな？」

「もしかすると、あの闇の中は時間の流れが違ったのかもしれない」

推測になるが、あの『無色の闇』の時間そのものが歪《ゆが》んでいた可能性がある。

何せ、世界そのものが消《き》え失《う》せた〝なにもない場所〟だ。

時間の概念自体がねじ曲がっていてもおかしくはないだろう。

そもそも、俺が魔物となったサイモンを『無色の闇』に残してからそれほど経《た》ってやしないのに、歴史上『グラッド・シィ＝イム』に『一つの黄金』が現れてから数百年は経っていることになっていた。

そう考えると、背筋がうっすらと寒くなる。

状況的に、闇から抜け出した先が千年先だっておかしくはなかったのだ。

あの迷宮《ダンジョン》での別れが、今生のものとなっていたかもしれないと思えば、『二週間で済んだ』と前向きに考えるべき所かもしれない。

「お待たせしました」

ニーベルンと二人、考え込んでいるとラルムさんが簡素な四人乗りの馬車に乗って現れた。

少しばかり疲れてもいるし、ここまで疲労したまま歩きっぱなしだったので正直なところ、助かる。

走り出す馬車の御者台から、ラルムさんがこちらを振り返る。

「お二人を先に『歌う小鹿』亭へお連れしますね。さすがにその格好のままで状況説明というわけにもいかないでしょうし、みなさん本当に心配されていましたから」

「ありがとうございます」

道中聞いた話によると、仲間たちはかなり探し回ってくれたようでマニエラが止めるまでほぼ不眠不休で活動していたようだ。

キャンプが解体されるまでドゥナに戻ろうとしなかったらしいと聞いて、俺は心底申し訳ない気持ちになった。

「怒られちゃうかな?」

「そうなったら、俺が謝るよ」

心配げにするニーベルンに苦笑しながら前方を見やると、もうすぐそこにまでドゥナの街が近づいてきていた。

「帰ってこれたな……」

仲間たちにも、王立学術院にもどう説明したものか……と考えながらも、帰ってきたという安心感が胸を満たす。

俺にとってはほんの数日ぶりのはずなのだが、胸中では二週間でも足りないくらいの寂しさが渦巻いていた。

（早く、みんなに会いたい）

奇妙な懐かしさすら覚えるドゥナの門をくぐりながら、急ぐ気持ちをじっと我慢した。

◇

「せ、先生……！」

「ユーク！」

『歌う小鹿』亭の扉を開いた瞬間、シルクとマリナが驚いた様子で固まった。

「ただいま。ルンも無事だよ——」

少し笑ったところで二人に飛びつかれ、ニーベルン諸共に抱擁された。

軽い衝撃ではあったが、帰ってきたことを実感させる重みを感じた俺は、やんわりと抱擁を返す。

「心配をかけた」

「本当に、本当に無事で……」

「心配したんだからね！」

二人の頭を両手で撫《な》でながら宿の中を見回すが、ネネもレインも気配がない。

それに、俺が扉を開けた瞬間の緊張した雰囲気はなんだったのか。

「何かあったのか？」

胸のざわめきを感じて問うと、落ち着きを取り戻したらしいシルクが一枚の手紙を取り出した。

「二日前からレインが帰らなくて……。それで、今しがたこんなものが」

手紙を受け取りつつマリナに目配せすると、意を察したマリナがニーベルンを連れて奥へと入っていった。

それを確認してから、手紙に視線を落とす。


『ユークの手掛かりがつかめるかもしれない。少し行ってきます。心配しないで』


短い文章は確かにレインの筆跡ではあったが、急いで書いたのか少し乱れている。

「これは誰が？」

「ブラン・クラウダと名乗っていました。レインの血縁かと思います」

「あの男か……！」

あこぎな真似《まね》をしてくれる。よりにもよって俺を利用するかよ。

くそったれ。つくづく俺という人間の不甲斐《ふがい》なさを実感させられる。

手紙を持ったまま黙る俺を見たシルクが、再び口を開く。

「レインはもう帰らないと。話がしたければドゥナ中央街区のマストマ邸まで来いとも言っていました。……どうすれば、いいか、わからなくて……！」

声を震わせるシルクの髪を、さらりと撫でる。俺が戻るまで随分と頑張ってくれたに違いない。

ここからは、リーダーである俺の仕事だ。

「落ち着け、シルク。俺が迎えに行ってくるよ。だからシルクにはギルドへの言伝《ことづて》を頼みたい」

「言伝ですか？」

「ああ。レインが拐《かど》わかされたこと、俺がその対応のためにマストマ王子の邸宅に向かったことを伝えて、対応を協議してもらってくれ」

冒険者ギルドも『グラッド・シィ＝イム』の顚末《てんまつ》について、俺への事情聴取をしたいはずだ。

だが、それよりも先にレインを迎えに行かなくては。

俺の不在を狙った厄介ごとを放置したままでは、リーダーとして面目が立たない。

「わかりました。ネネさんが様子を確認するために先行しています。現地で落ち合ってください」

「わかった。後を頼むよ」

「はい。お気をつけて」

冷静さを取り戻したシルクが、小さくうなずく。

それに小さく笑って返して、扉に向かおうとする俺をマリナの声が止めた。

「待って、ユーク！」

手に持っているのは、タオルと一本の魔法の巻物《スクロール》だ。

「はい、これ濡れタオル。それと……〝起動《チェック》〟」

俺にタオルを渡しながら、マリナが魔法の巻物《スクロール》を起動する。

小さな温風のようなものがふわりと吹いて、気が付くと濡れて泥に汚れていた俺の服はすっかり綺麗《きれい》になっていた。

こんな便利な魔法の巻物《スクロール》は俺も知らない。

「『アーシーズ』の広報さんからもらった、女の子のための魔法の巻物《スクロール》だよ。とっておきだけど、ユークを汚れた恰好《かっこう》のまま行かせるわけにはいかないから」

「ああ、助かるよ」

濡れタオルで顔と髪を拭い、マリナに返す。

「レインの事、お願い。あの子のことだから、きっと考えがあってのことだと思う。けど、心配だから」

「了解した。連れて戻るよ。そしたら……」

「お祝いのパーティーだね」

俺の言葉を継いで笑うマリナの目には、信頼が見て取れた。

さて、これに応えないわけにはいかないな。

「じゃ、行ってくるよ」

二人に軽く手を振って、俺は帰ってきたばかりの『歌う小鹿』亭を後にした。

◇

大通りを大股で歩いて、マストマ王子の邸宅を目指す。

交易都市の大通りは人で溢《あふ》れており、すれ違う何人かが俺を振り返って視線を向けた。

これについては、仕方あるまい。

この赤い冒険装束《ウォーロックタバード》が目立つのは、もう諦めた。

それに今は急いでいる。いちいちそれに構っている暇はない。

大通りから一つ辻《つじ》を入った場所に、俺の目指す場所が見えた。

「ここか……」

ドゥナではそこかしこにサルムタリア建築が散見されるのだが、さすが王族の別邸ともなると規模や様式が違う。

高い壁に囲まれて、門は一つ。当然、そこには警備の兵が立っている。

「ハルカ＝ンマリ」

独特の形の槍《やり》を持った、浅黒い肌のサルムタリア人らしき警備兵にそう声をかける。

以前、レインに言葉の間違いを指摘されたが……ちゃんと通じているだろうか？

「……ユーク・フェルディオ？」

俺の頭の先からつま先まで確認した警備兵が、ややイントネーションの違う発音で俺の名を呼ぶ。

「通セ、命令、アル。コッチダ」

「へ？」

片言のウェルメリア語で俺についてくるよう促す警備兵をみて、少しばかりあっけにとられる。

いざとなれば、強行突破じみたことも想定していたのだが。

しかし、命令があるということは俺が来るということが判《わか》っていたのか？

一体、どういうことだろう？

贅《ぜい》をつくしたサルムタリア様式の屋敷《やしき》の中を、警備兵の背について歩いていく。

これが罠《わな》の可能性もないではないが……もとより踏み込むつもりの虎の穴だ。

いくつかの中庭と廊下を抜け、最奥にある両開きの扉に辿《たど》り着《つ》いたところで警備兵が止まる。

「ワザーン・ウケエ。ナイ＝マルチ、キャス」

扉の前でそれだけ告げて警備兵は去っていく。

残された俺がどうするかと思案を始める前に、目の前の扉が音もなくゆっくりと開いた。

「どうぞ、こちらへ」

流暢《りゅうちょう》なウェルメリア語で俺を中に促したのは、些《いささ》か目のやり場に困る薄着の女性。

彼女に促されて、俺はおそるおそる部屋の中へと歩み入った。

部屋はサルムタリア様式の真骨頂ともいえる円形で、天井部分は大きな天窓になっており、床には起毛した絨毯《じゅうたん》が敷き詰められている。

そして、その中央――ベッドともソファともつかない巨大なクッションのようなものに、この邸宅の主が複数の女性を侍《はべ》らせたまま座していた。

……この男が、マストマ・サルムタリアか。

その場で膝をつき、頭《こうべ》を垂れる。

突然の訪問というだけでも十二分に不敬にあたるのは間違いない。

その上、招かれたとはいえずかずかと居室にまで踏み入ったのだから、最低限の礼は見せるべきだろう。

「ワクティ、ワナア＝ガサン――……」

「ウェルメリア語でよい。まどろっこしいのもな」

俺の言葉を遮って、睥睨《へいげい》するような視線を俺に向けるマストマ王子。

「用向きを聞こうか？　ユーク・フェルディオ」

冷えた圧力を伴った言葉が俺にのしかかる。

……が、それに怯《ひる》むような覚悟でここには来ていない。

だからだろうか、俺は臆することなくその言葉を返すことができた。

「レインを返していただきます」

「不敬であろう。それでは我がお前から何か奪ったようではないか」

軽いため息と共に、顎をしゃくるマストマ王子。

その仕草に視線を向けると、そこにはサルムタリア風の装いをしたレインが、先ほどの女性に連れられて立っていた。

「ユーク！」

「レイン……！」

「おかえり、おかえり……ユーク！」

「ただいま」

駆け寄ってきて、その勢いのまま抱き着いてくるレインに抱擁を返して、俺はマストマを見る。

その顔には貫禄《かんろく》のある悠然とした笑みが浮かんでおり、満足げに俺達を見ていた。

「賭けはお前の勝ちだ、豪胆な女よ。手に入らぬのが心底惜しい」

マストマが口角を上げて小さく笑う。

俺に抱きついたままのレインが、それに小さくうなずいて返した。

「賭け？」

「うむ。その女はな、自らの身を賭して我に勝負を挑んだのよ。もし、貴様が死んでいたら我のものになるから、となI」

「レイン、なんてことを……！」

「ユークは、絶対、大丈夫、だもん」

しゃくりあげながら俺を離さないレイン。

心配をかけてしまった手前、無茶を責めるわけにもいかない。

そもそも、俺の不在が蒔《ま》いた種なのだ。

「そもそも、お前が生きている以上はこの女を我のものにはできん。小賢《こざか》しい手を使ったな？　赤魔道士《ウォーロック》め」

「サルムタリアでは重要なことだと、聞いていましたからね」

「くくく……食えぬ男よ」

あらかじめ打っておいた手が、功を奏したようだ。

このマストマという王子が、サルムタリアの法としきたりを守る男でよかった。

もし、悪辣な考えと権力を振りかざすような人間だったら、いまごろレインは俺の腕の中にはいなかっただろう。

そんな事を考えている俺の背後から、誰かが部屋に飛び込んできた。

「――……金は払えぬとはどういうことですかな⁉　殿下！」

見覚えのある初老の小男が、顔を赤くして怒鳴り込んでくる。

そして、抱き合う俺とレインを見て小さく息をのんだ。

「き、貴様……ユーク・フェルディオ！　死んだのでは……！」

「生憎《あいにく》とこの通りぴんぴんしている」

複雑な表情のブランを睨《にら》みつける。

俺のいない間に、よくも好き勝手やってくれたものだ。

この男が貴族だからとて、そう怒りが収まるものではない。

……が、怒る俺の頭を飛び越して、冷え冷えとした言葉を放った者がいた。

マストマ王子だ。

「ブラン。貴様、我をたばかったな？」

「そ、そんな事は……」

「その女、レイニースはな、ユーク・フェルディオに所有権のある財産だ」

マストマの言葉に、ブラン・クラウダが心底驚いた顔をする。

「は？　そんなはずは……。そのようなバカげたこと」

「本人の口から聞き、我が調べさせた。レイニースは、ユーク・フェルディオの財産として、公的に記録がある」

「うん。ボクは、ユークの、もの」

俺の財産、というのは些かサルムタリア風の表現が過ぎると思う。

レインにクラウダ家からの手紙が届いたあの日、俺とレインは暫定ではあるがお互いをパートナーとして、ある登録を行った。

婚姻というには些か味気ない、どちらかというと冒険者登録上の契約のようなものだ。

冒険者ギルドで申請可能な、お互いの私有財産共有と、死後において遺産や権利の委譲を可能とする登録である。

権利と財産を預け合うという制度の特性上、お互いの身の上が財産といえなくもない。

そして、強力な男性社会であるサルムタリアの感覚からすれば『レインという女性はユーク・フェルディオの所有物である』と誤認されるだろう……という俺の目論見《もくろみ》は、見事に効果を発揮したようだ。

そして、もう一点。いや、二点か。

俺はウェルメリア王国のAランク冒険者であり、現在は〝勇者〟としての称号をも担いでいる。

広義でいえば、ウェルメリア王ビンセント五世に直属する人材資産なのだ。

レインはそんな俺の相互権利保有者であり、〝勇者〟が率いるAランクパーティ『クローバー』のメンバーでもある。

さすがにサルムタリア王家とはいえ、ウェルメリア王が所有する資産に一方的に手を付けるにはリスクがあるはずだ、と俺は考えたのだ。

だが、そんな事を実行したバカがいる。

そう、目の前で青くなっている小男——ブラン・クラウダだ。

たかが冒険者と侮って、ロクに調べもしなかったのだろう。

この男がやったことは、つまるところ『王の資産を自分の資産と偽って、他国の王族に横流ししようとした』という重大な詐欺と背信行為である。

「我に恥をかかせた罪、贖《あがな》ってもらうぞ」

分厚い殺気が、冷えた圧力となってブランに向けられる。

その間に挟まれる俺としては、たまったものではない。

レインだっているんだぞ。

「ヒッ……」

尻もちをついたブランが、そのままの体勢で後退《あとずさ》る。

その背後には、俺を案内してきた警備兵の男が直立不動で立っていた。

「そのタヌキを痛めつけて叩《たた》きだせ。今は話の邪魔なのでな」

「で、殿下……！　話が違う！　私は知らなかった、本当です！」

「知らぬで済むか、愚か者が。失《う》せよ。次に見かければ、その目を抉《えぐ》り取《と》る」

払うように手を振るマストマに応じて、警備兵がブランの首根っこを掴《つか》んで引きずっていく。

ブランは何かわめいていたようだが、やがて声は聞こえなくなった。

「サルムタリアの王脈に在るものとして頭は下げられぬが、詫《わ》びはしよう……ユーク・フェルディオ」

「いいえ、マストマ殿下。レインの身を慮《おもんぱか》ってくれたこと、感謝いたします」

彼の権力や立場からすれば、レインを強引に手に入れることだってできたはずなのだ。

たとえ、俺とレインとの契約を知っていたとしても、それこそ仲介人であるブランの責任にしてしまえばいいのだから。

「良《い》い。お前はいい主人を持っているな、レイニース」

「うん」

そこで頷《うなず》くから誤解が広がる。

まあ、今はいい。今だけは、レインが腕の中に収まっていてくれることに、俺自身が深い幸せを感じているのだから。

「しかし、困ったな。なぁ、ユーク・フェルディオ」

「何でしょうか」

「無理を承知で尋ねるが……『クローバー』の者たちを、我に譲る気はないか?」

「ないですね」

失礼だとか、彼女たちは所有物じゃないとか、そういうことを考える前に、俺の口からは拒否の言葉が放たれていた。

マストマ王子はそれに気を悪くした様子もなく、ただ「で、あろうな」と小さくため息をつく。

この問いかけにどういった意味があるのかと、不思議に思って考えているとレインが、俺を見て、それから何かを言いたげにしてマストマ王子に向き直った。

その気配を察したらしいマストマ王子が口を開く。

「良い、申せ」

「きっと……ユークなら、力を、貸してくれる、です」

レインの言葉に、マストマ王子が小さく詰まる。

ここにきて、マストマ王子の行動や言動に何かしらの差し迫った理由があるのだろう……という
ことに気が付いた。

「ふむ。主人が賢《さか》しいと、妻も賢しくなるか」

妻ではない。

が、いまここでそれを言ったところで藪蛇《やぶへび》にしかならないので黙っておく。

その沈黙の中、少し考え込んだ様子のマストマ王子が、口を開いた。

「我はな、迷宮攻略をしようと思っておる」

「迷宮攻略、ですか？」

「うむ。サルムタリアの継承争いはここのところ激化していてな……我が王座に就くには、人民の
首長たりえるわかりやすい実績を、目に見える形で示さねばならんのよ」

サルムタリア王国には王位継承順位というものが無い。

いや、正確にはあるのだが、それは日々変動する類いのものなのだ。

全ての継承権保持者が功績を争い、最も優れた功績を挙げたものが次の王となる。

その中には現王も含まれており、治世を誤れば息子に追い落とされることもあるという。

とはいえ、そんな事は歴史上にそう何度もあることではなく、基本的には王子たちの次期王座争
いという形となることがほとんどなのだが。

「サルムタリアに迷宮《ダンジョン》がない、という話を聞いたことはあるな？」

「安定した土地柄であると、聞いています」

言葉選びには気をつけなくてはならない。

迷宮《ダンジョン》がないというのは、大暴走《スタンピード》も起きず、溢れ出し《オーバーフロウ》による魔物の増加もないということではあるが、同時にウェルメリア王国が享受する豊富な迷宮資源もまた、存在しないということだ。

「対外的にはないことになっている。だがな……あれはウソだ」

「は、い？」

不敬ながら、突然のことに思わず聞き返す。

「だから、嘘《うそ》なのだ。サルムタリアにも迷宮《ダンジョン》は存在する。我らサルムタリアの王族の父祖が封じ秘していたのだ。それ故に、いまは王族ですら知る者はなく、これまでないことになっていた」

「……！」

これは非常にまずい。

一国の王族が知らず、さらに秘している情報……しかも、かなり重要度の高そうなものをどうして俺は軽々に耳に入れてしまったのか。

これを聞いてしまっては、後に引くに引けない。

「それを攻略し、迷宮資源を我の功とするのが計画なのよ」

一拍おいて、マストマ王子が眉根を寄せる。

「だがな、わが国には生粋の冒険者がおらぬ」

サルムタリアには『冒険者』という職業の者がいない。

似た仕事を担う者達はいるが、彼等《かれら》は一族の稼業としてそれを生業にしているに過ぎない。

荒野で魔物を狩る一族。

魔物から街を守る一族。

薬草の採取をする一族。

俺たちと同じような仕事をする彼らは、一見、冒険者のように見えるかもしれない。

しかし、冒険者ではないのだ。

代々、定められた仕事を一族でこなすことで国を守ってきたのが、サルムタリアという国なのである。

「ウェルメリアに来て迷宮探索をする一族もいるがな、やはり練度は足りぬ。それに、信用に足るとは言えんのでな」

「……。それで、レインを……」

マストマ王子の計画が少し見えてきた。

なるほど、彼の考えは実に王族然としていて、容認はできないが理解はできた。

かくいう俺自身が、ウェルメリア王の『人材資産』なのである。

つまり、マストマ王子は人材としての『クローバー』を欲した。

レインをはじめとする『クローバー』のメンバーはウェルメリアではそれなりに有名になってきている。

最難関迷宮である『無色の闇』へ潜り、新迷宮『グラッド・シィ＝イム』をも攻略した『クローバー』の女性メンバー。

彼女らを自らの資産《つま》として入手し、運用するつもりだったのだろう。

その中に俺が入っていないのは、俺が男だからという実にサルムタリアらしい理由だ。

かの国では男は、資産になりえない。

特に俺は『クローバー』のリーダーであり、マストマ王子にとって彼女たちの所有者という認識がされている。

資産融通の為《ため》の交渉相手ではあっても、資産そのものではないのだ。

「迷宮《ダンジョン》は長らく管理されず、ただ秘されていた。理由はわからんが、我らサルムタリア王族の血脈に関した何かがある、と我は睨んでいる。……そう、例えば『真なる王錫』のような、な」

「『真なる王錫《おうしゃく》』?」

「我が国の王位継承は功績によってなる。だが、十数代前の時代には『真なる王錫』の譲渡によってこれが行われていたと記載がある。迷宮《ダンジョン》が秘されたのも同じ時期……なんぞあると我が睨んでもおかしくなかろう?」

うっかり聞くんじゃなかった。世の中、知らなくていいこともある。

……これがそれだ。

マストマ王子が、『クローバー』のメンバーを手に入れてまで秘密裏に行いたかった迷宮探索。

王位継承戦のためのプランの一つ。

そんなものを耳に入れてしまえば、ただでは済むものではない。

これはどうやら、しくじった。

レインの頼みではあるとはいえ、向こうのペースに呑《の》まれてしまったか。

「そう警戒するな。これも詫びのうちだ。理由もわからずレイニースをよこせと言われたのでは、お前も納得できまい」

「確かに、そうですが……」

さて、これをどうしたものか。

そう思案する俺の腕の中にいるレインが、口を開いた。

「殿下。どうして、ボク達、なの？」

「ふむ？　ウェルメリアでも優秀な冒険者だと聞いた。それに、ブランの奴《やつ》が融通できる資産だと吐《ぬ》かしたのでな」

「そこじゃ、ない。ボクたちを、手に入れたところで……信用できるわけじゃ、ない。どうして？」

「お前たちはそこの赤魔道士《ウォーロック》によく尽くすではないか」

不思議そうにするマストマ王子の言葉に、レインが小さく首を振る。

「それは、ボクらがユークを好き、だから、だよ？」

「……」

レインの返答に、マストマ王子がレインを連れてきた女性をちらりと見る。

それに困ったように小さく笑う女性。

「あなた様、ウェルメリアの女はそういうものです。彼女たちは一人一人、男主人《マッカリン》のような意志と権利を持つのですよ」

「メジャルナ、何故《なぜ》それを早く言わん」

「何度も説明いたしましたとも。あなた様がお聞き流しになるからです。国の改革を……というなら、もっと妻の話をお聞きくださいましな」

メジャルナと呼ばれた女性の言葉に、マストマ王子が小さく唸《うな》る。

まさか、サルムタリアの男が……しかも、王族が妻の尻に敷かれているなど想像もつかず、思わず噴き出してしまいそうになった。

「フン、赤魔道士《ウォーロック》――ユーク・フェルディオ。笑っていられるのも今の内だぞ？　お前も今にこうなる」

憮然《ぶぜん》とした王子のその視線は、俺に今も抱かれたままのレインに向けられていた。

◇

「どうする、の？」

「ううむ。どうするかなぁ……」

ドゥナの大通りをレインと二人並んで歩きながら唸る。

マストマ王子は、あの後あっさりと俺達を解放した。

もしかすると、監視の類いはついているかもしれないが、あそこまでの情報を開示しておきながら、こうも簡単に開放するとは気味が悪いくらいだ。

「とりあえずは、帰ろう。みんな心配している」

「ごめん、ね」

「いいさ。俺こそすまなかったな。まさか二週間もたってるとは想定外だった」

「うん。だから、【探索者の羅針盤《シーカーズコンパス》】を、借りに行ったの」

レインの言葉がいまいち繋《つな》がらなくて、首をかしげる。

【探索者の羅針盤《シーカーズコンパス》】は、必ず、求めるモノの方向を示す、魔法道具《アーティファクト》だから」

「生存確認にはぴったりってことか」

「違う」

レインが俺の脇腹に肘を入れて、頬を膨らませる。

言葉選びを誤ったようだ。

「ユークが生きてるのは、わかってた。でも、もしかしたら、出口が、わからないんじゃないかって、思ったの。だから、こっちで……観測可能な、定点を作った、の」

「作った？」

「うん。【探索者の羅針盤《シーカーズコンパス》】がユークを示すときに、必ず、魔力的なパスが、できる。それを利用して、逆に【探索者の羅針盤《シーカーズコンパス》】のある方向を、ユークに知らせられないかな……って」

あの『無色の闇』の中で見た光……あれが？

つまり、レインが帰り道を示してくれたのか。

ああ、これでは無茶を叱るに叱れないな。

命を救われておいて、その方法にどうこう言うなんて無様な真似はできない。

「助かったよ、レイン」

「ううん。ボクは、ユークを信じてた。それに、マストマ王子が、ボクの賭けに乗ってくれた、から。あの人は、他のサルムタリア人とは、少し違う」

「そうだな」

あの王子はサルムタリアの中にありながら、どこか異質である。

その異質さは、俺達にとって好ましいものではあるが、サルムタリアの人間にとっては忌避すべきもののように映るかもしれない。

「だから……」

「わかっている。なにか案を考えよう。みんなで」

「ん」

返事と一緒に、レインが俺の手を握る。

その手のぬくもりを感じながら、俺は次なる厄介ごとをどう仲間たちに説明したものかと考えながら道を行く。

……そして、そうこうするうちに、『歌う小鹿』亭の前に到着してしまった。

「ん？」

『歌う小鹿』亭の前に、馬車が止まっている。

冒険者ギルドのマークが入っており、耳を澄ませると宿の中からは何やら話す声が聞こえた。

「もどったよ」

一声かけながら『歌う小鹿』亭に足を踏み入れると、見知った顔が並んでいた。

「ユークさん！　レイン！」

最初に駆け寄ってきたのは、シルクだ。

嬉《うれ》しそうな顔で、隣にいるレインを抱き寄せる。

その背後から、マリナも顔をのぞかせて笑顔を見せた。

「おかえり、二人とも！」

「ただいま」

「ただ、いま。心配かけて、ごめん」

レインの謝罪に、マリナが首を振る。

「無事ならそれでいいよ！」

「ん。ありがと」

そんなやり取りの後ろで、俺は別な客人――ベディボア侯爵とマニエラに向き直る。

「ただいま戻りました」

そう頭を下げようとした俺の額に、脳天まで揺らすようなマニエラの一撃《デコピン》が放たれる。

「心配させんじゃないよ！」

「す、すみません……」

痛みに目を回しながら、頭を下げ直す。

「無事で何よりだ。早速、事情聴取といきたいところだが、まずは休みたまえ。迷宮攻略、ご苦労だった――〝勇者〟ユーク・フェルディオ君」

「その重たい看板も、もうじきお返しします。〝淘汰《とうた》〟は……『グラッド・シィ＝イム』は、完全に消滅しました」

俺の報告に、ベディボア侯爵が深くうなずく。

「報酬と今後のことについては、後日に報告と併せて話す機会を設けることにしよう」

「わかりました。早々に『記録《ログ》』をまとめておきます」

俺の言葉に、ベディボア侯爵とマニエラが顔を見あわせて、大きなため息を吐き出す。

「『クローバー』諸君。君達《きみたち》のリーダーは少しばかり仕事中毒《ワーカホリック》が過ぎるようだ。報告会議までこの男をしっかり休ませるようにしてくれたまえ」

「何かあったらギルドに知らせな。それまではこのバカに余計なことさせんじゃないよ」

「お任せください」

上役二人の言葉に、いつの間にか隣に並んだシルクが深々と頭を下げる。

それに頷いたベディボア侯爵が、軽く手を上げて踵《きびす》を返す。

「それでは失礼するよ。今日は顔を見に来ただけだからね。報告会議の日程については追って知らせる」

ベディボア侯爵とマニエラが馬車に乗り込み、去っていくのを見送って仲間たちを振り返る。

「改めて、ただいま。心配をかけてすまなかった」

「いいんですよ、ユークさん」

「ちゃんと帰って来てくれたしね！」

「おかえり、ユーク」

三人娘が、にこりと笑う。

パーティに入ったあの日を思い出してしまいそうだ。

そういえば、ネネはどうしたのだろう。

「……ネネは？」

「ユークさんがマストマ邸を出るのを確認して戻ってきました。今は各方面に二人の無事を知らせるために動いてもらっていますよ」

「そうか。そりゃあ、悪いことしたな……」

そう頭を掻《か》いていると、シルクが顔をきりりとさせる。

これはサブリーダーのお仕事モードだ。

「さて、それでは……レインはお説教ですよ」

「うっ」

「ユークさんは温泉へ。マリナ、連れて行きなさい。仕事をしないように見張っていてね」

「はーい！」

シルクの言葉に、俺の腕をがっちりとホールドするマリナ。

「それじゃ、いこっか」

「お、おおい……引っ張るなって」

強引なマリナに文字通り引《ひ》き摺《ず》られながら、俺は浴場へと連れていかれるのであった。

◇

「はい、脱いで脱いで！」

脱衣場まで一緒に入ってきたマリナが、俺の冒険装束を次々と引っぺがしていく。

マリナの怪力の前に抵抗は無意味だ……と知りつつも、制止を試みる。

「待て、マリナ。自分で脱げる。子供じゃあるまいし」

「ダメ。ちゃんと確認しないと！」

勢いはそのままに、眉尻を下げるマリナ。

「体、チェックしないと。どこに怪我《けが》や呪いの痕があるかわからないもん」

「大丈夫だ」

「信用できない！」

マリナの即答が心にぐさりとくる。

すぐ戻ると約束して二週間も行方不明になれば、信用も無くすか……。

「だから、じっとしてて」

「あー……すまなかった。ほら、何ともないだろ？」

上半身まで裸になって、くるりと回ってみせる。

川で泥にまみれはしたが、ケガなどしていない。

「大丈夫……かな？」

「そう言ってるじゃないか」

俺の背中をペタペタと触るマリナに苦笑してみせる。

「じゃあ、俺は温泉で汗を流させてもらうから、戻っていてくれ」

「うん。わかった！」

納得した様子のマリナが、ぱたぱたと脱衣所の外へと出ていく。

その様子に小さく息を吐きだして、俺は残りの衣服を脱いで棚に畳み置き、浴場へと向かう。

マリナはどうにも無邪気が過ぎるので、危険だ。

いくら冒険者とはいえ、もう少し年相応に恥じらいとか危機感とかを持ってほしいと思う。

「ふぅー……」

湯につかって息を吐きだしながら目を閉じると、目まぐるしかった今日の事が思いだされる。

『グラッド・シィ＝イム』のことは、どう説明するべきか。

ニーベルンの今後についても相談しないといけない。

『一つの黄金』とサイモンの関係についても。

それに、マストマ王子の件もある。

王家の秘密を知ってしまった以上、もう巻き込まれていると考えたほうがいい。

考えることが多すぎて、どうにもうまくまとまらない。

もやもやと思考を巡らせていると、突然の着水音と同時に水しぶきが……いや、湯しぶきが、盛大に俺に浴びせられた。

「おわっ⁉」

顔の水気を払って目を開けると、真っ赤な髪と肌色がうすぼんやりと目に映った。

「マリナ？」

「はい、マリナです！」

「元気で結構。それで、どうしてここにいるんだ？」

目を覆いながらマリナに背を向けて、問いかける。

「ユークの様子を見に来たんだよ」

「大丈夫と言ったろ？」

「さっきまで大丈夫じゃない顔してたよ？」

マリナの言葉に小さく詰まる。

俺というのは、悩みが顔に出やすいらしいというのは、たびたび指摘を受けているところだ。

シルクなどには「おかげでわかりやすくて助かります」なんて言われているが、どうにも釈然としない。

リーダーたるもの、毅然《きぜん》としたポーカーフェイスでどっしりと構えていたい。

「シルクにも見張ってて言われたし！」

「だからってここまで来ることないだろ……」

「どーん」

ぼやいていると、背後に柔らかな衝撃。

さすがに温泉の中ではダッシュハグとはいかなかったらしく、おかげで衝撃は普段よりも随分と小さいものだったが、代わりにマリナの滑らかな肌の触れる感触があまりにダイレクトで、俺の心臓を跳ねあがらせた。

「心配したんだからね？」

「悪かったって。まさかそんなに時間がたってるとは思わなかったんだよ」

「どういうこと？」

「時間の流れが違ったらしいんだ。俺にとっては、この温泉も昨日ぶりだ」

背中にマリナを感じながら、これについてもギルドでどう説明したものかと首を捻《ひね》る。

そんな現象、これまで聞いた事もない。

とはいえ、目下の問題は……。

「ほら、そろそろ離れてくれ」

「え、やだ」

マリナが後ろでくっついたまま首を振るのがわかった。

その鼻先が、柔らかな唇が、首筋に触れてくすぐったい。

まったく、なんて無防備で凶暴なんだ。俺が男だってことを忘れてるんじゃないだろうな？

「心配させた二週間分、かまってもらうもんね」

マリナらしからぬ、小さな声で紡がれたその言葉が、俺の心にチクリと突き刺さった。

こう言われてしまうと、少しばかり弱い。

少しの思案の後、俺は力を抜いてマリナに軽くもたれかかる。

これでマリナに与えてしまった不安が払拭されるなら、安いもんだ。

諦めてしまえば、そう悪い気分でもないし。

「あ、諦めた」

バレた。

どうしてこういう時だけ妙に勘がいいんだ、マリナってやつは。

「もう！　あたしがかまってるだけで、かまってもらってない気がする！」

「それもそうだな。じゃあ、お姫様？　ご要望は？」

「う、うーん……」

後ろでマリナが小さく唸る。

「なんでもいいよ。心配かけたからな」

「急に言われてもわかんないよー。えーと……ホントになんでもいいの？」

「俺にできる事ならな」

頷いてやると、マリナが後ろで再び唸る。

「じゃあ……」

言葉と共に、マリナの柔らかな感触が背中から離れた。

少しばかり名残惜しいなどとロクでもないことを考えながら、背を向けたままマリナの言葉を持つ。

「今から、お願いするね？　いい？」

「いいとも」

「ホントのホントね？」

念を押すマリナに苦笑しつつ、大きくうなずく。

「まかせてくれ」

——……この後、この安請け合いによって困ったことになったのは言うまでもない。

◇

帰還から二週間。

『グラッド・シィ＝イム』の件が、ようやく一段落ついた。

あの特別な迷宮《ダンジョン》の記録《ログ》を作るのは些か骨が折れたが、今や無き迷宮《ダンジョン》の記録であるため、さほどの精度を求められることもなかった。

ただ、その中で王立学術院に所属するベディボア侯爵が関心を示した項目がある。

それが、俺とニーベルンが彷徨《さまよ》った『無色の闇』の空間である。

あの場所は、フィニス地下にある迷宮《ダンジョン》と名称を分けるために『透明の闇』という名称がつけられ、公式文書には俺が発見者として登録された。

『透明の闇』についてはかなり詳しい聞き取りがなされることとなったのだが、あいにく俺が答えられることはそう多くなく、ただ、経験と推測を語るにとどまることとなったが。

また、この二週間で大きく動いた件がもう一つある。

ウェルメリアにおける高位貴族が一つ、『御取り潰し』となった。

そう、クラウダ伯爵家である。

俺がしたことと言えば、レインの件に関して詳細な報告を行っただけだ。

これは、いわば苦情に近い形となった。

貴族の力を使ってパーティメンバーの強引な引き抜きをされてはたまったものではない、とマニエラに伝えて対応を頼んだのだが、後始末に残っていたベディボア侯爵の耳にもそれが入ってしまった。当然と言えば当然かもしれない。

予想外だったのは、それがかなりの速度で国王の耳へと届けられたということだ。

驚くべきことに、俺達『クローバー』はウェルメリア王ビンセント五世のお気に入りの資産《パーティ》であるらしい。

おそらく、前科や疑惑もあったのだろう……クラウダ伯爵家はあっという間に今回の件を調べあげられ、俺の陳情からたったの一週間で由緒ある伯爵家の一つが歴史から姿を消した。

罪状は国家反逆罪および貴族法違反。

無断で王国資産を外国に売り渡そうとしたことに加え、今回の件でマストマ王子……つまりサルムタリアから正式な責任の所在を問う文書が送られたらしく、罪状がかなり重くなったようだ。

直接に動いていたブラン・クラウダは縛り首になるかもしれない。

……まあ、俺の知ったことではないが。

ニーベルンについては、まだ方向性が定まっていない。

マリナ達は俺達『クローバー』の一員として引き取るべきだと主張し、ベディボア侯爵は異世界からの賓客として迎える準備があると言っていた。

どちらにせよその決定権はニーベルンにあり、俺はそれを尊重しようと思う。

彼女がどうするにせよ、俺にはあの魔法使いと『グラッド・シィ＝イム』最後の王との約束がある。

だからこそ、この世界では自由であってほしいし、そうなるように助けたい。

「──ユークさん？」

俺の思考を誰かが引き戻す。

気が付けば、葡萄酒《ぶどうしゅ》の入ったジョッキを持ったまま俺は固まっていたようだ。

「ダメっすよ？　また考え事をしてたっすね？」

「ああ、すまない。いろいろと起こったことが多すぎて、考える癖が抜けないみたいだ」

向かいに座る猫人族《フェルシー》の少女が、俺に苦笑する。

「仕事中毒《ワーカホリック》過ぎっす。今日は全部忘れてパーっと遊ぼうって言ったじゃないっすか」

「そうだった」

苦笑を返して、冷えた葡萄酒を喉に流し込む。

まだ太陽は中天に差し掛かる前。こんな時間から酒をあおれる現状を楽しまねば。

何より、俺は今、目の前の可愛《かわい》らしい猫人族《フェルシー》とデートの真っ最中なのだ。

「すまないな、ネネ」

「いいんすよ。でも、今日は一日『ネネタイム』なのでたくさん我儘《わがまま》を聞いてもらうっす！」

「お手柔らかに」

元気いっぱいのネネに笑いながら、空になったジョッキに葡萄酒を注ぎ入れる。

「昼間っから飲む酒は最高っすね」

「ああ。今までこんなことがなかったので新鮮だ」

『サンダーパイク』時代からあまり酒は嗜《たしな》まなかった俺だ。

こうして昼間に酒を飲む機会などとんとなかったし、今までそうしようと考えたこともなかった。

冒険や依頼を終えたその夜に楽しむものと、無意識に思い込んでいたのかもしれない。

「しかし、よかったんすかね？　私がユークさんを独占してしまって」

「今日は予定もなかったし、ちょうどいいタイミングだったけど？」

「そういう意味じゃないっす」

じゃあ、どういう意味なんだろう。

異国情緒あふれるドゥナに留まるのも後少し、仕事量のわりになかなか労《ねぎら》えなかったネネのたっての頼みとあれば、リーダーとしては引き受けてしかるべきだろう。

彼女自身はおくびにも出さないが、俺のことを心配したネネがかなりいろいろな伝手《つて》を使って捜索してくれていたとシルクから聞いた。

そんなネネに、今日は何かお礼がしたいと思ったのだ。

「さて、どうするかな。ネネは何かあるか？」

「いろいろやりたいことはあるっすけど、露店市《バザール》に行ってみたいっす。冒険者通りじゃない方の」

「そう言えば、あっちには行ってないな」

交易都市であるドゥナには、サルムタリアをはじめとした様々な国の商品が並ぶ露店市《バザール》がある。

とはいえ、そちらは俺達のような冒険者とは客層が違うため、並ぶ商品は冒険に関係がないものばかりで今日まで行ったことがなかったのだ。

「よし、それじゃあショッピングとしゃれこもうか」

「やったっす！」

席を立ちあがった俺の右腕にネネが抱きつくようにして腕を絡める。

柔らかな感触に一瞬体がぎくりと硬直したが、そのままの状態で通りを歩く。

そのままバザールまで歩いたところで、どこか悪戯《いたずら》っぽい表情でネネが俺を見上げた。

「お、慣れたっすか？」

「いいや、慣れないいな」

軽く苦笑して返すと、ネネが吹き出すようにして笑う。

「ホントにユークさんは何でもできるのに、女の子のことはからっきしっすね」

「器用貧乏なだけで何でもはできやしないさ。それに経験のないことは俺にだってたくさんある。可愛い女の子とどうやってデートするかなんて、わからないんだよ」

そうぼやく俺の隣で、ネネがしっぽをぴんと立てて小さく硬直する。

「……天然は性質《たち》が悪いっす」

「ん？」

「いんや、何でもないっす」

少し笑ったネネは、どこか上機嫌で俺をバザールのあちらこちらへと連れまわした。

透けるような光絹《ライトシルク》の短衣《チュニック》、この辺りでは珍しい珊瑚《さんご》があしらわれた耳飾り、化粧品らしきもの……色んなものに興味を持って目を輝かせるネネ。

貧民街出身のネネにとって、こういう珍しいものを見るのはとても楽しいことらしい。

お土産に、とネネが気に入っていそうなものをいくつか購入する。

「ええ、悪いっすよ。欲しいものは自分の財布から出すっす」

「そう言いながら、何も買ってないじゃないか。さては踏ん切りがつかないんだろう？」

「むむむ……」

やっぱりな。

「これは俺からのお礼だよ。今回の件ではいろいろ心配もかけたからな」

ネネに商品の入った袋を押し付けて、もったいぶった理由で納得させる。

どうもネネって女の子は生い立ちのせいか、自分をあまり気にかけない所がある。

もっと自由に生きればいい、と俺はいつも思っていた。

だって、すでに彼女は『クローバー』という自分の居場所にしっかりと自分の足で立っているのだから。

「いいんすか？」

「いいとも。今日は一日『ネネタイム』なんだろ？　もっとわがままでもいいんだぞ？」

「そうなんすけど……自分でもわかんないんすよ。どこまでわがまま言っていいのかなんて」

ペタリと耳を伏せるネネ。

それを見て、俺は思わず苦笑する。

わがままの仕方がわからないなんて、ネネらしい。

「それなら、なんでも言ってくれ。ネネはもっとわがままを覚えたほうがいい」

「言ったっすね？　もう止まらんすよ？」

そう言って花が咲いたような満面の笑みを浮かべたネネが、俺の手をわがままに引いた。

エピローグ

「あー……やっと戻ってきたねぇ」

パーティ拠点に戻ってきたマリナが、大きく息を吐きだして椅子に座る。

ドゥナでの『グラッド・シィ＝イム』攻略を終えた俺達《おれたち》は、ようやくフィニスへと戻ってきていた。

最初は二週間ほどで終えるはずだったはずの初見調査依頼に随分かかってしまったが、終わってみれば得るものも多かったように思う。

「ここがお家《うち》？」

「そうだよー！　今日からここでルンちゃんも一緒に暮らすからね！」

「家具と服が必要っすね！　明日にでも一緒に見に行くっす！」

「うん！」

ニーベルンを挟んでマリナとネネがはしゃいだ様子で笑う。

結局、『黄昏《たそがれ》の乙女』ニーベルンは『クローバー』預かりとなった。

本人が強くそれを望んだし、俺はその希望をごり押しできる立場にあった。

今日から彼女も、家族《クローバー》の一員だ。

「みんな、お疲れ様。しばらくは休養日にしよう」

「そんな事を言って、まだ何か動くつもりでしょう？　先生」

シルクがきりりとした目で俺に詰め寄る。

何故《なぜ》、こうも簡単にバレてしまうのか。

「マストマ王子からの依頼もある。早めに動いておかないといけないんでな」

はぐらかしても不信の原因になるだけなので、正直に吐いておくことにする。

ここのところでわかったが、どうも俺は彼女たちに隠し事ができないらしい。

「そういえば、どうされるおつもりなんですか？」

「話を聞いてしまった以上、無関係ではいられないさ。それに、レインの件もあるしな」

発端そのものがマストマ王子とはいえ、今回レインが無事だったのは俺的に借りだと思っている。

加えて、気になる点もある。このタイミングでサルムタリアの封じられた迷宮《ダンジョン》が活性化するなど、どう考えても今回の騒動が原因に違いない。

そうなれば、これはサイモンが引き起こした、俺が残務処理を行うべき事案のように思えてしまうのだ。

まったく、結局あいつはどこまでも俺に迷惑をかけてくれるようだ。

「俺達が依頼として動けるように、何とかしたいところなんだがな」

「はい。なかなか難しいように思います」

「だよなぁ……」

俺はAランクの冒険者信用度《スコア》を持つ冒険者だ。

つまり、ウェルメリア王国の人的資産であり、広義には王直下の臣《おみ》となる。

立場上、表立ってサルムタリアの王位継承権争いに加担するわけにはいかない。

「どうすべきか、ベンウッドとママルさんに相談してみるよ」

「そうですね……。では、わたくし達は出るつもりで準備を整えておきます」

にこりと笑うシルクに、マリナ達が頷《うなず》く。

「休んでていいんだぞ？」

「ユークさんが休む時に一緒に休みますので」

笑顔なのに妙に圧が強いシルクに、たじたじとしながら小さくうなずいて荷ほどきを始める。

さすがにもう日が沈み始めているし、冒険者ギルドに行くのは明日だ。

「そう言えば、『スコルディア』の配信って今日じゃなかった？」

「っすね！【タブレット】つけるっす」

「ルンもみる！」

マリナとネネが、壁掛けの【タブレット】を起動して、目当ての配信を探し始める。

少しすると、迷宮《ダンジョン》で肩を並べて戦った『スコルディア』の面々が水晶板に映し出された。

『相変わらずいい動きですね！』

『崩壊した新迷宮でも活躍したスコルディア、楽々と第五階層を踏破です』

そんなアナウンスが流れてくるのを聞きながら、彼等《かれら》の事を思い返す。

俺が行方不明の二週間の間に、『グラッド・シィ＝イム』の攻略を共にした二つのAランクパーティは、別の国選依頼《ミッション》を指名されたらしく、ドゥナでの再会はできなかった。

学ぶべき点の多い彼らに、いろいろと話を聞きたかったのだが……指名の国選依頼《ミッション》とあれば仕方あるまい。

俺の安否以上に重要な仕事など、いくらでもある。

一応、マニエラ経由で礼状を送ったし、俺が無事だったというニュースは王国公式放送でもちらりと流れた（とても恥ずかしかった）ので、安否については知れていると思う。

機会があれば、話す機会もあるだろう。

そして、マリナ達はすっかり『スコルディア』と『カーマイン』のファンになってしまったようで、彼等の配信をよく見るようになった。

肩を並べた先輩冒険者の配信を見るのが楽しいのは俺にもわかるので、少し微笑《ほほえ》ましい。

「マリナ、ネネ？　荷物を片付けてからにしなさいな。ルンも少ししたら寝る時間ですよ」

「後でするから！」

「っす」

「まだもうちょっとー」

各々の反応に小さくため息をついたシルクが、整理の手を止めて立ち上がる。

「もう……ほら、見るならしっかり椅子に座って。お酒とおつまみも準備しますから、水袋でお酒を飲むのは行儀が悪いからおやめなさいな」

「やった！　シルクありがとう！」

キッチンに消えるシルクと子供のようなマリナに苦笑しながら、俺は旅の荷物を一つずつ整理していく。

また、すぐに出ることになるかもしれないので、足りないものを把握しておかなくては。

サルムタリアは魔法道具《アーティファクト》作りの盛んな国だ。

おそらく魔法の巻物《スクロール》の類いも豊富にあると思うが、よそ者に売ってくれるかはわからないな。やはり準備は必要だろう。

サルムタリアに行くこと自体が、ウェルメリアの人間としてはそうあることじゃない。

もう一度、言葉も勉強し直して……後は、やはりもう一度マストマ王子に話を聞いて――……。

「ユーク?」

とんとんと肩を叩《たた》かれて、ハッとする。

「また、難しい顔、してたよ」

「あ、ああ……すまない。少し今後の事を考えてた」

「それは、明日みんなで考えよ。マリナ達も、今は配信に、夢中、だし」

「そうだな」

【タブレット】に見入る三人の顔は、どこか幼げに映る。

昔は俺もあんな顔をしていたんだろう。

俺が追いかけていたのは、人気Aランクパーティではなく、叔父の背中だったが。

今でも考える。俺と同じ赤魔道士という身の上で、ベンウッドやママルさんと共に『無色の闇』に挑んだ叔父――サーガ・フェルディオ。

ここ数年は会う機会もなかったが、Aランク冒険者となってパーティを率いるようになった今、叔父に会いたい。

今の俺は、冒険者としてどうなのだろうか？

夢の始まりであり、憧れの冒険者である叔父に、是非聞いてみたい。

俺は……みんなのために、リーダーとして、サポーターとして、このままでいいのだろうか？

「ね、ユーク」

「うん？」

また、顔に出ていたのだろうか？

荷物をすっかり片づけたレインが、俺の手を取る。

「ユークは、すごい」

レインがふわりと笑って、俺を見上げる。

「ボクらは、たくさん助けてもらってる。ユークがいるだけで、何だってできる、気がする」

「そうか？」

むしろ、俺の方がみんなに助けてもらっていると思うんだが。

Aランクに認定されているとはいえ、俺一人じゃ、冒険者稼業もままならないのだ。

俺がこうして冒険者としていられるのも、みんなのおかげだ。

「うん。大丈夫。ユークは、そのままで、いい」

「そうか」

みんなと出会って少し変わったし、今回の依頼でもいろいろと変わった気がする。

俺に向けられる感情も、関係も、距離も出会ったころに比べれば、みんな少しずつ変化しているのは俺にだってわかる。

だが、俺は彼女らの命を預かる身だ。漫然と構えていていいのだろうか？

「あ、ユークがまた難しい顔してる！」

「またっすか……？　ユークさんがその顔してる時は、ロクでもないことを考えてる時っす！」

【タブレット】からこちらに向き直って、マリナが、ネネが、俺に笑う。

トレーを持ったシルクも、俺の顔を見て小さく苦笑した。

「また何か悩み事ですか？　ユークさん。こちらへどうぞ。レモン酒も用意しましたよ」

「今日はユークがつぶれるまで飲むぞー！」

「飲むぞー！」

「ルンはミルクですよ。熱いので気を付けてね」

「林檎酒《シードル》の時のリベンジっす！　今度はユークさんに語ってもらうっすよ！」

まったく、やっぱりみんなには敵《かな》わないな。

「ほら、いこ。だいじょぶ……酔いつぶれたら、また朝まで一緒にいてあげる」

柔らかに笑うレインが俺の手を引く。

「よし、それじゃあ飲み比べだ。リーダーの意地を見せてやる」

一つの冒険が終わったところで、酔いつぶれるまで飲むのもまた冒険者らしいかもしれない。

そんな事を考えながら、俺は信頼する愛《いと》しき仲間たちとの小さな宴《うたげ》を、心ゆくまで楽しむのだった。

～第二部　fin～

あとがき

皆様、右薙光介でございます。

『Aランクパーティを離脱した俺は、元教え子たちと迷宮深部を目指す。2』を手に取っていただきまして、誠にありがとうございます。

第一巻から少しばかり間が空きましたが、第二巻を無事にお届けすることができて、ほっとしております。


さて、第二巻はいかがでしたでしょうか？

今回、私は少し普段と別の切り口に挑戦してみました。第一巻で実績と栄光をつかみ取った『クローバー』にいかなる試練を与えるべきか考えたところ、こういう形と相成ったわけです。

読んでいただければわかりますが、いくつかのダークファンタジーとしての要素を自分なりに解釈し、落とし込んでみました。閉塞感のある不気味さや、危機が刻一刻と迫る焦燥感。逃げ場のない中で前に進まねばならない緊張などを『クローバー』と一緒に感じていただければと思います。

自分では「なかなかよくできた」と自画自賛しておりますが、よろしければ感想など送っていただければ幸いです。


第二巻のエピソードは直接語られない設定や謎がいくつかあります。何かの機会に作者に質問していただいてもいいですが、よろしければ自分なりの解釈や考察をしていただければと思います。

そういった想像が何かに繋がることを、私はよく知っています。「ああであるかもしれない」「こうであるかもしれない」とユーク達と同じように少しだけ考察してみてください。きっと、今回の冒険譚が違って見えてくるはずです。

なんなら、その答えが作者と違っていても全く問題ありません。

これは、あなたのための物語なのです。


最後になりましたが、お世話になった皆様に謝辞を。


イラストレーターのすーぱーぞんび様。今回も素敵なイラストを添えていただきまして、誠にありがとうございます。毎回、「最高や……！」しか言葉が出ません。

講談社様。第二巻を出版していただき、ありがとうございます。

担当編集様。いろいろと気を遣っていただきまして、本当にありがたく。いつも助けられております。

また、本作の編集・営業・販売に携わった皆様。ありがとうございます。おかげさまで、第二巻を読者にお届けすることができました。

そして、本書を手に取ってくださった皆様。ありがとうございます。もし、楽しんでいただけたなら、嬉しいです。

では、いずれまた。第三巻でお会いできることを願って。

２０２１年８月　右薙光介

Kラノベブックス

A《エー》ランクパーティを離脱《りだつ》した俺《おれ》は、元《もと》教《おし》え子《ご》たちと迷宮《めいきゅう》深部《しんぶ》を目指《めざ》す。2

右《う》薙《なぎ》光《こう》介《すけ》

2021年9月29日第1刷発行
2024年9月20日第2刷発行

発行者	森田浩章
発行所	株式会社 講談社 〒112-8001　東京都文京区音羽2-12-21
電　話	出版　(03)5395-3715 販売　(03)5395-3605 業務　(03)5395-3603
デザイン	百足屋ユウコ+モンマ蚕（ムシカゴグラフィクス）
本文データ制作	講談社デジタル製作
印刷所	株式会社KPSプロダクツ
製本所	株式会社フォーネット社

KODANSHA

ISBN978-4-06-524789-1　N.D.C.913　344p　19cm
定価はカバーに表示してあります

ファンレター、
作品のご感想を
お待ちしています。

あて先　〒112-8001　東京都文京区音羽2-12-21
(株) 講談社　ライトノベル出版部 気付
「右薙光介先生」係
「すーぱーぞんび先生」係

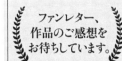

このパーティを抜《ぬ》けさせてもらう!!
高ランクパーティを〝離脱〟した
ガタ
そんなに金《かね》が必要《ひつよう》なのは君《きみ》の力不足《ちからぶそく》のせいだろ
やってられるか!!!!
ギャハハハ
君《きみ》が独《ひと》り立《だ》ち!?
あの お荷物《にもつ》ユークが!?
クスクス
君《きみ》じゃ他《ほか》のAランクパーティで入《い》れてくれるところなんてないだろ
今《いま》だって幼馴染《おさななじみ》のよしみで『サンダーパイク』に置《お》いてあげてるだけなのに
どうしよう…!! 完全《かんぜん》に甘《あま》く見《み》てた!!
赤魔道士《せきまどうし》って世間《せけん》からの評価《ひょうか》そんなに低《ひく》いのか…!!!
凄腕冒険者が贈る――
冒険者《ぼうけんしゃ》やめて他《ほか》の職《しょく》探《さが》そうかとも思《おも》ってるんだ…

Kラノベブックス

呪刻印の転生冒険者1〜2

〜最強賢者、自由に生きる〜

著:澄守彩　イラスト:卵の黄身

かつて最強の賢者がいた。みなに頼られ、不自由極まりない生活が億劫になった彼は決意する。

『そうだ。転生して自由に生きよう!』

二百年後、彼は十二歳の少年クリスとして転生した。

自ら魔法の力を抑える『呪刻印』を二つも宿して準備は万端。

あれ?　でもなんだかみんなおかしくない?　属性を知らない?　魔法使いが最底辺?

どうやら二百年後はみんな魔法の力が弱まって、基本も疎かな衰退した世界になっていた。

弱くなった世界。抑えても膨大な魔力。

それでも冒険者の道を選び、目立たず騒がず、力を抑えて平凡な魔物使いを演じつつ——

今度こそ自由気ままな人生を謳歌するのだ!

コミック化も決定!　大人気転生物語!!